U0109374

古典詩歌研究彙刊

第三六輯

龔鵬程 主編

第 1 冊

漢魏古詩研究（上）

木 齋 著

國家圖書館出版品預行編目資料

漢魏古詩研究（上）／木齋 著 -- 初版 -- 新北市：花木蘭文
化事業有限公司，2024〔民 113〕
序 50+ 目 4+150 面；17×24 公分
（古典詩歌研究彙刊 第三六輯；第 1 冊）
ISBN 978-626-344-781-3（精裝）
1.CST：中國詩 2.CST：詩評

820.91   113009353

ISBN-978-626-344-781-3

9 786263 447813

古典詩歌研究彙刊
第三六輯 第 一 冊   ISBN：978-626-344-781-3

漢魏古詩研究（上）

作　　者　木 齋
主　　編　龔鵬程
總 編 輯　杜潔祥
副總編輯　楊嘉樂
編輯主任　許郁翎
編　　輯　潘玟靜、蔡正宣　美術編輯　陳逸婷
出　　版　花木蘭文化事業有限公司
發 行 人　高小娟
聯絡地址　235 新北市中和區中安街七二號十三樓
　　　　　電話：02-2923-1455 ／傳真：02-2923-1452
網　　址　http://www.huamulan.tw 信箱 service@huamulans.com
印　　刷　普羅文化出版廣告事業
初　　版　2024 年 9 月
定　　價　第三六輯共 4 冊（精裝）新台幣 8,000 元

漢魏古詩研究（上）

木齋 著

作者簡介

木齋，揚州大學特聘教授。歷任吉林大學文學院教授，博士生導師，世界漢學研究會（澳門註冊）會長，世界漢學書局總編輯，中國蘇軾研究會副會長，中國陶淵明研究會副會長，東北蘇軾研究會會長，中國詞學會常務理事，中國歐陽修研究會常務理事，中國作家協會會員，中央電視臺百家講壇主講人，香港大學榮譽研究員，美國休斯頓大學亞美文化中心高級研究員，新加坡南洋理工大學研究員，加拿大多倫多大學訪問教授，韓國全南大學邀請教授，臺灣中山大學客座教授，重慶大學高等研究院客座教授。

提　　要

　　古詩十九首代表的一批漢魏古詩的作者及其寫作背景，是中國文學史的一段著名的難解公案，當下一般文學史大體都表述為東漢末年無名氏之作。中國著名學者木齋教授從 2005 年開始發表極具顛覆性破譯性系列論文，系統闡釋這一批失去作者姓名的優秀五言詩皆為建安曹植甄后的戀情之作。其失去作者姓名的根本原因，正在於這種生死之戀不能為儒家禮教所能容忍，是曹叡臨終之前將曹植文集重新撰錄並慷慨饋贈的結果。

　　木齋教授的這一研究，在當時即產生極大影響，2010 年，《社會科學研究》對此舉辦專欄討論，發表傅璇琮、劉躍進、龔斌以及臺灣成功大學陳怡良等教授的專題論文，對此給予了高度評價，余光中先生也評價為「轟動學界」。花木蘭繁體版《漢魏古詩研究》為首次在臺灣出版，其書稿的主體部分是在十五年之前高校文庫版的《古詩十九首與建安詩歌研究》基礎之上修訂增補而成；並將當時原作出版之後相關反響的一些具有代表性的評論成果收入，以方便讀者分享研究。

漢魏古詩研究・寫在前面

　　我的有關漢魏古詩的破譯性研究，即將通過化木蘭文化事業有限公司，進入到臺灣的學術界。希望通過這一次繁體字版的付梓問世，此書由此而走向世界，走向學術史。我的這一研究，開始於 2004 年 10 月，迄今恰好是二十年時光。在這二十年時光裏，我又破譯了學術史的一些其他重要問題：詩經的起源發生史歷程、曲詞的起源發生史歷程、金瓶梅的寫作源起及其傳播史歷程，以及紅樓夢乃為脂硯齋重寫石頭記的寫作史傳播史歷程。凡此種種，這一系列的破譯性研究，皆從古詩十九首的破譯研究起步——從漢魏古詩的破譯性解讀開始，我走向了學術研究的不歸之路。

　　以上陳列了我的一些破譯性研究，並非在簡單陳列我學術研究的成果，而是意圖說明：我的學術研究方法論是科學的方法，這一些破譯性研究，可以起到互證的作用：學術史將會證明，這一些破譯研究的結論，基本都是歷史的真相。

　　從 2005 年《山西大學學報》發表我的系列論文第一篇開始，到 2009 年，將這一系列整理而為《古詩十九首與建安詩歌研究》，收入到教育部高校社科文庫，由人民出版社於該年 12 月出版，標識了我的這一研究的初步成型，並迅即產生了巨大的凡響。《社會科學研究》於翌年也就是 2010 年第二期，為之舉辦專欄討論。發表傳璇琮先生、

劉躍進先生、臺灣成功大學陳怡良教授等評論文章，本人作為當事人也有幸受邀參與討論，發表了《古詩十九首與建安詩歌研究反思》一文。

此一本《漢魏古詩研究》，其書稿的主體部分是在十五年之前高校文庫版的《古詩十九首與建安詩歌研究》基礎之上修訂而成：

首先，關於書名的修改：原書名的《古詩十九首與建安詩歌研究》，雖然具體而真切，但卻缺乏概括力。蓋因當時身在廬山之中，尚未能登高絕頂，一覽山小。以當下的眼光反思，《漢魏古詩研究》作為書名，更能總覽全局之本質。古詩十九首僅僅是漢魏古詩中的代表作，本書之所研究，非止十九首，而是將所謂漢魏時代的全部「古詩」作為一個整體加以破譯研究，其中包括所謂的漢樂府詩、也包括由於種種歷史的原因，成為其他人名下的抒情五言詩作品。

其次，此次的臺灣繁體字版本的內文還增補了兩個章節：第十一章《雙音詞轉型視角下的十九首與建安五言詩》、第十九章《論建安文學的自覺》。

本書原本還需要有另一個方面的修改，即對於作為破譯性研究始創階段局限性的修正。正像是狙擊手的射擊瞄準，雖然有多數目標的精準，但也不可避免有一些目標需要多次的漸次調正；也像是馬斯剋星艦的多次試飛才能最終完成。但如果此一次就將那一些原稿不夠準確的內容加以修改，本書稿也就同時失去了原生態的探索記錄，失去了後來學者汲取失敗教訓的必要材料。

幸好，此次花木蘭文化事業有限公司與我簽約出版的非止此一本書稿，另有一本名為《曹植甄后研究》的書稿，將在此一批書單中同時付梓問世。《漢魏古詩研究》與《曹植甄后研究》，兩個研究之間，其相同點是同為對以古詩十九首為代表的漢魏古詩的破譯性研究，但其中不同點也有很多：

首先，《漢魏古詩研究》在前，可謂是筆者有關此一課題的雛型研究，時間在 2004 年～2009 年之間；《曹植甄后研究》在後，主要在

2012 年～2014 年間，其寫作時間則更晚，主要在 2019 年～2020 年間。

其次，兩者之間的認識發生了較大的飛躍。前者的研究背景，就像是一個探險者初入原始森林，小心翼翼，如履薄冰，是從大體的疆域上廓清輪廓，因此，其所採用的方法大體是漢魏五言詩的演變史，從歷時性視角，論證十九首這樣優秀的抒情五言詩，不可能發生於兩漢，但也不可能發生於兩晉，唯有中間的曹魏——這個儒家思想統治的歷史夾縫，為其唯一可能發生的歷史背景。至於十九首具體的寫作者、寫作背景等，尚還處於初始階段。十九首的作者，基本還都局限在曹植一人，一直到全書基本接近完稿之際，才開始產生甄后也是為作者，而且很有可能是比曹植更為重要的作者的認識。

但我深感不安：如果說曹植是主要作者，雖然學術界的接受仍有一定的難度，但畢竟曹植是整個漢魏時代名列第一的五言詩大詩人，從情理上來說，是可以接受的；況且，古人早就有古詩「舊疑是建安曹王所制」的說法，從學理上來說，是有本可依的。如果再進一步追溯到甄后，無疑就更深一步地增加了學術史接受的難度。

2012 年，我受到臺灣中山大學客座教授的邀請，在臺一年的時光裏，我讀到了大量的新的史料，驗證了我此前研究基本結論在大方向上的正確性，從而給予我深度的鼓勵；隨後，2014 年我在美國普渡大學和休斯頓大學的幾年時光裏，更進一步讀到新的史料驗證，產生漢魏古詩基本上是曹甄之間戀情情書的認識。經過較為漫長歲月的積澱反思，這一新的認知不斷深化，所謂「情瞳朧而彌鮮，物昭晰而互進」，漢魏古詩、抒情漢樂府、曹植文集中的抒情詩文作品，三者打破文體壁壘，匯成歷時性的時空溪流，成為兩者之間血淚戀情史的蒙太奇鏡頭，以其原始的鮮活生命，立體地展現在我的面前，於是，我決定以兩者傳記的形式表達出來，有了這一本《曹植甄后研究》（原名《曹植甄后傳》）。

在這本書中，我終於衝出男性學者的狹隘視角，根據每一首原作

的立意、主題，結合相關史料的背景，儘量客觀還原出來原作者的真實性別，應該為甄后之作的，就給予甄后，應該糾正原稿中的錯誤的，能得到應有的糾正。

其中令我記憶猶新的一例，是關於《青青河畔草》的寫作時間，此前，我根據詩中思念饑渴的立意，將其解讀為黃初二年春夏之際，甄后寫給曹植之作，但是，隨後我讀到明末柳如是《擬古詩十九首》，將此一首解讀為曹操死後曹植為父親守靈，甄后向曹植袒露思想之情之作，讀後真有醍醐灌頂之感。《行行重行行》亦復如是。有了柳如是的十九首擬作，不僅成為此一系列的鐵證，而且，藉此可以窮河探源，探驪得珠，獲得更為深切的寫作背景細節。

兩書之不同，除了前者主要為五言詩的演變史，是從文學史的角度為漢魏古詩的產生時間打下基礎，而後者主要以曹甄兩者的戀情史作為主線索，將被閹割的歷史碎片重新拼合而為一個近乎完整的時空版圖之外，還有一個寫作風格的變化。前者是較為嚴謹的學術專著，後者則是在較為嚴謹的考證基礎之上，做一次通俗化寫作風格的嘗試，以致於百家講壇著名學者王立群先生為之感歎：「學術研究還可以這樣寫」。這種風格的演變，確實是我有意為之的一種嘗試——我們的學術研究，越來越不能局限於學術界的象牙塔之中，而要嘗試在嚴謹立論的基礎之上，突破學院式枯燥表達方式的壁壘，走向大眾讀者的視野，力圖還原歷史的原本真相，從而改變學術史原本設定的僵死版圖。

在獲得花木蘭文化事業有限公司簽約此一系列書稿的邀約之際，我正在雲南大學、雲南師範大學、楚雄師範學院進行巡迴演講，講座的主題分別為《讀懂紅樓夢——脂硯齋重寫石頭記》和《蘇東坡與文學中國》。精力有限，此一次簽約主要以漢魏古詩——我最早的一批研究為中心，期待來年可以陸續推出我的其他一些研究奉獻給臺灣讀者，並借助此書的出版，向十年之前我在臺灣時期有過學術交往的臺灣中山大學、臺灣中央大學、成功大學、臺南大學、臺灣科技大學、

臺灣雲林科技大學、臺灣輔仁大學等學術機構的各位學者朋友致以深切的謝意！向各位讀者朋友致以深切的問候。

　　　　　　　作者，2023 年 3 月 30 日，二亞木齋寓所

自序 《古詩十九首與建安詩歌研究》反思

　　拙作《古詩十九首與建安詩歌研究》已於近期出版，本文擬就有關我十九首研究的緣起、寫作過程、方法論的心得體會等方面來談談個人粗淺的認識。坦率而言，我是帶著一種惶恐的心情來寫作這篇反思文章的。這種惶恐的心情，來源於多個方面，一個是我個人的學術資歷和學術貢獻，都還不值得受到如此的關注，諸位學者的高見，鞭策我再接再厲，將十九首和詩歌史演變歷程的研究引向深入；再一個方面的惶恐，來源於我對方法論研究方面的匱乏。我所研究的領域，不論是五言詩起源還是詞的起源發生史，都是摸著石頭過河，在實踐中摸索，並未有任何先入為主的系統理論作為引導。若說是在方法論上有所體會，也是青少年時代所受到的樸素哲學思想，結合長時間中國詩歌史流變寫作的規律自行總結出來的，難登大雅之堂；這種惶恐，更來源於我深知，我長時期以來形成的學術觀念和方法論，既受益於傳統之滋養，又游離於當今之觀念。但不論如何，我理應認真總結經驗，拋磚引玉，將對十九首以及中國文學史的研究引入更為深入的境界。

一、《古詩十九首》研究的緣起

　　我個人有關十九首的研究，大抵從 2004 年秋季開始，到 2009 年

歲末出版《古詩十九首與建安詩歌研究》告一段落，歷時近六年的時間。若要我總結其中某些規律性的東西，一時之間，我也是無言以對。可能還要將我的學術研究過程，乃至人生歷程，給予整體的、聯繫的、流變的看待，才能作出一個大致的勾勒。十九首的研究，首先來源於我的整體學術研究計劃，是我《中國詩歌演變史》整體課題研究的一個重要組成。上個世紀 80 年代中期，當我在人民大學攻讀研究生的時候，有感於對歷代中國文學史寫作橫剖面資料陳列方式的不滿，而計劃寫作一套體現一家之言的《中國詩歌演變史》。中國文學史，或是中國詩歌史，近一個世紀以來，版本甚多，我的這一寫作計劃原本也無甚新奇，但我意中所指的詩歌演變史，乃是一部真正意義上的演變史，而不是徒有「演變」之名，而無演變之實的作家作品介紹史。換言之，我是想要深入到每個時代，深入到每個具有轉捩點、樞紐地位的詩人及文學史事件之中，從而寫出不同時代之間、不同詩派之間的縱橫交錯的源流關係，意欲傾畢生之力寫出這樣的一部《中國詩歌演變史》，以個人微小的視角來對整個中國詩歌史給予一個新的詮釋。在當今學術分工日趨嚴密的時代，這無疑是不合時宜的，如同蘇東坡當時的「滿肚皮的不合時宜」，也像是中世紀唐吉訶德的騎士理想。讀研時期，因研究蘇軾「議論為詩」而發生困惑，由此，產生了關於唐宋之別，乃為中國詩歌史古典與近代之別的思考，並將這些思考，作為拙編《中國文學寶庫》各卷書中的總序，後以《略論中國文學的分期》為題，在《中國人民大學學報》發表。以宋代作為古典文學和近代文學的界分標誌，由於當時並沒有人相信這一論點，為要證明之，遂於上世紀 90 年代中後期寫作了《唐宋詞流變》《宋詩流變》《蘇東坡研究》等以說明之。這一批拙作，可以視為我對早先構想的詩歌演變史寫作的第一輪淺層次耕作。

　　進入本世紀之後，在完成《中國古代詩人的仕隱情結》的寫作之後，我徘徊於兩者之間：沿著以前流變的寫作方式，進一步延伸來完成《金元明清詩詞流變》的題目，從而將讀研時代的一個宏願

全部完成，或是將這些寫過的段落，重新加以深度耕作，超越自我，重新詮釋宋之前的詩詞演變史。我直覺地採納了後者，因為詩史上很多重要的、關鍵的問題都還沒有得到解決，其中特別是五言詩、詞體兩大體裁的起源問題不明，源既不明，何以談流？反觀這個時期我的流變系列，應該說，雖有新見，但研究的視野尚在粗淺的範圍之內，其主要的理論框架，也還在傳統的窠臼之內，譬如以東漢中後期無名氏所作來詮釋《古詩十九首》，以民間和文人兩人源頭的興替來闡發詞體演變史等等。2000 年前後，我先後兩次參加香港的學術會議，一次臺灣的學術會議，並在新加坡南洋理工大學完成科研項目。這些海外的學術活動，促進了後來我學術研究理念和方法的轉型，特別是強化了我實證考辨方面的能力。可以說，我在 2005年之後發表的論文和專著，文風為之一變，從流變史的宏觀框架轉向思考與實證結合的方式，追求言必有據，論必有證，量化分析、史料分析等。如果說，研究生時代之後的十年，長時期的編書和寫作鑒賞文章，打下了我將中國文學史通盤思考的宏闊視野和對作家作品分析思考的基礎，90 年代後期流變系列的寫作，鍛鍊了我對詩歌史整體的、流變的、聯繫的學術觀念和方法論的思考能力和解讀能力的話，新世紀之後的前幾年，則是我由偏重宏觀思考而轉向宏觀與微觀考辨相互結合來進行研究和寫作的階段。其中《走出古典》一書，可以視為向新一輪深度研究和寫作轉型的中介地帶。此後，我有相當長的時間沉潛於漢魏五言詩和唐宋詞體演變這兩大課題的同時研究之中，兩者之間，竟然有著驚人的相似點線，使我能將兩者之間的相似點和變異的發展線索時時加以比對，當然，迄今為止，我還沒有能力將這兩個課題打並為一個課題加以表述，但兩者最後的研究結果，竟然是不約而同地證明了胡適、梁啟超以來流行的民間說的不能成立。我所看到的一部中國詩歌史、文化史，在盛唐之前，基本上都是以宮廷為中心的向外、向下的輻射歷史，一直到盛唐之後，隨著安史之亂的外形動搖和科舉制逐漸走向成熟，士大夫

階層興起，並至范仲淹時代形成一個階層的群體覺醒，這才使士大夫文化，漸次成為了一個新時代的主體，至於民間文化、市井文化，更是自中唐才開始漸次興起，一直到北宋柳永時代，逐漸走上了中華文化史的舞臺，並在元明清之後，才漸次成為繼承宮廷貴族文化、士大夫文化之後的第三種力量。因此，盛唐之前形成的五言詩、近體詩、唐五代聲詩曲詞體制，此三者皆為第一個文化類型——宮廷文化的產物，哪裏輪得到民間創造這兩大文化體裁呢？這是後話，先來接著說說我在當時思考的問題。

對於前古典時期與古典時期的臨界點，一開始我斷在陶淵明，2003 年一個似乎偶然的契機，使我重新審視和思考這個變革點，發現它應該向前推進到建安曹魏時期。換言之，我們現在將魏晉南北朝乃至唐詩，劃分為一個大的歷史階段，是正確的；再換言之，狹義的中國古典詩歌，那種追求格律的、意象的、山水的古典詩歌美學風範，正是魏晉到隋唐時期漸次演變的結果。往前來說，魏晉南北朝隋唐詩這個時期是對先秦兩漢的顛覆和革命，是對以往文學不自覺狀態的飛躍和轉型；往後而言，這個時期則成為被有宋以來新的詩歌創作方式所顛覆、漸行漸遠而又不斷返回汲取的歷史。在我當下的眼光來看，那些沒有主名的所謂「古詩」，主要都應該是曹操之後的作品，包括《古詩十九首》、蘇李詩、傳為班婕妤的《怨歌行》，也包括一向含混不明的所謂漢魏樂府詩歌中，具有濃鬱文學色彩的那些優秀五言詩作品，例如《陌上桑》《孔雀東南飛》等，都不是兩漢之作。若是我們能透徹瞭解兩漢這個時代，我們就不會相信，這些優秀作品會產生在兩漢這麼一個極端思想禁錮的經術時代。當然，這個論斷，是緣自於許多材料的基礎之上的。若是去除這些優秀的抒情五言詩之作，則兩漢幾乎就是一個詩歌的荒漠，如果可以宏觀而言，如果可以將漢初帝王們的那些即興的優秀之作忽略不計的話。這是一個混沌未開的時代，一個抒情五言詩鴻蒙尚未開闢的時代。說十九首等優秀的五言詩作產生在這樣的一個時代，實在難以圓通。

2003 年的一次火車旅行成為了我研究十九首的偶然觸動。在漫長的旅途中，我總會拿一本書消遣。在這次旅行中，我偶然拿到的是隋樹森先生的《古詩十九首集釋》，在火車上，我開始一首首吟誦，那種生命的呼喚，穿越千餘年的時空，讓我的心靈震撼！隱隱的，覺得這些詩句實在是太熟悉了，它的語言風格、遣詞造句、審美風範，無不處處顯示著曹植，或說是曹植時代詩人的痕跡！這種直覺，當時還只能是心有所感而口不能言、手不能寫，因為，直覺有時候雖然如同梁啟超先生所言，如同獵犬尋找獵物一般，是非常準確的，但我卻不能如同梁氏大師一般，直接將這種直覺訴諸於世人。經過一年左右的準備資料，終於在 2004 年秋天開始動筆寫作，並於翌年春季，開始發表這一系列論文。到 2009 年的時候，已經發表了大約 18 篇論文，從而成為拙作《古詩十九首與建安詩歌研究》的主要章節。

二、《古詩十九首》研究和寫作過程

前文我對自己十九首研究和寫作的起始時間，說是自 2004 年計算起，這是僅就集中研究與動筆而言，事實上，還應加上自 2001 年開始的新一輪詩歌史寫作中的十九首思考時期。因此，我的十九首研究和寫作，應該是歷時八年左右，期間經歷三個階段：1.對十九首和五言詩產生關係的困惑和思考；2.對五言詩形成史的研究和寫作；3.對十九首作者的研究和寫作。茲以此為序彙報：

本世紀初，在淺嘗輒止地嘗試向金元明清詩歌史方向發展之後（寫作了一篇論遼金詩歌演變歷程的論文，發表在新加坡的學報上），我決定掉頭往回，重新寫一遍宋代之前的詩歌演變史，這次的目標和自我要求，是要深度耕作，或說是深耕細作，特別是要寫出不同時代詩人之間的聯繫，最好是能有細緻的時間編年，以便客觀展示出詩歌史流變的歷程。於是，我從詩三百、楚辭、兩漢詩歌依次寫來。寫到東漢時代的時候，問題來了，我沒有辦法安排橫亙在漢魏之際的十九首、蘇李詩等一大批所謂「古詩」的時間位置。這些詩作，採用的全

是建安以後直到唐詩一類的寫法，有具體的場景，並且通過具體場景來寄託情感，同時，詩歌的語言已經從兩漢時代的生澀解脫出來，多用雙音節，音節韻律優美，更為重要的，是這些詩作開始關注自我的人生命運，而不像是兩漢經術時代的普泛化言志。若是按照傳統的時間說法，將其安排在秦嘉前後，則這些五言詩作在當時，似乎並沒有產生任何的影響，秦嘉之後零星出現的五言詩人，依然在漢音的窠臼之內空泛言志。於是，我再往後掃描，發現東漢中後期的五言詩演變史，不能說沒有變化，特別是到了靈帝的時代，已經有了漫長嚴冬過後的早春的消息，但距離十九首的思想解放和詩學觀念大解放的時代，還有相當長的路要走。當然，現在這樣比較清晰的表述，可能有著時間的錯位，但在世紀初當我開始第二輪詩歌史寫作的時候，期間遇到十九首時難以再寫下去的困惑，卻是一個不爭的事實。既然漢魏這一段寫不下去，我轉而進行詩歌史的另一大體裁——詞體史的寫作，於是，後來有了《宋詞體演變史》和《唐五代聲詩曲詞發生史》兩部書稿。對我來說，反正總的目標是一部完整的《中國詩歌演變史》，各個階段都要進行研究。總觀這一段學術經歷，雖然遇到挫折，並無戰果，但卻是一個不得不經歷，或說是不可或缺的思想準備階段。如果將學術研究本身比喻為指導教師的話，它所給我安排的第一課，就是挫折以及由挫折帶來的深度思考。所謂「不憤不啟，不悱不發」，這段時間，正是我由遭遇十九首瓶頸而感到痛苦和憤悱的思索期階段。

有了將近三年的思考，對於十九首的產生時間和以曹植為中心的作者，已經有了一個初步的判斷，但要論證起來，卻感覺非常棘手。我決定先掃除外圍，也就是先不理會十九首的問題，將十九首、蘇李詩等暫且視為並不存在的文本，來重寫漢魏之際的五言詩從起源到發生，再到成立、成熟的歷程。這樣放下包袱，反而思路清晰了，兩漢五言詩慢慢蠕動，漫長歷史時期的細微漸變過程也就清晰了。將十九首等暫且視為無，也許是一個較為客觀的評斷方法——由於不能證明其為哪個階段，索性將其束之高閣，到了其應該出現、具備出現的歷

史階段，它自然就會水到渠成地出現。換言之，學術研究應從歷史文本出發，從詩歌史演變規律和實際進程出發，而不是以前輩學者或者當今權威學者的評斷作為研究的始發點；將實踐視為檢驗真理的第一標準，或者是唯一標準，這是我多年學術研究的會心體驗。

在進行漢魏五言詩演進歷程的清理工作之前，我感到，首先需要給真正意義上的五言詩，確立一個客觀標準，否則，學者就會以東漢就有文人五言詩作為依據，如梁啟超先生所倡導的「東漢」說，僅僅是根據「安、順、桓、靈之後，張衡、秦嘉、蔡邕、趙壹、酈炎、孔融，各有五言作品傳世，音節日趨諧暢，格律日趨嚴整。其時五言體制已經通行，造詣已經純熟」〔註1〕的所謂「直覺」來推斷出東漢說，還有學者曾列舉《詩經・魏風》「十畝之間兮」和《詩經・大雅・緜》「予曰有疏附，予曰有先後」等詩句證明五言詩早已有之〔註2〕。如果不能從五言詩的內在特徵和外在特徵給以界說，則無法斷定五言詩的成立、成熟時間，更不能推斷十九首產生的時間。於是，我採用古人的說法，嘗試為建安以來的文人抒情五言詩確定內外標準：五言詩並非僅僅指每句五個字即為五言，五言詩乃是鍾嶸《詩品》所總結出來的「為眾作之有滋味者也」，其中的本質特徵，正是「窮情寫物」四字。兩漢「發生」時期的五言詩作，就其質量而言，還沒有實現「窮情寫物」的滋味，而是仍然停留在言志的範疇之內。成立，則意味著詩作性質由空泛「言志」向具象抒情的轉型。就寫法來說，兩漢五言詩還帶有兩漢特有的空泛言志的特點，五言詩本體，還沒有形成如同王夫之所說「一詩止於一時一事」的寫法，也就是說，兩漢五言詩人還沒有學會通過具體場景的描寫來表情達意，只有到了建安時代，才開始摸索到通過一個具體的場景來抒發感情的寫法，從此，中國詩歌才走向了意象、意境式的詩學道路。就其外部特徵而言，先秦兩漢詩

〔註1〕梁啟超，中國之美文及其歷史〔A〕，梁啟超學術論著集〔M〕，華東師範大學出版社，1998。

〔註2〕隋樹森，古詩十九首集釋〔M〕，中華書局，1955.8。

作，皆以單音為主體構建詩句，而五言詩的成立，出現了大量的雙音
詞，並在單音與雙音的混合結構中，構建了每句三個音步的基本節奏，
這是五言詩成立的外在特徵。換言之，兩漢五言詩還未能從散文體制
中完全脫胎出來，虛詞使用較多，單音詞較多，到了建安時代的五言
詩，才逐漸擺脫散文寫法，虛詞漸次退出，由單音詞為主漸次轉向雙
音詞為主的句式，五言音步初步形成。

有了這一五言詩和五字詩的客觀標準之後，我開始將五言詩人
詩作進行細緻的編年，逐一考察三曹七子代表的建安詩人群體的五
言詩寫作情況，試圖尋找一個漢音和魏響的界分點。其具體的操作
方法是：將建安詩人逐一進行編年寫作的考察，特別是注意每位五
言詩人開始寫作五言詩的時間表，經過這一輪考察，發現了許多奇
異的現象：

1. 發現孔融一直到建安十三年臨終之際還不會寫作這種「窮情
寫物」的五言詩，七子之間，呈現了非常清晰的兩種寫法：孔融與另
外六子不同，六子內部，前期與後期不同。是什麼使徒有七子之名而
無七子之實的孔融，還逗留在漢音階段，而沒有發生魏響的變革？又
是什麼使王粲等人或是前期僅有濃鬱漢音風格的詩作，或是前期索性
並無詩作？於是，我先假定詩歌史發生質變的座標是在建安十四年，
以此為基礎，來進行逐一排查，將凡是其他學者認為是建安十四年之
前的五言詩作，一一進行辨析。

2. 當我將曹操詩作進行一個編年研究之後，我發現曹操是魏響，
或說是這種窮情寫物五言詩的孤獨探索者，他在公元 184 年寫作的
《對酒歌》，還是極端散文化、說教化、言志化的五字詩，此時他三十
歲（舊曆算法）。到他在建安中前期寫作的三首五言詩作，發生了巨
大的飛躍，而且，其中變化、飛躍的痕跡清晰可辨。曹操所面對的漢
魏詩壇，就山水詩的題材和窮情寫物的寫法，都是沒有任何可資借鑒
的荒漠，一切都需要曹操個人自身的探索。曹操首先開創山水詩題材，
同時，「一詩止於一事一時」的窮情寫物的五言詩寫法，也同樣開始

於曹操。魏武帝往往鞍馬間為詩，可以說是其中最為重要的個案原因之一。鞍馬間為詩，使他直接面對具體場景，而山水題材易於使他擺脫空泛言志，從而探索出五言詩寫作的一條新路。這是曹操僅有的幾首五言詩均移步換形、與時俱進——以寫作時間為序，一首一個寫作手法，首首之間的水準都極為不同的原因。同時，曹操以五言詩精神寫作四言詩，也就同時改造了四言詩的傳統寫法。

3. 我再依次研究王粲、劉楨、曹丕、曹植等人的五言詩作，我非常驚奇地發現，這些詩人的五言詩寫作，幾乎毫無例外地開始出現在建安十六年。建安十六年，二十歲的曹植，幾乎與二十五歲的乃兄曹丕、五十五歲的陳琳、四十一歲的徐幹、二十七歲的劉楨、三十五歲的王粲同時開始了五言詩的寫作。這確實是一個奇異的現象，換言之，這並非是曹植個人的天賦問題，而是曹植的個體生命，趕上了文學自覺的建安時代——在曹操頒布《求賢令》和修建了銅雀臺之後，發生了鄴下文化的革命性的新文學思潮，曹植生逢其時。所以，標誌建安五言詩開端的遊宴詩題材和女性題材，曹植都躬逢盛事，積極參與了。一切的跡象標明，促進五言詩發生飛躍，也就是促進魏響取代漢音的歷史座標，清晰地指向了一個時間點，那就是建安十六年，而非十四年。促進這一革命發生的原因是多方面的，這就是我在拙作中總結的《求賢令》頒布、銅雀臺建成清商樂興起和六子等人隨後的文學侍從的專職寫作等三大標誌。

4. 在進行了以詩人為本位的編年考察之後，我開始進入另一個視角的考察，那就是所謂題材考察。當我一旦進入以題材為視角的思考之後，兩漢五言詩便即刻幾乎是赤裸裸地出現在我的視野之中，我才注意到，五言詩中的重大題材，譬如曹操開始的山水詩，曹丕等人開始的遊宴詩、女性題材詩，若是去除有爭議的古詩之外，兩漢五言詩幾乎就沒有題材，因為它們幾乎都是空泛的言志詩。我發現，在建安詩人諸多題材之中，最為重要的是兩大題材，其一是建安十六年開始興起的遊宴詩，遊宴詩可以說是孕育五言詩的搖籃，在遊宴詩的娛

樂性寫作中，詩歌的寫作對象、寫作目的、寫作觀念、寫作手法、寫作風格，都發生了革命性的變革，那就是由此前的詩言志的政治教化中，從經學觀念的依附中，一變而為為娛樂而寫，為了審美而寫，為了歌唱而寫，於是，眼前的快樂，假想的悲哀，人的生死，個體的情懷，都在眼前具體的場景、景物、事情中得到了表達的憑藉。其中優秀的詩作，隨後伴隨著清商樂的演奏而成為樂府歌詩，憑藉著音樂的翅膀而傳播。其中阮瑀在建安十七年的死亡，為這兩個題材的先後次序，給予了有力的證據，那就是阮瑀寫作有遊宴詩，而未能寫作女性題材之作。事情很清楚，女性題材發生在阮瑀死後的建安十七年，其始發點，正是由於阮瑀本人的死亡，帶來了曹丕等人寡婦詩、寡婦賦等的寫作，引導了後來其他女性題材之作。這樣再來看十九首中以《青青河畔草》為代表的男女之間的情愛歌唱，和以《今日良宴會》為代表的遊宴詩寫作，也就有了詩歌史演變發展的依據。

　　5. 大約寫做到這裡的時候，我和研究漢魏文學的專家學者進行了一些交流，其中劉躍進先生為我提供了民國時期馬雍所做的《蘇李詩制作時代考》。馬雍先生採用語詞分析、量化分析等方法，根據蘇李詩中的語詞使用的頻度，特別是其中關於「君」和「子」的不同稱謂，初步得出蘇李詩大抵產生於公元 240 年左右的結論，這與我在此時已經得出的十九首的產生時間在公元 211～239 年，是非常相近的。我與馬雍先生相隔半個多世紀，採用不同的研究方法，不約而同得出了十九首、蘇李詩等所謂古詩，其產生時間為建安曹魏時期，這不能不說是驚人的暗合。受此影響，我先後寫作了《從語詞語句角度考量十九首與建安詩歌的關係》,《雙音詞轉型視角下的十九首與建安五言詩》等從語詞語彙角度量化分析的論文，並在其他篇章的論述中，也大量採用這種語詞語彙量化分析法，從而使我的論證更為具體，更多採用以材料說話的方式。

　　6. 在對五言詩的梳理接近完成的時候，一些學者提出兩個重要的問題：一個是秦嘉五言詩的真偽問題，另一個是《陌上桑》寫作

的時間和是否為民間樂府的問題。於是，我帶著考辨這兩個問題的
目的，再次重新寫作兩漢文人五言詩史和漢魏之際的五言樂府詩歌
史。在前者的考辨中，發現了諸多的疑點，譬如其首見於《玉臺新
詠》，由此出發，我查閱了《後漢書》以及這個時代相關的史料，發
現在《後漢書》時代，還在延續著先秦兩漢濃鬱的經典意識，也就
是「詩三百篇，皆聖賢發憤之所為作也」的認識。散文由於具有日
常性質，詩歌則尤其為甚。這種聖賢所為作的觀念，首先，它正是
兩漢詩人寥若晨星現象的大背景——既然詩歌應該為聖賢之作，所
以，一般正常的兩漢文人，很少作詩，反倒是帝王為多；其次，既
然是聖賢之作，又是言志教化，因此，所寫內容多為關乎言志教化
的普泛內容，從而忽略了個體生命的存在；再次，就是寫作這一段
歷史的人，對於寥若晨星的詩人，以及鳳毛麟角的詩作，甚至賦贊
箴銘之類的屬於散文系統的有韻律之作，也會不厭其煩加以記載。
（也正是由於詩人少、詩作少，作史者才會不厭其煩加以記載，若
是像建安之後，詩人多、作品多，史傳則難以一一記載）其中的例
證，我已經列舉一些在拙作中。而秦嘉如此優秀的五言詩作，連同
他本人的其他詩作，卻首見於《玉臺新詠》，即便是《文選》也不見
錄，這從根本上已經說明問題。

　　詩中連續使用對偶句，並在對偶句中出現比較具體的場景，這在
建安之前也是罕見的。有人說，秦嘉五言詩，是兩漢五言詩的一個特
殊，它的詩風已經是建安之後的，因此，可以證明十九首可以產生於
東漢。其實，恰恰相反，超越時代詩風的偶然詩作，又沒有任何史料
記載的蛛絲馬蹟，已經先天地說明了它基本不是這個時代的作品，如
同學術研究中孤證往往不能成為決定性的材料一樣，文學創作中超越
時代而出現的特殊、例外，也往往是偽作。許多學者更為重視外證，
其實，相對於外證的是否存在，內證的闡發更為重要。如羅庸先生在
馬雍先生大作中的《題辭》所說：「余惟史料考證所據以論定者，有本
證，有旁證，有內證，有外證。而文學史所需於內證者尤多。蓋時代

風會，自有限齊，歲逾五世，則罕能相貿。」〔註3〕每個人都是一個社會人，詩人也不例外，兩漢詩人不可能寫出建安之後的詩作，秦嘉五言詩如此，十九首、蘇李詩更是如此。為此，我對五言詩的對偶句的歷史給予了考察和追溯——每當遇到一個需要考察的問題，都要進行一次流變史的追溯，這也是拙作貫穿全書的一個研究方法。譬如後來分析「疊字」修辭手法的使用，也是如此，採用量化統計的方法，寫出一個簡略的「五言詩疊字」修辭法，就有說服力。此處秦嘉五言詩中的對偶現象，也應該寫一個五言詩對偶修辭法的流變史，可惜時間關係，未能做細，可以留待以後有暇補做。

關於《陌上桑》以及兩漢樂府歌詩的寫作，其中最大的感慨，就是：一個世紀以來的基本學術話語，譬如所謂「民間樂府」的這一類說法是否科學，就值得思考。我們現在的許多學術話語，都是建立在中國進入到「五四」之後的理論體系的框架之上的，而現代學術的思想潮流，是推翻帝制之後對民眾創造歷史的無限神話的過程。既是民間，就不會有樂府，樂府只是宮廷的音樂機構，後來學者，常常將樂工劃入民間，也是這種民眾至上的產物。其中值得反思之處頗多。

有學者曾經建議我研究到此為止，因為，若是對十九首的產生時間做出一個大致的時間界定，這是比較好接受的，但若將十九首的一篇篇作品，落實到具體的背景，就難免會有「附會說」「比興說」之類的責難。但學術問題是個科學的問題，就像筆者一開始將五言詩的飛躍點暫定在建安十四年，這是一個出於策略的推讓，但若是看到了十六年質變的種種因素，就應該陳述為十六年。學術研究沒有策略，只有真實。作為十九首一部分作品的作者背景解讀，若是能清晰看到其作者及其背景的種種跡象而不闡發，這是一種不負責任的態度。

也有學者評價我的這一研究，坦言其近似學術偵破推理，確實如此，當我在開始進入到這一具體的思考之後，我正是採用偵探破案的

〔註3〕羅庸，蘇李詩制作時代考·題辭〔A〕，馬雍.蘇李詩制作時代考〔M〕，商務印書館，1944.1。

方式來進行的，只不過案件發生在將近兩千年之前，不僅所有的人證不復存在，即便是物證，也早已經湮沒在歷史的灰塵之中。但既然是一個歷史的大案，不論多麼善於偽裝的作案者，都會留下蛛絲馬蹟。換言之，不是詩案本身沒有鐵證，而是破案人被種種歷史的偏見蒙住眼睛，對這些能緊密構成邏輯鏈條的線索鐵證，視而不見，見而不思，思而不解，解而不認，從而錯過最終破譯的機遇。

　　曾經有一個階段，每天面對十九首，卻發現無論怎樣研究，也難以看出其中的奧秘，於是，我索性再次擺脫十九首的文本，轉向曹植作品的深入研究——因為，從我漢魏五言詩演變史的角度，在研究完曹丕、王粲等之後，也理應開始研究曹植了。在此前從班固以來的五言詩人中，依次排查的結果，沒有找到任何一位詩人與十九首具有關聯性；又從曹操開始排查建安以來五言詩人，直到曹丕之前，僅僅出現若干詩句、若干語彙語詞的相似性，我知道，距離那些十九首的真正作者的距離日益接近了。於是，我開始排查曹植的情況，首先是將其詩文作品儘量做出編年，將其生平做出自己的年譜，其中繫年或者寫作對象不明確的，則一一考辨。譬如閱讀到曹植的《離友》詩，其二有「折秋華兮採靈芝。尋永歸兮贈所思」等詩句，趙幼文在該詩下作按語說：「似非懷念夏侯威者，未能考其寫作歲月」〔註4〕。我已經感覺到這首詩與十九首中的《涉江採芙蓉》非常近似，於是，我就設法考察夏侯威其人，為此，我用了很長時間，也沒有找到線索，只好作罷。一直到2009年春季，一次在燈下閱讀曹植文集，連同閱讀《藝文類聚》等，我忽然發現，將寫作於建安十六年的《離思賦》，以及十七年十月跟隨曹操出征孫權抵達長江岸邊的歷史記載等史料聯繫在一起來思考，忽然理解了這首《離友》詩，所謂「夏侯威」云云，不過是迷惑他人的障眼法，以便能使這首詩作安然存在於自己的文集中而不被他人看破。而這首騷體詩，其句意竟然和《涉江採芙蓉》幾乎是句句對應的關係。當時，我已研究建安文學多年，深知當時有同一

〔註4〕趙幼文，曹植集校注〔M〕，人民文學出版社，1984.56，498。

題材而用兩種體裁寫作的習慣。於是，順藤摸瓜，接著閱讀曹植文集，以前多次閱讀過，但卻怎麼也解釋不清楚的《朔風詩》出現在眼前，將其置放於建安十八年正月，曹操大軍即將離開長江戰場之際，則其中的每一句詩作的含意，即刻就清晰地凸現在面前，不僅僅是時間、節令、地點等無不吻合，其中「子好芳草，豈忘爾貽」的詩句，更清晰地指向了曹植《離友詩》中的「折秋華兮採靈芝。尋永歸兮贈所思」和《涉江採芙蓉》中的「採之欲遺誰」。看來，曹植所採遺的對象，必定是一位喜愛芙蓉的美麗女性。於是，我重新閱讀曹植文集，曹植文集不足，再讀曹丕文集，終於發現，甄氏就有這個癖好。於是，我再向前追溯，以前閱讀不懂的《愍志賦》《感婚賦》，其含義頓時清晰。《愍志賦》借「人有好鄰人之女者，時無良媒」之事，抒發自我「思同遊而無路」的痛苦；再向後研究，則曹植與甄后的關係，其線索頓時也就清晰起來。〔註5〕

　　以上是以詩證詩，將全部漢魏之際五言詩人逐次編年排查，將曹植等人詩文作品逐次編年，並且進一步將曹植詩文作品與十九首等逐次編年，終於讀懂了以前讀不懂的一部分曹植作品的真實含義，也讀懂了十九首可能具有的寫作背景；更為重要的，是以史證詩部分的考索。既然十九首中的部分作品可能為曹植所作，並且其中主體部分的主題，是與甄氏發生關係的，則植甄之間，必定應該有現在不為世人所知的隱情。於是，我從甄氏之死研究起，發現對於甄氏之死的記載，各種史料出入極大，而將各種史料綜合起來考察，恰恰說明了甄氏死於灌均等人對植甄關係的彈劾；按照這一邏輯，則事件的另一方責任人曹植，必定應在甄后賜死的黃初二年前後也同樣有罪，以此閱讀史料，果然見到曹植獲罪幾乎非命的各種證據。以前這些史料同樣讀過，由於沒有思考，先天地以為，這是曹植與曹丕爭奪帝位政治鬥爭的延續，從而忽略了對這些史料的深入考索。曹植獲罪的時間點和罪名基

〔註5〕以上詳論請參見拙文《論古詩十九首與曹植的關係》，載《社會科學研究》2009 年第 4 期。

本清晰之後，再來看曹植在黃初元年至黃初二年之際的行蹤，也就漸漸清晰起來，以前學術界一直不能理解，或說是誤讀的問題，也漸漸清晰了。如曹植《上九尾狐表》稱：「黃初元年十一月二十三日於鄄城縣北，見眾狐數十首在後」，曹植自己的這一上表與史書記載的曹植於黃初二年就國鄄城，這兩種記載是矛盾的，所以，多數學者認為曹植自身的記載有誤；又，曹植《洛神賦序》曰：「黃初三年，余朝京師」，賦曰：「余從京師，言歸東藩」，對於其中的黃初二年，古今之人也多認為曹植誤寫，或有意所寫，如說：「此賦當是四年作」，「而賦云三年者，不欲亟奪漢亡年」，〔註6〕以筆者所見，誤寫與有意所寫均誤。參看曹植在黃初二年六月進京之後，戴罪南宮的情況，曹植應該自黃初二年六月戴罪入京，一直就在曹丕身邊等待處理，並未就國。清楚了曹植在這一段的行蹤，再來看《洛神賦》的寫作背景，以及十九首中可能寫作於這一背景之下的作品，就幾乎都是順理成章地浮出了水面。那就是曹植於延康元年至黃初二年六月之際，有相當長的時間逗留在鄄城。曹植於延康元年四月去鄄城，翌年（黃初二年）六月之前離開鄄城去鄴城與甄氏會面。逗留的原因，並非如有學者所猜測的，或是認為曹植自身記載有誤，並未去鄄城，也非有學者認為的，是去鄄城就國，而是以去黃河邊上祭奠曹操的名義逗留。當然，這僅僅是一個表面的理由，更為深層次的理由，還有待考察，其中應與植甄關係有關。不論什麼原因，總之，曹植與甄氏有一次一年左右的離別，正是這次離別，造成了兩者之間的思念之作大量產生。其中《庭中有奇樹》《青青河畔草》應為曹植寫給甄后，而《冉冉孤竹生》應為甄后寫給曹植，催促曹植早些返回鄴城，來和她見面。以前讀此詩「結根泰山阿」之句，一直讀不懂，以為作詩者可能是泰山附近的人，或者是以為泰山不過是一個沒有具體背景的比興之物，後來，才知道錯了，鄄城就在泰山腳下，青青河畔草之「河」，就是距離鄄城十八里的

〔註6〕〔清〕朱緒曾，曹集考異〔M〕，續修四庫全書·集部·別集類〔Z〕，上海古籍出版社，2002.452。

黃河,同此,涉江採芙蓉的「江」是長江。以前一直聽老師講,古人的「江、河」,都是專指的,這在十九首中都得到了印證。曹魏時代,已經不是先秦兩漢時代的比興時代,而是具體場景的描寫,而且,植甄二人情感濃烈,具體場景、地名、河名、江名皆為真實表達,何必採用無何有的比興虛擬?當我們將十九首的地名、水名、專門用語,與這一事件一一對比,如《庭中有奇樹》採用「貢」字以給甄后等等,無不吻合;反之,將其置於兩漢,無任何吻合之作者,無任何吻合之本事。植甄之間既有隱情,則必有曹丕的震怒,曹叡的報復,以及曹植後來的反思悔過等等,查閱諸多史料,這些必有之事,無不一一見載於史冊。後來者之所以對此無動於衷,其中原因頗多,可參見拙作的有關章節。

那麼,十九首中的多數作品既然為曹植所作,又為何有學者認為它們之間並非同一種詩風呢?如葉嘉瑩先生《談〈古詩十九首〉之時代問題——兼論李善注之三點錯誤》說:十九首「至於曹王之說,則就其風格而言,似乎又嫌時代太晚了一點,因為曹王諸人,對於詩歌之寫作,已有極濃厚之文士習氣,其為詩已經不免於「有心為之」的「作意」,而且已經逐漸注意到辭采之華美,往往流露有誇飾之跡,這與《古詩十九首》的「結體散文,直而不野」的風格,是並不相合的。」〔註7〕十九首與曹植五言詩風格到底是相似甚至相同,還是兩種風格?筆者經過研究之後,發現曹植詩中本身就存在兩種風格,所謂曹植詩風比之十九首更為華美,那是曹植早期的詩風,以及曹植作為公子哥兒的遊宴詩等呈現出來的「黼黻錦繡」之作,黃初之後,曹植詩風明顯一變,轉為「沉著清老」、含蓄凝練。曹植在自身經歷深邃的人生苦難之後,他對詩歌本質的理解也應在昇華,他已經不必「有心為之」的「作意」,也不必有意的誇飾與華美,直接就眼前景物、心中情懷,已經足夠為詩,而且,是一種更為審美,更為合於詩歌本質的詩。在曹植現存詩作中,譬如黃初之後的《雜詩六首》《七哀詩》

〔註7〕葉嘉瑩,迦陵論詩叢稿〔M〕,中華書局,2005.12。

等，與十九首的寫法，全無分別。胡應麟說：「子建《雜詩》，全法十九首意象……然東、西京後，惟斯人得其具體。」〔註8〕已經看到了兩者詩風實為一體。

三、《古詩十九首》研究的反思

前文已經說過，筆者的十九首研究，確實是摸著石頭過河，磕磕絆絆，一路摸索著走過來，其中的問題一定還有不少，其學術價值，也還有待於時間的檢驗。當然，從心得體會來說，在拙作出版之後，痛定思痛，凝神反思，還是有一些不一定正確的體會，可以和各位學者交流彙報。

首先，是關於選題的問題。十九首研究、五言詩和詞體起源問題，都是文學史研究中的難點，為何我會選擇這種難點來作為我近些年的主要題目來加以研究？這個問題，在前文對我十九首研究歷程的回顧中，已經在客觀上說明了，即十九首是我寫作詩歌演變史必然要遇到的一個問題。但這僅僅是表層的因素，若深一步來說，選擇十九首等尖端問題來研究，又是多方面因素決定的，其中包括學術觀念、方法論，甚至包括研究者的性格等等方面的原因。我的性格屬於童心未泯，率真並且有意求真。回首反思研究十九首的歷程，其中最為重要的，是長期以來形成的審美人生觀、審美學術觀。如果說，在讀研之前，我是為寫詩活著，讀研之後，特別是從上世紀90年代中期，開始進行詩歌演變史的研究和寫作以來，學術研究就替代詩歌創作而成為了我生命的皈依。我為學術而生存，為詩歌流變史的這一大理想而生活於每一天。我是一個不擅長生活於世俗現世的人，這就勢必要有一個唯有自我才能進入的孤獨的家園，越是於外在世界感受到痛苦，就越會龜縮於靈魂的巢窩。幾乎每次在現實生活中的頭破血流，都成為我新一輪潛心研究的驅動力和獲得突破的直接原因。在這種學術研究和寫作中，特別是在詩歌史重大

〔註8〕〔明〕胡應麟，詩藪：內編卷2〔M〕，上海古籍出版社，1958.30。

問題的研究中，我能感受到思索疑惑憤悱，更能感受到頓悟超越的愉悅以及酣暢表達的快感。

在拙作《後記》中，我曾對我的學術觀和方法論給予一個總結：「以我來看，學術研究應該是審美的，而非功利的；應該是探索的、創新的，而非因襲的、陳舊的；應該是整體的、流變的、聯繫的，而非局部的、僵死的、孤立的；應該是超越古人的，而非迷信盲從的；同時，更應該是超越本時代的，而非受當下意識形態支配的。」這些話語，似乎不會有多少人反對，但要真正地成為學術研究的實踐，卻是相當困難的。梁啟超先生曾經談到清代學者閻若璩《尚書古文疏證》等的影響和之所以難被接受的原因：「夫此兩書所研究者，皆不過局部問題，曷為能影響於思想界之全部？且其書又不免漏略蕪雜，為後人所糾正者不少……《尚書古文疏證》，專辨東晉晚出之《古文尚書》十六篇及同時出現之孔安國《尚書傳》皆為偽書也。此書之偽，自宋朱熹、元吳澄以來，既有疑之者；顧隨積疑，然有所憚而莫敢斷；自若璩此書出而讞乃定。夫辨十數篇之偽書，則何關輕重？殊不知此偽書者，千餘年來，舉國學子人人習之，七八歲便都上口，心目中恒視為神聖不可侵犯；歷代帝王，經筵日講，臨軒發策，咸所依據尊尚。毅然悍然辭而闢之，非天下之大勇，固不能矣。自漢武帝表章六藝，罷黜百家以來，國人之對於六經，只許徵引，只許解釋，不許批評研究。韓愈所謂『曾經聖人手，議論安敢到？』若對於經文之一字一句稍涉疑議，便自覺陷於『非聖無法』，戁然不自安於其良心，非特畏法網、憚清議而已。凡事物之含有宗教性者，例不許作為學問上研究之問題，一作為問題，其神聖之地位固已動搖矣！……當時毛奇齡著《古文尚書冤詞》以難閻，自比於抑洪水驅猛獸。光緒間有洪良品者，猶著書數十萬言，欲翻閻案，意亦同此。——以吾儕今日之眼光觀之，則誠思想界之一大解放。」﹝註9﹞「只許徵引，只許解釋，不許批評研究」，既是傳統，又是現實，韓愈所謂「曾經聖人手，議論安敢到」，

﹝註9﹞梁啟超，清代學術概論〔M〕，上海古籍出版社，1998.13～14。

也正是我研究十九首所首先面對的一個客觀現實。我之所以無所顧忌於此，正是由於我長時期生活於自我封閉的世界，以學術為審美、為樂趣、為皈依，而不涌於人情世故的結果。若是為了功利之目的，即便是對於十九首等問題有所發現，也斷然不敢想、不敢寫、不敢發。因此，簡單來說，就是由於我的性格幼稚、不成熟、自我封閉、自我放逐，造成了我不顧世俗，我行我素的學術選擇。

當然，還由於我對文學史寫法的認知不同。既然是求真的性格，我又認為學術的本質就是一個求真的過程，即便是這個求真的過程無論怎樣充滿險阻，無論這個求真的過程會受到多人的反對的壓力，對我來說，皆會視而不見、充耳不聞，而去專心於自己的研究。既然求真，我就不能滿足於舊有文學史陳列資料的寫法，也就不能滿意於文學史模棱兩可、含混其詞的說法，而激賞於那些觀點鮮明、文學史脈絡梳理清晰的論述，哪怕其中會有荒謬的外殼。馬克思也是揚棄黑格爾和費爾巴哈的外殼而汲取其合理的內核而成為馬克思主義的。世界上也許還沒有哪種理論能證明自己是絕對的、永恆的真理，只有歷史性的、階段性的、相對性的真理。達爾文很偉大，但也只是相對的真理，其漸變的進化論，也已經漸次為漸變基礎之上的突變理論所取代。

以上所說的文學史難題問題，實際上是學術觀問題，也就是審美學術觀的問題。審美學術觀並不意味著反對功利，恰恰相反，兩者之間並非完全是矛盾的，而是前者含納後者的關係，即審美不為功利，而功利，或說是更好的功利目的已經含納其中。當然，有了審美學術觀念之後，會有一個好的出發點，但還需要有正確的方法論。在方法論方面，我並無先入為主的方法，主要是有這樣幾個方面的體會：

首先是文本第一、史料第一的原則。在我們這個重視文本、史料的時代，我的這一方法論，似乎並非新見，其實不然；實踐第一，似乎是人人皆知的哲學信條，但在實際上，卻經常是概念在先，前輩權威學者的說法在先。試思當今學者相信十九首西漢說、東漢說，以及相信詞體產生民間，又有哪個學者是能真正從材料出發，從文本出發，

經過自身的一番驗證之後才相信的這些理論？所見之資料，先已貼上前輩之說的標籤，無不已經在主觀上為東漢說、民間說而存在。因此，首先要破除幾乎是與生俱來的種種智障，掃除種種遮蔽認知歷史真相雙眼的浮土灰塵，才有可能真正以客觀之心、平等之意來審視一切之歷史現象。余乃鄉野匹夫，孤陋寡聞，惟知以詩歌史之作品文本為對象，惟知以有關的諸多史料為依據，並不理會前人說法。書稿寫作將半，早已經得出建安說之後，方才注意到東漢說乃為梁啟超高見（若為先知，則是否還敢有建安說之論？乃不可知），也方才注意到鍾嶸早有建安曹王之「舊說」（當時，亦頗有鍾嶸先我而言之的遺憾。現在想來，也同樣幸虧早些時候未曾注意前輩之說，否則，先知此論，即先有一個前人說法再去研究，也同樣會按圖索驥，非為沿波討源、層層剝筍的自然認知過程）。換言之，我的研究，頗類陶淵明之「乃不知有漢，無論魏晉」，唯有浸淫於文本與史料本身之學術「桃花源」而已。

　　每個人都生活在一定的歷史階段，每個階段都有其時代的局限，古人相信西漢說，是由於自《玉臺新詠》以來，十九首中的部分作品落在枚乘名下，已經成為了一個先入為主的積習；現當代以來的學者之所以相信東漢說，是由於先入為主地按照東漢說來思維，而沒有將十九首的作品實際以及五言詩演變史的實際情況作為第一性的歷史存在來加以認知，反而千方百計尋找史料中的某些例外：或以西漢已經有某一首民間五言詩來證明秦嘉五言詩的合理性，或以秦嘉五言詩的存在，來證明十九首的合理性；或以也有不避諱的現象來證明十九首中的「盈盈」為合理等等。十九首中三次出現「洛陽」之「洛」，皆為曹魏之後的「洛」字，而非兩漢之際的「雒」字寫法，但就這一點，原本已經能說明十九首非兩漢之作，但學者們千方百計找證據，找例外，找兩漢時代也有寫成「洛」而不用「雒」的。劉躍進先生在一次學術會議上主題演講，說東漢時代一位官員將「馬」字少寫一個點，而驚恐萬分，因為這有性命之虞，那麼，十九首中三次出現「洛陽」

皆為「洛」，又作何解釋？或說，那是由於原本並無書面傳播，僅僅是口頭傳播所致。誠然，可以理解為十九首原本並無文字傳播（是否真的如此，還需要學術史的檢驗，只能說，迄今為止，還沒有見到在《文選》之前的原作文字，陸機《擬古詩》之前的參照性文字），而兩漢原本並無傳播的原因，正是由於兩漢原本並無文本。正如許多權威工具書，在解釋十九首等「古詩」是魏晉時期才開始流傳時說：「『古詩』的原意是古人所作的詩。約在魏末晉初，流傳著一批魏、晉以前文人所作的五言詩，既無題目，也不知作者。」〔註10〕這一權威解釋，已經非常清楚地指明：十九首等「古詩」是在魏末晉初才開始流傳的。為何不說西漢或者東漢就開始流傳？正因為這些詩作在那個時代還沒有創作出來，自然就沒有人流傳。後人之所以千方百計想辦法來證明一個並不存在的遠古神話，正是由於先入為主地接收了一種觀念所致，並且，每個後來者的努力，也都成為了傳說本身。如一句俗語所說，站在陰影下久了，也就成為了陰影的一部分。一百年以來的東漢說、民間說等，莫不如是。

其次，想談談理論在先與實踐第一的辯證關係。是理論在先還是資料在先？是思想在先還是史料在先？在當今時代，答案無疑是後者，更有很多從事學術研究的人，生怕別人說自己是理論在先，只有很少的學者，提出「理論在先」的命題。以我所經歷，張法教授在一次學術會議上，首先明確提出「理論在先、材料在後」的學術命題。現在，我來反思我的學術研究，嘗試對這一命題給予闡發詮釋。或說，你剛剛還在講文本在先、史料在先，而不是前代學者的結論在先，現在怎麼又強調思想在先呢？不是自相矛盾麼？非也，此思想，並非彼思想，此思想乃指研究者在以文本第一、史料第一的閱讀基礎之上，當進行到實際研究過程、寫作過程之中的時候，研究者要有深入的思考，在思考中對史料有一個由此及彼、去偽存真、去粗取精的判斷和

〔註10〕 倪其心，古詩十九首〔A〕，中國大百科全書（中國文學卷）〔Z〕，中國大百科全書出版社，1986.192。

開掘過程。因此，理論在先、思想在先（思考在先，可能是更為合適的表述）的原則，實際上與實踐第一、實證第一，並不矛盾，而是在不同層面對學術精神的闡發。

理論在先，首先是指破除陳腐的理論、思想，建樹科學的理論觀、方法論，才有可能科學地駕馭材料、詮釋材料，挖掘材料的意義。材料譬如建築學術殿堂的磚瓦沙石，理論和思想卻是建築殿堂的藍圖、理念、風格，是靈魂，是統帥，古人講究「意猶帥也，無帥之兵，謂之烏合」正是此意。在現當代科技日益發達之時代，難點在於如何將現有之史料深度開掘，給予歷史的復原，合於邏輯地將史料安置於其原本應該所在的歷史座標的點位之上。大多散落的材料如同玩偶，如同僵屍，土木形骸，原本並無靈魂，只有將其變為思考之下的材料，才有可能使它們回復其生動的生命，才能站起來闡發歷史的真相。當然，這種理論和思想，必定是在大量的感性閱讀、感性資料基礎之上的反覆思考所得，它既不是生硬套用西方理論，也非沒有思想的材料。從這個意義上來說，我們所要做的研究，應該是有思想的學術。

思想第一的原則，還包括當作品所呈現出來的特質與所謂白紙黑字記載的情形不能完全吻合的時候，應以內證作為第一評斷標準。譬如《三國志》分明記載甄后是由於「有怨言」而被賜死，後人卻無人相信，無非是因為這些記載不合情理，也不吻合於其他記載。十九首中的八首在《玉臺新詠》中被明確記載為西漢枚乘所作，現在的學術史早已經將這種說法放棄，改為東漢說，東漢說僅僅是憑藉梁啟超的「直覺」推論而已。由相信所謂白紙黑字的枚乘記載，到相信梁啟超根據東漢時代其他詩人的五言詩寫作情況而推斷十九首當為東漢所作，這在方法論上已經是一個巨大的飛躍。但梁啟超先生所倡導的「東漢」說，僅憑張衡、秦嘉等「各有較多的五言詩傳世」來推斷十九首可能於這個時期產生。啟超先生這一推斷，首先違背了自己所總結的「無徵不信」的學術精神和原則。而學術史之接受梁氏之說，乃是一種必然選擇，因為，梁氏之東漢說，比之有白紙黑字的西漢說，更為

接近歷史的真相，這也體現了理論在先、情理在先、思想在先而僵死材料在後的原則。

當然，材料與思想之間，是相互依存的辯證關係，材料既是思想的感性基礎，又是思想的論證基礎，同時，也是思想和理論的檢驗標準。當思想、思路正確的時候，則各種資料就會汩汩而出，絡繹齊匯；反之，若是搜腸刮肚才得其偶然，則說明這一思想是一錯誤路線。我之十九首研究，後來資料越來越多，種種資料都和早期逐漸形成的觀點相吻合，正說明了其假設推理的接近史實。前文筆者談到，在沒有思想的狀態之下，筆者閱讀曹植的《朔風詩》《離友詩》等，無論怎麼用力解讀也讀不懂，無論怎樣苦思冥想，也畫不出曹植在這些詩作中說的時間表和路線圖，一旦將其置放在正確的時間位置上，將其和十九首以及曹植其他詩作打並成一個細膩的編年之後，立刻就都吻合起來，一切的語句就都順暢起來，這就是所謂思想在先的作用。反之，若是沒有思想，或者沒有正確的思想，則這些材料或者會呈現沒有靈魂的僵屍狀態，或者是矛盾百出，不能自圓其說，遇到這種情況，大多說明其開始的推理和判斷是錯誤的，需要重新思考。

我的十九首研究，不同於現在流行的單純的課題研究。我是從詩歌流變史寫起，發現十九首的問題，從而開始研究十九首，當遇到十九首的研究難以深入的時候，重新回到漢魏時代的五言詩演變史的研究。與其說我是在研究十九首，不如說我是在研究五言詩發生演變史。當遇到曹植與十九首關係不能深入的時候，我也沒有強攻這一命題，而是放棄十九首問題，專心作曹植年譜和詩文作品繫年，於是，十九首的作品一首首幾乎是自動地跳躍到我的眼前，向我提出歸隊的要求，於是，某一首應該在某一年，也就不是我的刻意安排，而是十九首本身的要求所致，就像是敘事作品中的人物，它有了自身的性格和命運，到了該他出場的時候，自然會自行登場。也只有到了這種時候，我們所研究的對象，以及圍繞這些人物的諸多材料，才會排闥而入，並且相互之間，黏連成一個有生命的整體。

我體會到，在沒有歷史直接材料下，假設和推理是必不可少的研究手段。如同有學者所說，破譯文學史的疑案，就如同福爾摩斯的刑偵破案，常常不是一次性就能破譯，而是要通過許多次的假設，通過許多次不成功的假設，最終尋找到破譯迷案的正確路徑。假設和推理，其間有一個情理作為基礎，以邏輯的辯證作為鏈條。我們看到，案件的偵破常常是由於某一個非常細微的現象不合常理，以之為契機、為邏輯線條，接著一步步求證，最後的結果，居然和最早的推斷完全吻合。如果在一開始不允許假設，也不允許推理，只要求拿出所謂的直接材料，則此案就無法破譯。學術上疑案的破譯，也應給予學者一個較為寬鬆的環境，允許假設，鼓勵推理，鼓勵創新。其實，每一次的假設、推理論證，都是從一個新的路徑通向那千古之謎謎底的嘗試，若是學術史證明了此一條路徑的失敗，必然就會為後來者排除此一條路徑，從而為最後的破譯奠定基礎。自然科學中的許多學科，其中的很多定理、定式，無不從已知如何，又已知如何，最後推論出來結論，可以說，若是沒有假設和推論，則沒有現代的自然科學理論。這就是前文所說的內證。內證比之外證，是更為準確的，更為科學的方法，外證可以作偽，而內證卻是一個嚴密的歷史鏈條所構成的，它是不能作偽的。內證高於外證，規律高於人言，理論先於材料，這應該是在當今繼清代樸學對宋明空疏之學反撥，當今史料之學對此前學術為政治服務而產生空泛學術反思之後，做出否定之否定的新的學術觀和方法論的抉擇。同時，我們還應該設置反問推理，譬如有學者認為，十九首為建安曹魏作品缺少直接證據，或說是新的材料，那麼，也就應該同時反問：西漢說或是東漢說有沒有直接證據或是新的材料？東漢說若是不能做出假設，也不能做出推理，更沒有所謂的鐵證、實證，正說明十九首並沒有發生在東漢之前。

在進行內證的過程之中，本質與非本質，漸變與質變等辯證法規律，皆應為其中共同承認的判定是非的基本原則。按照辯證法的

基本原理，矛盾雙方貫徹於事物之始終，這樣，我們就要分清何者
為涓涓細流狀態之下的偶然之作，不能因為東漢時期的偶然之作，
甚或是西漢、先秦時代的偶然五言詩作，就證明五言詩早已經有之，
需要分辨，此五言詩非彼五言詩，外形相似，而本質不同；也不能
以民間偶有一兩句五言詩對偶，就證明秦嘉八句五言詩對偶為真實
存在，也不能以東漢中後期有了一些文人的五言詩作，特別是認為
漢靈帝時代有了一些經學時代的鬆動，就認為具備了十九首產生的
條件。兩漢五言詩作，根據陸侃如、馮沅君的研究，認為到東漢方漸
漸有作純粹五言詩的詩人，其中可考者計應亨、班固等八人。〔註11〕
將近一個半世紀，僅有這樣的少量的五言詩作，若將十九首歸於其
中任何一個詩人生活的時代，那才是歸之於偶然，歸之於個人。梁
啟超先生說：「凡事物之發生、成長皆以漸。一種文學之成立，中間
幾經蛻變，需時動百數十年，欲劃一鴻溝以確指其年代，此事殆不
可能」〔註12〕，梁啟超承認任何一種新興的文學體制的成立，需要
有一個漸變的過程，這一理論的認知，成為了西漢說被學術史所揚
棄的哲學依據，但梁啟超未能從哲學的根本世界觀和方法論上認識
到，漸進之後，必定需要在某個時間點之上形成質變的飛躍。換言
之，梁啟超的哲學觀還停留在達爾文的漸變進化理論，而未能昇華
為漸變基礎之上的質變飛躍理論。而我之哲學觀，不僅僅承認漸變
進化，更為承認在漸變進化基礎之上的質變飛躍理論，我所研究的
五言詩發生成立，是在建安十六年由建安群體詩人質變，以及詞體
發生在盛唐在李白等詩人手中完成質變，都是在這種哲學觀下思辨
和實證的果實。

以上方法論之反思，可能會有空疏之弊，特別是其中關於假設、
推理等方面的問題，請參見筆者前後文中關於其他問題的闡發。

〔註11〕 陸侃如，馮沅君，中國詩史〔M〕，人民文學出版社，1983.265～266。
〔註12〕 梁啟超，中國之美文及其歷史〔A〕，梁啟超學術論著集〔M〕，華東
師範大學出版社，1998。

四、相關研究的展望

所謂展望，是以我目前的眼光和水平，來談談未來還應該繼續做的一些研究，有些還僅僅是一些思想的萌芽，有些是研究的線索，提供給學界同仁參考，同時也反思拙作之所欠缺。

首先，關於蘇李詩的研究，並未在拙作的研究範圍之內，這是屬於研究範圍的欠缺。蘇李詩和十九首之間，具有密切的關聯，就其本質來說，應該是同為一體的。這就在客觀上要求對蘇李詩也能做出相應的研究來。十九首、蘇李詩等，這些五言詩作品失去作者，是一次性地從原作者文集中被刪除，還是多次苦難、多重文字獄、多重因素所造成的結果？筆者認為，後者的可能性更大。換言之，曹植文集當今流行版本與學術界承認的原作數量相差如此之大，曹叡在臨終之前的「重新撰錄」固然是其中最為重要的一次，但也不能排除以後漫長歲月的漸次失落。就曹叡「重新撰錄」曹植文集來說，是專門挑選與植甄相關之作，還是以植甄關係為中心，兼選其他作品刪除？筆者認為，顯然也應該是後者。曹叡重新撰錄曹植文集，大抵有三重因素：植甄關係之作，此為首要，乃為直接原因，當列為其一；曹植在黃初前後涉及的反映當時朝廷迫害之作，如曹植在此期間與曹彪的唱和之作，此為其二；其三、出於嫉妒，儘量刪除能夠刪除而不容易暴露的曹植優秀之作。這首先是作案策略的需要，只有混雜剔除，重新撰錄才有可能被後來的歷史所承認——直到目前，學術史仍然相信植甄之間未有戀情，也未有詩作往來，這就在客觀上說明了這些刪與不刪的合理性；其次，還要考慮曹叡嫉妒方面的因素。

曹叡對曹植恨之入骨，對曹植的蓋世才華是充滿嫉妒之心的，參見拙作相關的研究論證。而曹叡本人是否是詩人，或者是文學家，也還是需要學術史來重新檢驗的。《太平御覽》卷 596 引明帝詔書：「吾既薄才，至於賦誄特不閒，從兒陵上還，哀懷未散，作兒誄，為田家公語耳。」〔註 13〕可知，曹叡自稱其「作兒誄，為田家公語耳」，後

〔註13〕〔宋〕李昉等，太平御覽：卷 596〔Z〕，中華書局，1960.2684。

人可以理解為曹叡謙虛，因為，也有一些五言詩作落在曹叡名下傳世。
但五言詩作之真偽，也同樣是一個需要研究和考辨的問題。曹叡目前
留下的散文類作品，基本皆為詔書之類，而帝王之詔書，例由重臣制
誥，並非帝王之所為作，曹叡的這篇平原公主誄，由於是自己的親生
女兒，悲痛欲絕，因此破例親自動筆撰寫，故其題目多標注為：《以所
作〈平原公主誄〉手詔陳王植》，這是正確的。但此詔雖在，原誄文卻
不復可讀到。曹植有《答明帝詔表》：「奉詔並見聖恩所作故平原公主
誄。文義相扶，章章殊興，句句感切，哀動神明，痛貫天地。楚王臣
彪等聞臣為讀，莫不揮涕。」〔註14〕曹植讚賞此篇誄文寫得好，也有
可能，蓋因曹叡「痛徹天地」，而發出生命的呼喊，也在情理之中。但
是否有文學性，也就是曹叡是否會寫文學作品，這是一個需要研究的
問題。至於曹叡流傳的五言詩作，是否真為曹叡所作，也同樣需要重
新來思考一下。曹叡既然重新撰錄曹植文集，一部分詩的作者後來被
說成是枚乘，其中一首應為甄后所作的《冉冉孤生竹》，被傳說為傅
毅所作，還有《怨歌行》被安排到班婕妤，那麼，將其中一些詩安排
在自己的名下，至少也是有可能的。

　　或說，那又如何解釋曹植的《贈白馬王彪》呢？既然剔除，為何
有的剔除，有的保留呢？《贈白馬王彪》，「最早見於《三國志·魏書·
陳思王植傳》注引《魏氏春秋》，無題，無序。《文選》卷二四選錄此
詩，題為《贈白馬王彪》。」〔註15〕可知，即便是曹植的這一名篇，
也並未出現在經曹叡重新撰錄而「副藏內外」的曹植文集版本之中，
後來的曹集，根據《文選》而補入，而《文選》又根據《魏氏春秋》
補入。又或說，曹植《贈白馬王彪》為何如此幸運，失而復得，其餘
十九首、蘇李詩中的曹植之作，為何不能輕易回歸曹集之中？各有各
的不幸，各有各的原因，蓋因寫給曹彪之作，其中「親愛在離居，本

〔註14〕趙幼文，曹植集校注〔M〕，人民文學出版社，1984.56，498。
〔註15〕張可禮，宿美麗，曹操曹丕曹植集〔C〕，鳳凰出版傳媒集團、鳳凰
　　　　出版社，2009.220。

圖相與偕」「王其愛玉體」等的具體指陳對象非常清晰，而曹植等人在黃初四年五月，與曹彪、曹彰等朝京師，均見史書記載，特別是發生曹彰「孤魂翔故域，靈柩寄京師」的大事。又或說，既然如此，那麼曹叡為何不刪除《洛神賦》這麼明顯的感甄之作呢？正是由於太明顯，幾乎人人皆知《洛神賦》為曹植所寫，是故，只能改變其「感甄」之主題，而不能消滅其作品的署名。強行封殺，只能連帶曹植其他被刪除的作品也露出馬腳。事實證明，曹叡這樣處理是非常成功的。

蘇李詩之外，十九首中如「迢迢牽牛星」等篇章，應該研究，從牽牛織女星的文化史形成歷程，來檢索其大抵的時間和空間位置，再從語詞語彙的較量，來衡量其與漢魏之際的五言詩人之間的關係，最後，再從植甄之間的本事背景來檢驗其是否吻合，應當能基本定位在黃初二年之際植甄兩者的思戀主題。換言之，它有可能也是兩人之間的思戀之作。曹丕的《燕歌行》應該一併研究，《燕歌行》應該是曹丕在黃初之後的作品，主題應為思甄之作，其中許多語詞，應該是從植甄之作中效法借鑒而來。

十九首餘篇、蘇李詩之外，《孔雀東南飛》等一些所謂樂府詩，也應該一併研究。關於《孔雀東南飛》，筆者尚未開始研究，僅有一些思考，一些線索，或說是思想的萌芽，先簡單說上幾句，拋磚引玉：該詩應主要為曹植所作。寫作時間有兩個時間點位，其一，在建安後期，也就是建安十八年至二十二年之間，取材於劉勳休妻；其二，是在黃初四年至六年期間，在經歷了甄后事件之後痛定思痛改寫，就取材來說，由劉勳休妻的原型，融入了詩人自我與甄氏戀情的歷史事件，就寫法來說，由以前的抒情詩而改寫為長篇敘事詩。目前所能見到的《藝文類聚》和《玉臺新詠》的兩個版本，應該是曹植在兩個不同時期的不同寫作底稿。將十九首中的《行行重行行》等詩篇，與《洛神賦》，連同《孔雀東南飛》這首長篇敘事詩打並為一體加以研究，則曹植和甄氏之間的戀情悲劇，才有可能更為全面，更為深入地展現在後人的面前。換言之，《孔雀東南飛》中的許多細節描寫，特別是詩中女

主人公被遣歸「事事四五通」的細節描寫，應該來源於植甄關係的原型場景。同時，我們也只有對《孔雀東南飛》這樣優秀的長篇敘事詩做出深入研究，統治學術界將近百年的民間說，才有可能得到徹底的顛覆。

　　資料的不足，是我在寫作之中就感到苦惱的事情，以個人渺小之力，而欲窮盡天下之資料，余知其難也。但我也深知，若是基本判斷是準確的，資料必然會陸續來證明其為正確，或能矯正其所論的某些細節，斷不會從根本推翻。其中有些資料，如《三國志集解》《曹集考異》《三輔黃圖校注》等，為書稿接近完成始到，未及深讀。又如在書稿接近印製時刻拜讀劉躍進先生大文，匆忙補入拙作一條關於「雙闕」的資料，雖然此條資料與我所論並不矛盾，但卻是重要的、不可或缺的一條。還有一些資料，徒知其名而不能讀到，這是我身處邊鄙之地的局限。

　　關於出土文物與現有資料之間的整合研究問題，我也寄託一些希望。在拙作中，我對於曹植之死，表達出了關注之意，由於沒有出土文物的鐵證，只能根據現有材料環環相扣，加以邏輯推理。我推斷了曹叡在太和五年破例允許曹植、曹彪入京參加元會活動，出乎尋常地對曹植表達了前所未有的善意，並親自賜食。在拙作中，我提出了這樣的懷疑：《太平御覽》卷378記載了曹叡關懷曹植的手詔以及曹植的答詔：「魏明帝手詔曹植曰：『王顏色瘦弱，何意耶？腹中調和不？今者食幾許米？又，啖肉多少？見王瘦，吾意甚驚。宜當節水加餐。』答詔表曰：『近得賜御食，拜表謝恩，尋奉手詔，憫臣瘦弱，奉詔之日，泣涕橫流。』」〔註16〕曹叡憎恨曹植，為何如此關懷曹植，剛有「賜御食」之舉，就有「宜當節水加餐」的詔令，而且是明帝親自「手詔」？而曹彰之死前，也曾有太后令人火速找水而不得的記載，這些，是偶然還是有陰謀，還需要研究。

〔註16〕〔宋〕李昉等，太平御覽：卷378〔Z〕，中華書局，1960.1748。

在拙作出版之後，筆者閱讀《初學記》，在《果木部‧奈第二‧表》下，看到了這樣的記載：「魏曹植《謝賜奈表》：即夕殿中虎賁宣詔，賜臣等冬奈一奩。以奈夏熟，今則冬生。物以非時為珍，恩以絕口為厚，非臣等所宜荷之。蒙報植等詔曰：山奈從涼州來，道里既遠，又東來轉暖，故奈中變色不佳耳。」〔註17〕前面所引之賜御食並詔令「宜當節水加餐」，與此次賜奈乃為同時還是分為兩次？《初學記》同時記載，奈產於酒泉等地，並引《本草》：奈味苦，令人臆脹，病人不可多食。從曹植表來看，乃為「賜臣等冬奈一奩」，一奩有多大，能有多少奈，不可考，曹植上表稱「非臣等所宜荷之」，是禮節性謙讓，還是心中不願食用？從曹叡回覆的詔書來看，山奈已經變質變色，為何已經變色不佳，還仍然要賜給曹植等，這個「等」字還有何人，皆已無法考辨。又，此事又見於《太平御覽》，曹植《謝賜奈表》：「即夕殿中虎賁宣詔賜臣等冬奈一奩詔使溫啖夜非食時而賜見及奈以夏熟今則冬至物以非時為珍甘以絕口為厚實非臣等所宜蒙荷詔曰此奈乃從梁州來道里既遠來轉暖故奈變色」〔註18〕由於句讀不同，會有理解上的歧異，因按原文抄錄。此段資料又增添了新的意思，一是「詔使溫啖」，曹叡不但賜變色之奈，而且詔令其食用方法為「溫啖」；二是「夜非食時，而賜見及」，可知，曹叡賜奈及詔令是「非食時」之夜；三是「今則冬至」，可知，此事當是曹植於太和五年歲末冬時至翌年初在洛陽京城所發生的事情。綜合兩段資料，可知曹叡賜曹植變色之奈，並指定服用之法，詔令在非食時之夜食用，乃為事實。我們知道，曹叡具有賜死曹植的復仇動機，但同時也有擔心天下臣民議論和擔當子侄殺叔的千古罵名，而現有材料因為種種歷史的原因，已經殘缺不全，無法直接指證。現在安陽墓已經初步斷定為曹操墓，也有不少人質疑，認為缺乏直接的鐵證，但看來已經為多數人所接受。將上世紀 50 年代發掘的曹植墓與曹操墓

〔註17〕 〔唐〕徐堅，初學記〔Z〕，京華出版社，2000.458。
〔註18〕 〔宋〕李昉等，太平御覽：卷 970〔Z〕，中華書局，1960.4302。

（如果能最終確認）加以整合研究，若兩者之間的數據基本吻合，則可以做到雙贏。

　　此外，我還希望能將曹植的個人身世重新研究和寫作。以前的研究，是以漢魏五言詩演變史為出發點，由於牽涉十九首，才有了十九首的研究；現在，我希望能以曹植研究為中心，整合十九首研究的成果，以《三曹傳奇》為題，寫出三曹，連同甄后的生命史，寫出植甄戀情的血淚史，並將遺失的五言詩作，回歸到原本應該有的時間與空間的座標。傳記這種體裁的寫作，也許會給我一個比較寬鬆的氛圍，在沒有直接史料為證的前提下，允許我加以合理的想像，將這些失去作者的詩作，重新有血有肉地回到母親的懷抱。我也希望，能有時間和精力，重新寫作曹植的年譜和作品繫年，讓這些遺失的作品，重新歸隊。當然，我原本的出發點是要分段寫作中國詩歌的演變史，我更希望能早些回到我的計劃，具體而言，接著完成《唐五代聲詩曲詞發生史》，以及將十九首成果融入其中來重新審視的五言詩演變史，完成《漢魏六朝五言詩演變史》等書稿的寫作。大假以年，我更希望能將中國詩歌演變史的研究，在這種分段研究、分人研究的基礎之上最後完成之。

　　迄今為止，任何一部文學史，都還是一部當代史，我的這一段漢魏五言詩書寫，也不能例外，其中歷史的局限性在所難免。我只是一粒微不足道的鋪路石，我甘願將自己的微薄身軀來為一條新道路犧牲奉獻。個人的力量總是渺小的，在不能窮盡的學術面前，我感受到自己學識的淺薄和能力的有限，由此，渴望著學術界的各位前輩同仁能給予我更多的批評和幫助。

　　　　　　　原載《社會科學研究》2010 年第 2 期，本文有修改

十九首研究的首次系統梳理和突破及方法論的反思

傅璇琮

　　白 2005 年木齋在《山西大學學報》第二期發表《初論古詩十九首產生於建安曹魏時代》以來，已經四年多的時間，在此期間，我注意到木齋陸續在多家刊物上發表系列論文，從各個角度、不同的層面來論證十九首不可能產生於兩漢，而是建安十八年之後的作品。這些論文，環環相扣，論證縝密，資料翔實，頗具說服力，在學術界應該說是產生了積極的反響。對漢魏五言詩，我研究不多，現在，我之所以撰文對木齋的十九首研究給予關注，大致有這樣幾點原因：

　　首先，有關古詩十九首問題的研究，可以說是中國詩歌史研究的一個重大課題，也是一個重大難題，學術界對此應該重視，組織學術界的精英力量，投入一定的人力物力來共同攻克難關。現在流行的十九首「東漢說」的說法，首先由梁啟超根據其「直覺」提出，羅根澤響應之，以後經過劉大杰、馬茂元和游國恩等人的補充，遂流行至今。當今流行的幾種文學史版本，仍然沿襲舊說，未能有所突破。學術界何以坐視一代代的文學史都用「大約是東漢中後期無名氏文人所作」之類的含混說法來答覆一代代學子求知的目光呢？作為一名古典文學的學者，我感受到一種歷史的責任感和使命感，應該力爭在我們的有生之年，將這個重大的文學史疑案加以解決，否則，愧對一代代學

子求知的渴望。現在，木齋以一己之力對此作出了一次系統的梳理，我們至少應該給予關注，給予支持，給予鼓勵，或者至少給予一個正面的回應，若其研究還有欠缺，可用學術界群體的力量對此給予進一步的完善、提升和完成，以期對此能給出一個確切的結論，推動有關十九首問題的最終解決。這是我撰寫此文的出發點之一。

其次，建安詩歌，特別是建安五言詩的興起，可以視為唐詩的源頭，同時，也是整個中國詩歌史的一個關鍵，十九首和漢魏時期的一些所謂「古詩」橫亙其中，成為我們能清晰認知中國詩歌史進程的一個瓶頸，而將近一個世紀以來，我所能讀到的有關十九首問題以及建安詩歌的研究，主要是有關風格、鑒賞、藝術特徵、思想內容的文章，罕見有關十九首產生時間、地點、作者的深入系統的論述，也罕見十九首與建安詩歌之間、十九首與五言詩興起過程之間內在聯繫的深入研究，而我所閱讀到的木齋關於十九首、五言詩興起、建安詩歌三者之間的研究，不僅僅是三位一體的研究，而且，更為可喜的，是木齋將漢魏五言詩興起、演進的過程，給予了一個細緻的編年，從而得出了三者本為一體的結論，也就是說，五言詩成熟於建安十六年之後，十九首產生於五言詩成熟之後，三者之間，是三而一、一而三的關係。在讀到木齋這樣系統深入的論述之後，確實讓我有欣喜之感。記得大約十年前，我在給木齋所著《宋詩流變》的序言中，就作過這樣的類似表達：「我是很贊成用流變的模式來寫文學史的，這當是我們文學史研究的一種新探索」，「首先是把中國東西南北不同地區作家的不同活動，放在同一個時間環境中。然後又把這一文學整體，按時間流程，一年一年地向前推移，好似電影屏幕上，有些消失了，有些出現了，很可能這些變動的實景會引發我們原先意想不到的思考。」〔註1〕現在，我看到，木齋關於十九首、五言詩興起、建安五言詩三者的研究，正是將這個時期的五言詩寫作，按照細緻編年的方式一一排列出來，其中不夠清晰的，則一一加以考辨，經過一番撥亂反正、去偽存真的

〔註1〕參見木齋著《宋詩流變》拙序，第1～2頁，京華出版社，1999。

考辨工夫，將五言詩興起的過程初步梳理出來，而十九首的產生時間和可能的作者，以及可能的寫作背景，也就在這種梳理之中凸顯了出來，從而得出了讓人不得不信服的結論。

以我來看，木齋的這一研究，可以看做是自梁啟超發表「東漢」說之後對十九首和五言詩起源的第一次系統的總結，第一次系統的梳理和第一次具有創新意義的突破。再往前來看，古人對十九首問題採用評點式的論述，也未能對十九首問題進行細緻而深入的梳理，因此，我們就不能不承認，木齋的研究，就其研究的深度、廣度和系統性來說，是前所未有的，單就這一點來說，就值得學術界重視和反思。這是我願意撰寫此文的第二點原因。

再次，我想從學術的創新性，以及某些學術理念的角度談談我的看法。有學者可能會說，對於十九首之類的歷史疑案，非不為也，而不能也，由於資料匱乏，任何關於十九首的研究都是徒勞的，或者說，一定要拿出所謂的「鐵證」才可以最終定讞。此說不妥，既然文物工作者可以根據文物的材料、質地、工藝、題材、格調、表達方法等來最終確定其產生的時間和生產者，那麼，我們也同樣可以根據詩歌作品的諸多因素加以對比論證，從而達到最終的破譯——十九首之不能解讀，正凸顯出研究方法方面的種種不足。我注意到，木齋所論，多為前人所未發，也可以說是發人深省。所謂發前人所未發，並不一定是前人沒有說過的說法，或是前人沒有見到過的資料。我們總是期待著從出土文物之類的材料中來對十九首之類的歷史疑案給予最終的答案。這當然是最為簡單的，似乎也是最為可靠的答案，其實不然，相對於外證的是否存在，內證的闡發更為重要。一個時期有一個時期的文學，通過漢魏之際時代之風雲際會，通過與前後時代、相近時代其他詩人的諸多因素加以對比研究，應該能將這些文學史疑案加以破譯。

木齋所論，可以視為直覺兼考證，並將內證的和外證的兩種方法的結合。我之所以認為他的這一研究具有積極的創新意義，並可能對十九首問題的研究建樹起一個新的平臺，主要是在於他新穎的學術視

角，以及系統的方法論。在這種方法論中，一切資料都鮮活起來，生動起來，似乎回到漢魏時代的歷史復原之中。當然，破譯文學史的疑案，如同福爾摩斯的刑偵破案，常常不是一次性就能破譯的，而是要通過許多次的假設，最終尋找到破譯迷案的正確路徑。學術上的破譯，也應給予學者一個較為寬鬆的環境，允許假設，鼓勵探索。其實，每一次假設探索，都是從一個路徑通向那千古之謎謎底的嘗試，若是學術史證明了此一條路徑的不成功，也會為後來者排除此一條路徑，從而為最後的破譯奠定基礎。

在認真閱讀木齋所論的五言詩發生演變的歷程之後，再去回味梁啟超先生所提出的十九首「東漢說」，顯然，梁氏就顯得近乎武斷，而木齋所論的建安十六年之後說，則恰恰像是梁氏所說的「似武斷而非武斷也」，蓋梁氏所論，純用直覺，而未能深入體察從東漢末年到建安、黃初之際的風雲際會以及五言詩的變遷過程。木齋則採用五言詩編年歷史的方法，將漢魏之際一個個有可能早於建安十六年的五言詩人及其作品一一辨析，一一排除，從而得出了十九首的出現不可能早於建安十六年的結論。

我想，如果木齋有關十九首和五言詩發生史的研究到此為止，學術界的接受可能會更為容易一點，因為，大家已經熟悉了，或說是已經直覺的將「東漢」說視為了天經地義的真理，是一代代寫入教科書的金科玉律。其實，「東漢」說僅僅是梁啟超先生的一個僅憑直覺作出的猜想而已，並未加以論證，但學術史有時候就是這樣，一位權威的話語，經過幾代人的傳導，就會被演繹成為真理。梁氏採用直覺的方式，「拿來和同時代確實的作品比較」，以便來「推定其是否產生於此時代」，而木齋也採用同樣的方式，只不過中間更為詳細的融合進來細膩詳盡的考辨，從而得出了如下的結論，那就是建安十六年之前，並不具備產生十九首的詩歌史條件。並且，木齋在這些成果的基礎之上，還進一步追索這十九首可能的作者，於是，他又寫作了另外一個系列，那就是有關十九首與曹植關係的論述。

　　我很欣喜地看到，木齋有關曹植的研究，近期又取得了新的突破，那就是體現在這本書稿中關於曹植、甄氏戀情關係的研究和有關《涉江採芙蓉》的研究。其中關於曹、甄戀情關係的研究，突破了以往認為兩者之間不可能發生情愛關係這一陳舊觀念，從歷史的真實出發，從史料出發，以黃初二年甄后之死為中心線索，釐清了紛亂的頭緒，指出了十九首等古詩失去作者的淵藪；《涉江採芙蓉》一章，通過曹植十七年七月所寫的《離思詩》開始分析，到寫於長江北岸的《離友》其二中的採擷靈芝以贈遺，此詩與《涉江採芙蓉》是一個題材的兩種寫法，並從隨後寫作的《朔風詩》考證出此詩為曹植將要從江北返回魏都而思念甄氏之作，並指出其中「子愛芳草，豈忘爾貽」，正是甄后對芳草的愛好和曹植對甄氏的情感表達，證明了十九首《涉江採芙蓉》為曹植所作。從大量的曹植作品中研究出來曹甄關係，並將這研究與十九首給予內在的鏈接，這無疑是有說服力的。木齋將十九首中的這些作品，與曹植之作如《離思》《離友》《朔風》《七哀》《箜篌引》與十九首打並一體，進行編年史似的相互印證。從而勾勒出來曹植五言詩寫作的一個嶄新的歷程，這無疑是非常有說服力的。

　　有學者曾說：十九首等諸詩「多非為一人一事而作，讀之久自能感人。有能解此語者，吾當與天下共推之。」〔註2〕此論說明了十九首研究和破譯之難，但也因此說明了十九首這一課題研究的重要性和必要性。歷史已經給予「西漢說」一千餘年的時光，給予「東漢說」一百餘年的時光，此兩說都未能真正破譯十九首的奧秘，我們也應給予「建安曹王說」一定的歷史機遇，看看能否真正完成這一破譯，這是學術史的需要。

〔註2〕費錫璜撰《漢詩總說》，《清詩話》三一，上海古籍出版社，第947頁。

文學史研究的多種可能性——從木齋《古詩十九首與建安詩歌研究》說起

中國社會科學院　劉躍進

　　木齋先生的新著《古詩十九首與建安詩歌研究》出版問世前，來信約作序，我實在為難，一是木齋先生年長於我，學術疆域也遠比我開闊，仍不恥下問，叫我感愧兼及，如何措辭？二是這部數十萬字的論著時時充滿論辯色彩，也不易把握。由於我的拖延，錯過了印製時間，拙序未能榮耀冠諸卷首，但是我仍然感激作者，是他，讓我對文學史研究與撰寫方面的若干問題再作思考。其中一個重要的問題，就是文學史研究的多種可能性問題。

　　閱讀木齋先生的論著，常給人一種新奇的感覺。首先是他人生經歷的新奇。他在上個世紀 60 年代末流落東北，成為新一代上山下鄉知識青年。有這種經歷的人不計其數。我本人也曾從京城到農村插隊落戶。因此，這種經歷本來也沒有什麼特別。我所以感到新奇，是他的太深沉的歷史情結，太強烈的寫作願望。大多數人回城以後，只是把這段生活埋藏在自己的內心，而木齋先生卻形諸文字，完成了自傳體文字《歷史的化石——知青十五年》，讓後來者永遠記住這段歷史。其次是他學術經歷的新奇。上個世紀 80 年代，在古典文學研究出版界，王洪的名字可是響噹噹的，因為他主持編寫了好幾部影響很大的古典文學鑒賞論著。賞析熱退潮後，王洪的名字逐漸隱去，而木齋卻

又在古典文學研究界站立起來,他的研究領域非常寬廣,他似乎不知疲倦地要把中國古代文學都要領略一番。生活的感悟給了他詩人的氣質,他又將這種感悟鎔鑄到對於古代作家作品的理解中,在理性的思考中,不乏情感的交融。這是他與單純沉浸在書齋中的學者有所不同的地方。

　　唯其如此,他的著作常常會提出一些新奇的學術見解。過去,他的研究重心在唐宋文學,我雖然有所關注,但畢竟隔行如隔山,對於他的論著沒有多少深刻的印象。最近一些年,他好像又把主攻方向轉到中古時期,尤其是《古詩十九首》和建安文學的研究,這便引起了我的特別注意。這些年來,我的研究方向主要是漢魏六朝文學,也寫了若干膚淺的文字。也許是這個緣故,木齋先生也注意到我。我們的學術聯繫就是這樣建立起來的。去年夏天,《社會科學研究》雜誌要刊發一組關於《古詩十九首》的文章,責編邀我作欄目主持人。我雖然並不完全贊同他的結論,但是讚賞他的「勇於探索的精神」。〔註1〕也就是我前面說的學術見解的新奇。

　　新奇的「奇」字,在漢魏六朝時期有不同的理解。鍾嶸的詩學主張比較新銳,因而在《詩品》中,對於「奇」字似多褒義,如稱曹植「古氣奇高,詞采華茂」。而力求折衷的劉勰則對於「奇」字似乎持保留態度。這方面,日本著名漢學家興膳宏先生曾著有弘文,就是從「奇」字入手,論述了鍾嶸與劉勰文學思想的異同。受此啟發,我使用了「新奇」二字來形容木齋的學術見解,既非褒義,也非貶義,而是帶有中性色彩。

　　從學術的基本傾向上來說,我個人相對保守。譬如《古詩十九首》的研究,我並沒有獨立見解,通常是接受歷史上的成說,包括與此相關聯的所謂「蘇李詩」《孔雀東南飛》等,也都持此一態度。儘管如此,我對於這些問題的論爭,非常關注,各種新說,也多作思考。說

〔註1〕參看《社會科學研究》,2009 年第 4 期,第 18 頁。

到蘇李詩和《古詩十九首》的年代問題，迄今為止，不外乎三種觀點：
《玉臺新詠》收錄了《古詩十九首》中的九首，題署枚乘，編者似乎
認為是西漢作品，隋樹森《古詩十九首集釋》力主此說。而劉勰、李
善則認為這組詩是東漢作品；而這一觀點，已為現代多數學者所認可。
還有第三種說法，即前引鍾嶸提到的「舊說」，認為是曹、王所制。馬
雍《蘇李詩制作時代考》，還有木齋先生的這部新著即持此說。

　　無論哪一種說法，就辨析方法而言，現代人的論述，大體上遵循
著梁啟超在《中國歷史研究法》中歸納出來的十二種辨偽的方法，譬
如前代從未著錄，突然冒出來的書十有八九是偽的，還有著作摻雜了
後來的內容，也有問題。這種辨偽的方法，我們在過去是深信不疑的。
問題是，說有易，說無難。隨著出土文獻的大量問世，這些曾被認為
是科學的辨偽方法，幾乎都遭遇到空前的挑戰。

　　譬如錢穆先生認為《老子》是西漢初年的作品，而馬王堆漢墓
出土的帛書，還有湖北郭店出土的楚簡，都強有力地駁倒了這種觀
點。又如虞姬的《答項王歌》，文學史多認為靠不住，因為其五言形
式不可能出現在楚漢相爭之際。但是這種判斷是我們根據現有的資
料做出的。不管怎麼說，這首詩見載於陸賈的《楚漢春秋》。如果想
否定這首詩的年代，就得先辨析《楚漢春秋》的真偽。再就五言形
式而言，西漢時期的謠諺，就多見於史書記載。當然，我並不認為
虞姬的《答項王歌》就一定是虞姬所作，只想指出一個事實，判定
一篇作品的年代，僅僅根據一、二條材料，或者依據現有的文學觀
點，往往不可靠。

　　至於另外一種論斷的方法，如作品中出現了若干後來的詞彙，像
《古詩十九首》中的上東門、中州等，也不能作為鐵證，證明是東漢
的作品。這是因為，很多文獻已經失傳，怎能斷然認為這些詞彙一定
是東漢時期才出現的呢？再說，先唐文獻資料，多累積而成，前代作
品中有後代的內容，同樣，後代作品中也蘊含著前代的成分。《三輔
黃圖·漢宮》記載一首古歌曰：長安城西有雙闕，上有雙銅雀。一鳴

五穀生，再鳴五穀熟。《太平寰宇記》卷25引《長安記》所載古歌辭與此相同。而《太平御覽》卷179卻把這首歌的作者寫成曹丕。其歌辭只是在頭句上多了一個字，作「長安城西有雙圓闕。」這種情形似乎不是特例，在三曹樂府中還很常見。此外，《塘上行》、《門有萬里客行》等樂府詩還寫到文人在南方奔波的背景，這也叫我很不解。從《漢書・地理志》和《後漢書・郡國志》的比較中，我們會發現一個有趣的現象：兩漢之際，每當中原喪亂，大批士人往往逃避西北。這是因為，自武帝設立河西四郡之後，割斷了匈奴和西羌的聯繫，西北地區相對較為平靜。但是東漢以後，羌人紛紛而起，河西諸郡，人口銳減，乃至比西漢少數倍之多。這說明當地比較混亂。因此，中原文人在逃難時就放棄了西北，而紛紛逃往江南。譬如蔡邕就避難吳會長達十二年之久。在這樣一個背景下，這個時期的民間歌謠乃至文人創作的詩歌，就有很多涉及江南的內容。從我們現在掌握的材料看，曹氏父子似乎沒有在江南遊歷或出仕的經歷。他們的詩歌中所以會蘊涵著若干江南的因素，最有可能的原因，這些作品只是當時流行的樂歌，三曹不是原創者，而是改造者，用於樂府的演唱。因為三曹的地位太特殊，樂工們就將這些記錄下來歌詞歸屬到三曹名下。如果是這樣的話，就詩歌文獻而言，雖然樂府民歌從名義上多有失傳，但是，從三曹乃至擬樂府諸名家如陸機、傅玄等人的創作中，似乎依然可以領略到漢樂府乃至魏晉樂府的影子。

這些文學史現象說明，根據現有的資料，對於某些作品作硬性的時代界定，往往容易顧此失彼，很難周全。說到這裡，可能就要涉及到木齋先生的見解了。他認為，兩漢之際，直到孔融之前，都還是五言詩的發生期而非成立期，也就是說，是五言詩漫長的萌芽發生時代，而沒有真正誕生；曹操開闢的建安詩歌，標誌了五言詩的成立。從大的方面而言，這種看法應當可以成立。但是，如果把五言詩的成立一定歸結到某一個人，則容易作繭自縛。研究中國的文史，我們都希望能夠得出比較確切的結論，但在很多情況下，這只是一廂情願。有些

問題，限於資料，可能永遠沒有結論。與其遽作論斷，還不如多聞闕疑。

當然，學術研究的魅力，就是探討未知。如果都像我這樣保守，可能就喪失了學術研究的動力和激情。職此之故，我對於木齋先生的見解仍持樂觀其成的態度，很希望能夠引起更多學者對於這個古老問題的關注。事實上，木齋先生的討論又不僅僅限於《古詩十九首》，還涉及到建安詩歌乃至中國詩歌發展的整個歷史，學術視野是非常開闊的。這就涉及到對於中國詩歌史若干重要問題的重新理解與界定等問題。可能，他的見解還未可成為定論，但是，文學史研究的意義，本來就是探討各種可能性。因此，他的研究工作理應引起我們的關注與重視。

本文原載《社會科學研究》2010 年第 2 期，原預計收錄於《古詩十九首與建安詩歌研究》初版，當初由於時間關係未能進入序列，今放入新版以茲紀念，特此忱謝。

上　冊

漢魏古詩研究・寫在前面

自序　《古詩十九首與建安詩歌研究》反思

十九首研究的首次系統梳理和突破及方法論的
　　反思　　傅璇琮

文學史研究的多種可能性──從木齋《古詩十九
　　首與建安詩歌研究》說起　　劉躍進

第一章　總　論 ……………………………………1

　　第一節　五言詩的本質特徵及其成立 …………1

　　第二節　十九首研究史的梳理和評析 …………6

　　第三節　十九首的作者階層 ……………………15

第二章　秦嘉五言詩為偽作──兩漢文人五言
　　　　　詩的漸進 …………………………………21

　　第一節　西漢初期：騷體時代的帝王詩篇 ……22

　　第二節　東漢秦嘉之前的文人五言詩 …………27

　　第三節　秦嘉五言詩真偽辨析 …………………29

　　第四節　秦嘉之後的東漢五言詩 ………………40

第三章　《陌上桑》非漢樂府民歌──兩漢樂府
　　　　　詩歷程 ……………………………………49

　　第一節　民間樂府與貴族樂府分類的質疑 ……49

　　第二節　兩漢樂府詩 ……………………………57

　　第三節　《陌上桑》的寫作時間和作者辨析 ……65

第四章　曹操在五言詩形成中的開創地位 ………85

　　第一節　曹操的生平及其思想歷程 ……………86

　　第二節　漢音與魏響：曹操的詩史定位 ………90

　　第三節　清商樂的興起：五言詩成立的音樂條件
　　　　　　………………………………………92

　　第四節　曹操詩歌的轉型軌跡 …………………99

　　第五節　曹操詩歌的影響 ………………………104

第五章　王粲的五言詩寫作 ………………………109

　　第一節　略說七子的詩史地位 …………………109

　　第二節　王粲的詩作 ……………………………117

第六章　曹丕、劉楨五言詩的寫作時間 ………129
　　第一節　曹丕…………………………………130
　　第二節　曹丕五言詩的開始寫作時間 ………132
　　第三節　劉楨五言詩的開始寫作時間 ………134
第七章　曹操的山水詩及其詩歌史意義 ………139
　　第一節　山水詩之取代言志詩的歷程 ………140
　　第二節　山水詩的本體意義…………………144
　　第三節　五言詩山水題材的本體意義 ………147

下　冊
第八章　遊宴詩的興起 …………………………151
　　第一節　遊宴詩的興起 ………………………151
　　第二節　曹操的《短歌行》…………………161
第九章　五言詩女性題材的興起及《怨歌行》
　　　　　的作者…………………………………169
　　第一節　五言詩女性題材興起的原因 ………169
　　第二節　曹丕、徐幹首開五言詩女性化寫作之
　　　　　　先河 ………………………………176
　　第三節　劉勳妻子被出事件的寫作及傳為
　　　　　　班婕妤作品的《怨歌行》…………178
第十章　從語彙語句角度考量十九首與建安
　　　　詩歌的關係………………………………187
　　第一節　曹丕詩與十九首之間的相似語句……187
　　第二節　曹植詩與十九首中的相似語句………189
　　第三節　蘇李詩與曹植詩歌相似語句的補充…193
第十一章　論曹植為十九首的主要作者 ………197
　　第一節　曹植作品的遺失 ……………………197
　　第二節　曹植與十九首的關係………………202
　　第三節　關於《今日良宴會》的作者 ………209
第十二章　論植、甄隱情及與十九首的關係 …217
　　第一節　甄后之死 ……………………………219
　　第二節　曹植之罪 ……………………………224

第三節　曹叡之怒 ……………………………… 233

第四節　曹植之死及曹集撰錄 ………………… 236

第十三章　早期思甄之作及《涉江採芙蓉》 … 249

第一節　植・甄之戀及其發生時間 …………… 249

第二節　《涉江採芙蓉》與曹植早期思甄之作 … 253

第十四章　《西北有高樓》與《青青河畔草》
　　　　　的寫作背景 ………………………… 265

第一節　十九首中的女性題材之作產生於曹丕、
　　　　徐幹之後 ……………………………… 265

第二節　《西北有高樓》的寫作背景 ………… 270

第三節　《青青河畔草》的寫作背景 ………… 281

第十五章　論《洛神賦》及《行行重行行》 … 285

第一節　曹植黃初二年前後的行蹤 …………… 285

第二節　《洛神賦》為曹植的辯誣之作 ……… 289

第三節　《行行重行行》與《塘上行》應為植甄
　　　　互贈的詩篇 …………………………… 299

第十六章　論《青青陵上柏》──兼談十九首
　　　　　方法論的反思 ……………………… 309

第一節　《青青陵上柏》的寫作背景 ………… 309

第二節　十九首研究方法論反思 ……………… 329

第十七章　論風骨的內涵及建安風骨的漸次
　　　　　形成 ………………………………… 337

第一節　概說 …………………………………… 337

第二節　風骨與建安風骨的內涵 ……………… 339

第三節　建安風骨的漸次形成 ………………… 344

第十八章　論建安文學的自覺 ………………… 351

第一節　文學自覺的產生時間及內涵 ………… 351

第二節　略說兩漢的經術時代和詩學觀 ……… 356

第三節　建安文學自覺的標誌 ………………… 365

參考文獻 ………………………………………… 373

第一章　總　論

第一節　五言詩的本質特徵及其成立

　　本書題為《古詩十九首與建安詩歌研究》，是由於本書將論證：漢代的五言詩，還僅僅是涓涓細流，尚未進入到五言詩的成立期，而僅僅是發生期，十九首乃是建安詩歌的重要組成。

　　十九首、蘇李詩等，皆為五言詩之冠冕，必定是五言詩成立之後的作品，是故，梳理出五言詩成立、成熟的時間，至為關鍵。欲要搞清五言詩的形成過程，判別五言詩的成立，就要首先給五言詩確立標準。以前有學者以詩騷時代就有五個字的所謂「五言詩」為例證，來證明五言詩自古有之，這在實際上混淆了開始於兩漢的言志五言詩興起於建安的抒情五言詩之間的區別，更進一步，也混淆了兩漢五言詩與建安五言詩之間的區別。五言詩要到建安時代才能真正得到成立，但這並不等於兩漢沒有五言詩，其中有幾個關鍵問題需要清晰：

　　1. 五言詩的「成立」和五言詩的「發生」是不同的觀念，「發生」意味著濫觴時期的涓涓細流，「成立」則標誌著無數條涓涓小溪終於匯合為了大江長河，換言之，發生僅僅是個人的、偶然的寫作，成立則是群體的、必然的寫作。

2. 五言詩並非僅僅指每句五個字即為五言,五言詩乃是鍾嶸《詩品》所總結出來的「為眾作之有滋味者也」,其中的本質特徵,正是「窮情寫物」四字。兩漢「發生」時期的五言詩作,就其質量而言,還沒有實現「窮情寫物」的滋味,而是仍然停留在言志的範疇之內。成立,則意味著詩作性質由空泛「言志」向具象抒情的轉型。就寫法來說,兩漢五言詩還帶有兩漢特有的空泛言志的特點,五言詩本體,還沒有形成如同王夫之所說「一詩止於一時一事」的寫法,也就是說,兩漢五言詩人還沒有學會通過具體場景的描寫來表情達意,只有到了建安時代,才開始摸索到通過一個具體的場景來抒發感情的寫法,從此,中國詩歌才走向了意象、意境式的詩學道路。

3. 就其外部特徵而言,先秦兩漢詩作,皆以單音為主體構建詩句,而五言詩的成立,出現了大量的雙音詞,並在單音與雙音的混合結構中,構建了每句三個音步的基本節奏,這是五言詩成立的外在特徵。換言之,兩漢五言詩還未能從散文體制中完全脫胎出來,虛詞使用較多,單音詞較多,到了建安時代的五言詩,才逐漸擺脫散文寫法,虛詞漸次退出,由單音詞為主漸次轉向雙音詞為主的句式,五言音步初步形成。

五言詩體的形成歷程,就像是一條江水的形成,先是由許多分散的涓涓細流分道而來,到了某個適宜的時間和空間的交叉點,才能交匯而為洶湧澎湃的江河。我們不能將那些尚處在濫觴時期的某個溪流錯認為就是江河本身,即便它們也閃耀著江河的光輝。在五言詩形成的漫長歷史中出現的這些五言詩作,像是一塊塊奠基五言詩詩體形式的鋪路石,沒有這一漫長的歷史過程,成熟的五言詩體不可能一朝分娩;而這些偶然出現的五言詩作,在當時未能得到廣泛的響應,也就說明詩本體未能真正接納這種詩體形式,說明五言詩作為成熟的詩體形式尚未真正確立。

西漢開朝時代,詩歌雖然以多種形式並存,但卻以騷體詩數量最多,品格最優,因此,這個時期可以稱之為騷體詩時代,而且由於尚

未有獨尊儒術的經術思想，因此，其詩作大多屬於脫口而出、充滿血性的性情之作，其中劉邦、項羽之作，都是難得的好詩，直到漢武帝的《秋風辭》，更是將西漢開朝時代的帝王詩篇，推向了一個新的高度。他們的這種充滿情感的詩篇，可以說是他們偉大襟懷的詩意表達，堪與其帝王功業相互媲美，相互生輝，彪炳於後世。

　　東漢班固之後，五言詩漸次興起，文人五言詩漸次出現，但東漢時代，經書氣氛日益濃鬱，其對於五言詩寫作的限制作用，也是不爭的事實。因此，東漢文人五言詩，還僅僅是建安文人五言詩的先聲，是整個五言詩成立的序幕，並不能具備產生十九首的諸多寫作條件，包括寫作思想、題材、節奏、意境、技巧等，其中桑嘉的一組三首五言詩，需要細心地辨析，鑒定其可能的寫作時間。是故兩漢之五言詩，都還僅僅是五言詩的發生，而非成立。

　　關於五言詩成立的時間，繆鉞先生認為五言詩成立的時間在建安、黃初之間，曹植是五言詩的奠基人：「曹植之前，似只能稱之為五言詩之發生期，建安、黃初間，始為五言詩之成立期。」並說：「曹植為最早奠定五言詩體之人，故其所作亦為五言詩之規範也。」〔註1〕這些論述，都是非常有見地的，但五言詩，作為一種新興的詩體形式，其成立非一人之力，也非一時之工，而是有著一個相當長的醞釀準備時間，這一點，也正如繆鉞先生所說：「就中國文學史中考之，每一種新文學體裁之產生，必經多年之醞釀，多人之試作，至偉大之天才出，盡其全力，多方試驗……於是此種新體裁始能成立，始能盛行。」〔註2〕王瑤先生也說：「曹子建的成就，在於他是中國文學史上第一個給五言詩奠定基礎的文人。五言詩本出於樂府，但經過了他的手，詩和樂府的界限幾乎沒有了。……中國詩底發展的主流，是由『言志』到『緣情』，而建安恰恰是從『言志』到『緣情』的歷史的轉關。樂府源出民間，其初當然以敘事為主，由敘事到抒情，是從內容方面說明

〔註1〕繆鉞著《繆鉞全集》，河北教育出版社2004年版，第31～32頁。
〔註2〕繆鉞著《繆鉞全集》，河北教育出版社2004年版，第31頁。

了由樂府到詩的進展。建安文學的特點是在這裡，曹子建的成就也在這裡。」〔註3〕關於樂府詩的敘事和文人五言詩的抒情的關係，暫且不論，單說文人五言詩的形成過程，筆者認為，兩漢之際，直到孔融之前，都還是五言詩的發生期而非成立期，也就是說，五言詩尚處在漫長的萌芽發生時代，而沒有真正誕生；曹操開闢的建安詩歌，標誌了五言詩的成立。其中又可以分為探索、成立、成熟的三個階段：

1. 從建安初期到建安十六年之前，是五言詩的探索期。此探索期與兩漢時期的發生期不同，發生期的五言詩，尚非建安時期開始的抒情五言詩，而此探索期則是曹操對真正意義上的五言詩的探索。從宏觀來說，東漢班固以來的五言詩，都是對五言詩這種新文學體裁的醞釀和試作，但還屬於偶然為之的零星之作，其寫作方式還是以四言詩方式寫作五言詩，曹操本人在建安之前以及建安早期的《薤露行》，也仍然是延續著漢音的傳統，這一點，如同有學者論述曹操思想的轉型歷程，認為曹操在建安元年之前，仍然屬於東漢末期黨人的思想範疇，建安元年之後，才開始有了「易代革命，創建新世紀」的「重大突破」，〔註4〕曹操在詩風方面的嬗變，大體與之同步；曹操在建安三年的《蒿里行》中，才開始了新興五言抒情詩方式的探索，並在建安十一年的《苦寒行》中得到進一步的發展。同時，他的兩首四言詩，寫於建安十二年的《觀滄海》和可能寫於建安十六年暑期至十七年正月之間的《短歌行》，分別嘗試了山水詩和遊宴詩的寫作範式，是以四言詩的形式，進行了五言詩內形式方面的探索，為建安十六年之後的五言詩開拓出了廣闊的題材空間和寫作方式的新天地，如同清人吳喬《圍爐詩話》卷二所說：「作四字詩，多受束於《詩經》句法，不受束者，惟曹孟德耳。」曹操以四言詩的外形，開拓五言詩的題材和表

〔註3〕王瑤著《曹氏父子與建安七子》，《中古文學史論》北京大學出版社1986年版，第216～217頁。

〔註4〕曹麗芳《論建安士風之嬗變》，《山西師範大學學報》，2005年第1期，第63頁。

達方式，看似怪異，其實，正合於華夏詩史錯綜複雜、交替漸進的演進規律，也充分說明了曹操在建安十六年之前的寫作嘗試，正是建安五言詩走向詩史舞臺的序幕。

2. 以建安十六年為界碑，為五言詩進入群體寫作的時期。此時期，曹操對五言詩探索、變革與奠基的使命基本完成，開始了以曹丕、曹植為中心的建安詩人的群體寫作運動，其參加成員主要有曹丕、曹植和七子中的六子（可以簡稱為二曹六子），其時間從建安十六年到二十三年六子（孔融於建安十三年已死）先後謝世，共計八年的時光。這一時期可以視為五言詩成立期中的第二個階段。就詩歌寫作題材而言，兩漢五言之作，尚無題材可言，因為，他們的詩作，基本上可以納入到言志詩這一大的框架之內，建安時期，曹操首開軍旅、山水、遊宴等詩歌的題材，並從建安十六年始，隨之產生了寫作手法、審美情趣、文學觀念等一系列的改朝換代式的五言詩寫作運動（十九首等也是這一寫作運動的結果，詳見後論），二曹六子隨之使用了遊宴題材、女性題材，以及詠史、送別、述懷、軍旅等一系列新興的詩歌題材進行寫作，他們在言志的窠臼之外，發現了一片廣袤的原野，一個嶄新的世界，幾乎他們所有的五言詩作，都是五言詩一個新的題材領域的開拓。

五言詩至此，始能稱之為正式的成立。五言詩之所以會在這個時間點上發生巨變，其原因是多方面的，譬如：（1）曹魏政權的一些重大戰役先後完成，如建安七年左右完成了官渡之戰，基本完成了對於北方的統一；建安九年攻克鄴城，逐漸形成以鄴城為中心的政治文化格局；建安十三年結束了與劉表的戰爭，三國鼎立的局面初步形成，相對的安定可以使三曹七子的生活，從以政治軍事為中心而轉為有閑暇於文學寫作；（2）建安十六年，曹丕、曹植正是開始進入詩歌寫作的黃金歲月，事實上，曹氏兄弟也正是在這個時期幾乎同時開始起步進行五言詩的詩歌寫作的；（3）曹氏兄弟對於文學相當重視，不僅僅在理論上促進了文學的自覺，而且在文學創作

實踐上促進了其空前的繁榮；（4）具體而言，遊宴詩的興起，為漢魏之際由兩漢言志教化的儒家觀念，到為文造情的文學自覺觀念的轉型提供了極好的溫床。

3. 以王粲謝世的建安二十二年為標誌到太和末年，五言詩體制的成立進入到成熟期，曹植為這個時期的代表詩人。正如第二時期曹植參與其中一樣，第三時期仍有曹丕的寫作，但曹植由於對甄氏的隱情以及由此引發生命的苦難（參見下文），使他的五言詩寫作達到了中國詩歌史前所未有的巔峰。這也是繆鉞先生認為曹植是五言詩成立標誌的大致原因。從宏觀來說，以曹植來代表曹操、曹丕和六子兩代詩人，作為五言詩的成立者是不錯的，但若進一步區分，則曹操為探索期，曹丕、曹植（前期之作）和六子為成立期（孔融五言詩還在「漢音」，不在此列），曹植作為五言詩創制過程中的第三代，實現了完成和成熟期的使命。曹植的早期作品，從建安十六年開始，參加曹丕為中心的五言詩寫作運動，因此，也是建安五言詩第二時期的重要成員之一——曹操的銅雀臺和西園（西園即為銅雀臺之總稱，詳見下文辨析），成為了培養曹植的詩歌學校，而曹植也以其超卓的才華，為建安中期開始的五言詩寫作運動推波助瀾，為五言詩的成立作出了貢獻，也為曹植第三時期的使命奠定了基礎。

從曹操建安時代的五言詩探索，經歷建安十六年之後二曹六子的五言詩寫作運動，再到黃初之後曹植的最後完成，五言詩的體制，是在這二十餘年的時間中正式成立、完成的。十九首、蘇李詩等，都應是這個時期特別是第三個時期的產物。

第二節　十九首研究史的梳理和評析

十九首名稱的第一次正式出現，是梁昭明太子的《文選》將這些詩不標作者而總題為「古詩」；稍後徐陵的《玉臺新詠》收錄了十九首中的十二首，將其中「西北有高樓」等八首另加一首列為枚乘

之作，〔註5〕認為其部分詩作為西漢人所作；現當代學者基本趨向於認為是東漢末年桓、靈時期的作品，呈現了將十九首的產生時代逐漸後移的趨勢。但也有認為：「《古詩十九首》的出現最遲不晚於桓帝時期」。〔註6〕筆者認為，十九首是建安曹魏時期之作。文學史上的「建安」，是有別於東漢的另一個時期，包括歷史上的建安年號和曹魏時期，這已經是另一個時代（魏晉南北朝）的開始。正如有的文學史所說：「文學史上所說的魏晉南北朝時期，始於東漢建安年代。」〔註7〕

　　十九首等「古詩」，是魏末晉初開始流傳的，其產生的時間，不可能距離開始流傳的時代太遠：「『古詩』的原意是古人所作的詩。約在魏末晉初，流傳著一批魏、晉以前文人所作的五言詩，既無題目，也不知作者。」〔註8〕這一權威解釋，非常清楚地指明：十九首等「古詩」是在魏末晉初才開始流傳的，換言之，東漢中後期的文人並沒有讀過十九首，但在曹丕的詩作中，已經分明有許多所謂「化用」十九首的痕跡，曹植五言詩中，與十九首相同、相似的詩句更是屢見不鮮。西漢「枚乘」說距離「魏末晉初」近三百年時間，東漢「桓靈」說距離魏末晉初將近百年的真空，都是無法自圓其說的。十九首的產生時間，恰恰就應該是建安曹魏時代的中後期——其產生的時間和流傳時間，中間不可能出現一個真空地帶。

〔註5〕　參見〔南朝陳〕徐陵編，〔清〕吳兆宜注《玉臺新詠箋注》，中華書局1985年版，第9～12頁。(《玉臺新詠》之《雜詩九首》，依次為：西北有高樓，東城高且長，行行重行行，涉江採芙蓉，青青河畔草，蘭若生春陽，庭中有奇樹，迢迢牽牛星，明月何皎皎。其中「蘭若生春陽」為十九首之外的作品。)

〔註6〕　袁行霈主編《中國文學史》第一卷，高等教育出版社1999年版，第272頁。

〔註7〕　章培恒等主編《中國文學史》上冊，復旦大學出版社1996年版，第287頁。

〔註8〕　倪其心著《古詩十九首》，《中國大百科全書》（中國文學卷），中國大百科全書出版社1986年版，第192頁。

　　對五言詩的成立以及十九首的產生，有過長時間相當激烈的爭論，其中尤其以二十世紀二十年代的爭論具有典型意義，其具體的爭論情況如下：

　　「爭論從陳仲子 1924 年在《時事新報副刊（學燈）》上發表了《蘇李詩考證》一文開始，以後李步霄、朱偰、陳延傑、徐中舒、羅根澤、游國恩、張長弓、梁啟超、戴靜山、陶嘉根、古直、隋樹森、胡懷琛、楊向時、黃侃、范文瀾、包括日本人鈴木虎雄等，都加入了這個問題討論的行列。但由於對歷史文獻的理解不同，結論卻大相徑庭。如朱偰同意宋人王應麟的觀點，認為《史記‧項羽本紀》張守節《正義》所引漢初陸賈《楚漢春秋》裏的《虞美人歌》已經是完整的五言詩。又採清人何焯等人的說法，認為到景帝、武帝之時，文人五言詩已經成熟（朱偰《五言詩起源問題》，《東方雜誌》23 卷 20 期）。黃侃在他的《詩品講疏》中也同意這種觀點（此處可參看范文瀾《文心雕龍注》，人民文學出版社 1958 年 9 月版，第 75～76 頁）。而徐中舒則推揚《詩品》中《去者日已疏》四十五首，『舊疑是建安中曹、王所制』之說，認為『不但西漢人的五言全是偽話，連東漢的五言詩，仍有大部分不能令人相信』。因此『五言詩的成立，要在建安時代』（徐中舒《五言詩發生時期的討論》，《東方雜誌》24 卷 18 期）。」
〔註 9〕其中的有些觀點，實際上已經接近了問題的解決，可惜未能繼續深入討論下去。這場爭論，實際上是古人關於十九首創作不同說法的一個延續。

　　關於十九首的產生時間，古者主要有三說：

　　1. 西漢說。劉勰《文心雕龍‧明詩篇》說：「辭人遺翰，莫見五言，所以李陵、班婕妤見疑於後代也……又《古詩》佳麗，或稱枚叔」，
〔註 10〕劉勰對或稱枚叔之說，以及李陵、班婕妤之說，都是不同意的，

〔註 9〕參見趙敏俐著《20 世紀漢代詩歌研究綜述》，《文學遺產》，2002 年第 1 期，第 103～104 頁。

〔註 10〕黃霖著《文心雕龍匯評》，上海古籍出版社 2005 年版，第 28 頁。

但不同意本身，已經說明在劉勰之前，已經存在西漢說，以後《文選》
在選錄十九首的時候，只是標明是「古詩」，而徐陵的《玉臺新詠》，
則明確將十九首中的九首署名為枚乘，可以視為西漢說的代表。

2. 東漢說。劉勰在上述論述之後，又新提出「其《孤竹》一篇，
則傅毅之詞」，則又增加了十九首中的一篇作品為東漢傅毅所作，也
可以視為東漢說。

3. 建安說。鍾嶸《詩品》：「舊疑是建安中曹、王所制。『客從遠
方來』『桔柚垂華實』，亦為驚絕矣。人代冥滅，而清音獨遠，悲夫！」
〔註11〕這是比較明顯的建安說，雖然是通過「舊疑」提出來的。

以上三說，兩漢、東漢之說皆不可信。西漢之說，劉勰見疑，鍾
嶸另闢蹊徑為建安，《文選》未見採用，直到徐陵採用此說，編錄不可
採信的《玉臺新詠》，成為西漢說的代表說法，其中並沒有歷史的依
據和詩歌史的依據，不值辯駁。劉勰之說，可以視為東漢說的較早說
法。提出《孤竹》一篇，為傅毅之詞，傅毅為東漢辭賦家，生卒年不
詳，劉勰此說，也並未見有證據，到唐人李善似乎提出了一些證據：
「詩云『驅馬上東門』，又云『遊戲宛與洛』。此則辭兼東都，非盡是
乘，明矣。」李善之說尚非完整的東漢說，他只是提出「辭兼東都，
非盡是乘」，即詩中涉及洛陽的詩作為東漢之作，但建安後期，曹丕
稱帝之後，同樣是建都洛陽，故此說解釋為東漢說和建安說都是可以
的。對於劉勰的傅毅之說，由於並無證據，後人也大多並不相信此說，
不足為憑。

只有鍾嶸之說，最為可信。鍾嶸之建安說，是有關十九首時間、
作者的較早說法，說明在鍾嶸時代，還口耳相傳著關於魏末出現的這
些「古詩」作者為「建安中曹、王所制」的說法。鍾嶸的《詩品》說：
「舊疑是建安中曹、王所制」，所說的「舊疑」，其實正是最為接近正
確的說法，鍾嶸並未說明是何時何人所疑，只說是「舊疑」，「舊疑」，

〔註11〕〔南朝梁〕鍾嶸撰《詩品》卷上，參見陳延傑注《詩品注》，人民文
　　　　學出版社 1961 年版，第 17 頁。

不知何時開始之疑，則此說還要早於劉勰之說，可能是從建安以來的說法。這正是十九首等在失去作者之後一代代口耳相傳的真實狀態，它比某個人物的具體說法反而是更為真實、更為有力的證據。同時，鍾嶸還說出了具體的分析：「『客從遠方來』『桔柚垂華實』，亦為驚絕矣」，是說類似這樣的語句篇章，已經令人拍案叫覺了，言外之意，是說這些詩句是五言詩「質木無文」的兩漢時期所不可能產生的。

其中劉勰所論：「《古詩》佳麗，或稱枚叔」，以及「辭人遺翰，莫見五言，所以李陵、班婕妤見疑於後代也」的話語，有著值得我們關注的線索，它說明早在劉勰之前，就一直流傳著這些不知道姓名的優秀五言詩作的作者是枚乘、班婕妤、李陵、蘇武等說法，換言之，這些說法並非徐陵編造的，而是一種傳說。當然，同樣也流傳著十九首是「建安曹王所制」的說法。

西漢說、建安說都有「或稱」「舊說」的紀錄，而東漢說只有劉勰提出某一篇是傅毅所作的說法，從劉勰的行文語氣來看，不難看出，劉勰是不同意西漢說的，拿出一篇為傅毅之作的說法，是在為了反對西漢說，雖然並無實據。

綜上所述，古人主要是兩說：西漢說和建安說，東漢說只能是局部之說，如劉勰只說其中一篇，且未提出根據；李善只說「辭兼東都，非盡是乘」，只是說其中涉及洛陽之作，非為枚乘所作，主體上還是西漢說。是故，東漢說就其本質而言，乃是梁氏申其主觀「直覺」之論，並無實證，且無論證，僅憑東漢張衡、秦嘉等人詩作的比對而已。問題其實已經簡單，若以有無晉宋之前的有關十九首作者的說法為依據，則只有西漢、建安兩說為可能，東漢首先應該被排除在外，在此基礎之上，應進一步分辨是枚乘還是建安曹王寫作了十九首古詩。將十九首作為東漢末期的作品，是永遠沒有可能尋找到其真正的作者的，因為，東漢時期根本就沒有合適的人選作為十九首的作者來加以懷疑和偵破。十九首的東漢說，實際上是把十九首作者問題的研究，置於一個死結之中，一個永遠不能，也永遠不可能破解的死結。

　　那麼,為何十九首等古詩又有西漢說和舊疑建安所制的大相徑庭的兩種說法呢?唯一的可能,就是這十九首等所謂古詩,並非是作者偶然丟失的作品,而是某種政治迫害的結果,是某個時期的有意謀劃,因此,故意製造迷霧,將其中的送別之作,安放到有著同樣經歷的蘇李身上,將所謂《怨歌行》安置到與詩中所說的主人公相似經歷的班婕妤上,還有些作品不好尋找作者的替身,於是,尋找到西漢早期的辭賦家枚乘身上,製造了這起文學史的冤假錯案,混淆視聽,以求將真正的作者湮沒。那麼,是什麼時期,又是何人來製造了這個案件,為何千百年來始終不能破解?這正是本課題來探究的問題。歷史的真實有可能是:曹魏政權的當權者,主要是魏明帝時代,為了封殺曹植的部分作品,有意散佈了西漢之作的說法,以便混淆視聽,而有一些知情者則口耳相傳為「建安曹王」所制。所謂「曹王」,可以有幾種可能:1.曹植和王粲的並稱;2.曹植和王粲並稱為偏義複詞,所謂偏義複詞,是指一個複音詞由兩個意義相關或相反的語素構成,但整個複音詞的意思只取其中一個語素的意義,而另一個語素只是作為陪襯,只有一個形式,只起到構詞的作用,譬如「曾不吝情去留」,「去留」二字只存「去」義,而無「留」義,則曹王的含義僅僅為曹植;3.同樣是偏義複詞,其含義僅僅是指王粲;4.曹王並非兩人的並稱,而是曹植生前為陳王,稱呼曹植為王,也並非不可能,特別是由於曹氏政權製造了刪改曹植文集的冤案,那些知情者的口耳相傳,必定帶有一定的畏懼心態,是故不稱「陳王」,而將曹植和「陳王」混稱,從而有「曹王」之稱,這也是可能的。以上四種說法,其實就是曹植和王粲的比較,而王粲性格躁競,與十九首的詩風牛馬不相及。

　　如上所述,現在流行的十九首東漢說的說法,是在進入現當代之後 1924 年的大討論的結果,這場大討論一開始延續了古人的兩說:1.西漢說。朱偰、黃侃、隋樹森等為西漢說;2.建安說。徐中舒認為「不但西漢人的五言全是偽話,連東漢的五言詩,仍有大部分不能令人相信」,因此「五言詩的成立,要在建安時代」(此說極有價值,可

惜論證不夠完善，而且由於西漢說的影響甚大，以致未能引起應有的重視）。

至於東漢說，則是以上討論衍生出來的第三種說法。此論由梁啟超首先提出，羅根澤響應之，以後經過劉大杰、馬茂元和游國恩等人的補充，遂流行至今。

古今三說，西漢說最不可信，距離歷史的真實最遠，之所以有學者信奉之，在於這些學者對於中國詩歌史之演進，缺乏宏觀的觀照，或如隋樹森先生例舉「十畝之間兮」「予曰有先後」等詩句證明五言詩早已有之，〔註12〕這是不知偶然的五字詩和具有五言音步的五言抒情詩的區別所致；或者認為詩歌史是沒有規律可言的，認為個人的偶然之作可以超越詩本體而存在。

三說之中，東漢說之於現當代學術界的影響最大，梁啟超等人連同「建安」說的學者實際上是一個統一戰線，他們共同成為否定「西漢」說的同盟軍，其主要根據是：1.接受顧炎武等人的說法，從避諱的角度來說，指出十九首中的「盈盈樓上女」「馨香盈懷袖」觸惠帝諱，不可能為西漢人所作。2.從詩體演進的角度來看，五言詩至東漢班固始見著意寫作，然「質木無文」，至安、順、桓、靈之後，張衡、秦嘉、蔡邕、趙壹、孔融，各有五言作品傳世，音節日趨諧暢、格律日趨嚴整。其時五言體制已經通行，造詣已經純熟〔註13〕。3.十九首多有隱括樂府詩篇而成者，如「相去日已遠」出自《古歌》「離家日已遠」，「青青河畔草」出自《飲馬長城窟》，「磊磊澗中石」出自《豔歌行》等。現存樂府多成立於東漢，《古詩十九首》既受影響，理應出現其後（羅根澤《五言詩起源說評錄》《羅根澤古典文學論文集》，上海古籍1985年）。4.從詩中用字造詞來說，詩中「促織」之名不見於《爾雅》《方言》，漢末緯書始見。而「胡馬」「越鳥」之對亦非西漢手筆。

〔註12〕 參見隋樹森集釋《古詩十九首集釋》，中華書局1957年版，第8頁。
〔註13〕 梁啟超著《中國之美文及其歷史》，《梁啟超學術論著集》，華東師範大學出版社1998年版，第106頁。

（徐中舒《古詩十九首考》，中山大學語言歷史研究所週刊第 6 卷，
1929 年）；詩中的「洛」字而不作「雒」，根據《魏略》及《博物志》
等書，漢於五行火德，忌水，故改「洛」而為「雒」；魏為土德，水得
土而流，土得水而柔，故復原字，故「洛」字為兩漢所諱。5.從詩中
所寫內容來看，十九首詩中的「驅車上東門，遙望郭北墓」，上東門為
洛城門，郭北即北邙，也是東京人語。又詩中「服食求神仙，多為藥
所誤」、「生年不滿百，常懷千歲憂」等優生之嗟歎及企慕神仙之語，
亦是漢末魏晉的風氣（以上兩點胡懷琛《古詩十九首志疑》，《學術世
界》1 卷 3 期，1935 年）。

　　西漢說對此雖然也有回應，如例舉西漢人也有不避「盈」字的，
曹魏以來，也有妄改「洛」「雒」二字的，但回應者只能說是「也有」，
而不能回覆「為何有」的問題。西漢說中最為關鍵的問題，是「玉
衡指孟冬」涉及的曆法問題。﹝註14﹞這一點東漢說的答覆較為牽強，
而建安曹魏說可以圓通。總體而言，東漢說漸次取得了統治性的地
位。

　　東漢說的勝利，其實已經為建安說的論證奠定了基礎，因為，若
是細緻區分的話，東漢說否定西漢說的證據，其實，都主要是為建安
說張目的。如避諱，如「洛」「雒」之別，如五言詩人的寫作水平，東
漢說例舉的詩人，其實都還沒有達到十九首的寫作水平，其中只有秦
嘉三首五言詩中有的詩句，達到了建安之後的水準，但還需要辨析其
中的真偽。還有詩中「服食求神仙，多為藥所誤」、「生年不滿百，常
懷千歲憂」等優生之嗟歎及企慕神仙之語，亦是漢末魏晉的風氣的論
證，「服食」是魏晉之際由何晏開始的一種風尚。

　　應該說，統治學術界一千多年的西漢說之衰落，是東漢說與建安
說合力的結果，從前文所舉的若干例證來看，徐中舒、胡懷琛之說，
都是明顯的建安說。但為何只有東漢說獨享這一成果，而建安說反倒

﹝註14﹞參見劉躍進著《中古文學文獻學》，江蘇古籍出版社 2000 年版。

銷聲匿跡呢？從以上之綜述來看，東漢說也並沒有實質性的材料——梁啟超先生以「直覺」認為其為「東漢安、順、桓、靈間作品」。為什麼某一個學者的「直覺」就會成為一種幾乎成為「定論」的說法，統治學術界近百年的時光呢？其原因大致如斯：1.此說的提出，乃是西漢說和建安說的折衷方案，易於為爭論之雙方達成階段性的妥協。2.此說雖為折衷說法，但實際上接近於建安說，從以上的綜述來看，東漢說得力於建安說的論證，有了建安說的支持，東漢說才顯得論證充分，由於西漢說以及蘇李詩的說法過於遠古，近似神話，信奉者越來越少，而建安說在西漢說的比照下，似乎又顯得過於晚些，同時，又缺乏足夠的證據和嚴謹的論證，故東漢說較為容易被雙方所接納。3.東漢說的功績，是將原先盛行的西漢說，向後延遲了二百年，五言詩在漸進的演進中，發展到東漢後期，已經顯示了成立之前的狀態，因此，容易找到一些與十九首相似的句式和寫法。也就是說，東漢說是由於接近了歷史的真實，而被接納的。4.基於上述三點，經過劉大杰、游國恩、袁行霈等幾代文學史的採納，這樣，東漢說，就成為了階段性的「定論」。

但接近歷史的真實，卻並非歷史真實的本身，東漢說與建安說，雖然僅僅差距數十年，但卻差出了整整一個時代，因為，即便是東漢末期，也仍然屬於先秦兩漢的時代，而文學史上的建安，乃是魏晉南北朝的開端。（如果能夠確定十九首產生於建安時代，則不僅僅涉及十九首的問題，整個兩漢魏晉的詩歌史就需要重寫，對於五言詩成立的歷程、五言詩表達的內容、方式等等一系列的問題，都需要給予重新的認識）在東漢說主宰論壇之前，東漢說和建安說實際上是一種學術上的聯盟，西漢說為此兩方的共同論敵，只有在西漢說被徹底否定之後，學術界的使命才有可能開始進行東漢說和建安說這一細緻的辨析，而現在，正是完成這一歷史使命的時代。

第三節　十九首的作者階層

　　以上所論，論證了五言詩體制建樹在建安十六年之後，筆者還將繼續論證十九首應產生於建安十六年至景初年間，也就是文學史上建安曹魏的中後期，其中絕大多數的作品，都是在曹丕登基的黃初之後所作。至於具體的寫作時間，還要根據不同的作品，根據不同作者的情況來決定。那麼，十九首有沒有可能是東漢中後期下層人所寫呢？現在流行的說法，說十九首的作者，是東漢後期無名氏所作，這無名氏的潛在說法，就是其作者是非貴族的，或說是平民。以筆者所見，十九首的作者，不可能是平民，他們必定是在我們耳熟能詳的貴族人物之內的，換言之，十九首的作者不是下層之人，恰恰相反，應該是不得意的上層貴族。

　　首先，漢魏時代是一個世族的時代，文化專有權在貴族手中，能夠寫出文人五言詩的人寥寥可數，他們都是「士」階層的人物，都是有名有姓的人物。倘若寫出像十九首和蘇李詩那樣優秀的詩作，不可能不名聲雀起，四海傳揚。從詩史的角度看，東漢中後期的幾位五言詩人，如秦嘉、趙壹，地位都不過是郡上計吏，酈炎甚至終生沒有作過官，詩作不過數首而已，但卻人有其名，詩有其事，也不會有人以下層人目之，他們之所以有名，正在於他們的詩作，而他們的五言詩都不過數首而已，就有了如此之大的名氣，如果十九首的作者真是東漢中後期下層文人，那麼他們的名氣也不知道會大過秦嘉、酈炎多少倍！反之，正是由於十九首的作者不是下層人，而是曹植、曹彪一類的上層貴族詩人，眾人才會習以為常，不以為怪。

　　關於魏晉時代文士的社會地位及其與詩歌寫作之間的關係，王瑤先生在他的《中古文學史論》中的《政治社會情況與文士地位》一文中，論述詳實，筆者結合自己的觀點綜述之：

　　1. 兩漢魏晉時代，只有高門世族掌握有政治、經濟、文化的特權：「高門世族不只是握有政治經濟的特權，而且也是文化的傳統繼承者。他們有累代的上層家庭教養，有優裕的生活閑暇，有收藏的典

籍和文化的環境。這一切都構成了他們有獨特的享有和承繼文化傳統的特權；都不是一個出身寒素的人底環境所可比擬的。」〔註15〕

2. 兩漢魏晉時代，名聲郡望極為重要，「士人的集團形成之後，處士的聲譽已遠超過實際的祿位。」「公卿等也都以辟士相尚，一般名士還有以不即時應命為高的風氣。」〔註16〕也就是說，十九首若是東漢後期下層文人所作，其名聲是難以逃脫的，因為，這是一個極端重視名聲的時代，即便是作者有意避名、避世，也是毫無可能的，因為，從中央到地方的各級政府，都在關注著每個士人的品行，以便推薦。推薦得當，則是各級官員的政績，否則，則有失察之論，而郡望譜牒的重視，又使每個士子文人都在譜牒的網羅之中。這一點，正如東漢末期詩人酈炎（150～177），《見志詩二首》中所說：「富貴有人籍，貧賤無人錄」。〔註17〕

3. 這種對於門第、士人品行極端重視的風尚，並非從實行九品中正制方才開始，而是淵源有自的：「遠在魏武九品中正之法實行前，士族已在政治上形成了一種勢力，許多名士即是漢末割據諸雄中的主角。而且各地的名門郡望，也有很多把持鄉政。」〔註18〕由東漢後期的經生章句之學而轉向文學，大抵是建安時代的事情：「由經術取士轉變為文史，是整個社會學術思想的轉變，也是由兩漢累世經學的家法到『人人有集』的高門風範的轉變。」「七子中孔融、王粲、應瑒、陳琳，皆東漢以來的世族；所以文學一直是保存在士大夫的手裏，而文士的地位也是依他的官階而轉移的。」〔註19〕

4. 文學的潮流是由名門世族所把持的，寒士即便是偶然因文學有名，也就說明他已經變成華貴的附庸：「我們雖然不能說名門大族

〔註15〕 王瑤著《中古文學史論》，北京大學出版社 1986 年版，第 26 頁。
〔註16〕 王瑤著《中古文學史論》，北京大學出版社 1986 年版，第 8 頁。
〔註17〕 逯欽立輯校《先秦漢魏晉南北朝詩》上，中華書局 1983 年版，第 182 頁。
〔註18〕 王瑤著《中古文學史論》，北京大學出版社 1986 年版，第 9 頁。
〔註19〕 王瑤著《中古文學史論》，北京大學出版社 1986 年版，第 27～28 頁。

出身的人底詩文一定好，但文學的時代潮流卻的確是由他們領導著的。因為當文化和政治經濟同樣地為他們所把持保有的時候，不只他們在學習的環境地位上方便，而且詩賦文筆等的風格和內容，也都一定是適應著他們的生活需要的」；〔註20〕「在當時的詩文裏，看不到一般社會生活的反映，因為作者們本來不需要看的；他們自己只是生活在公宴遊覽的圈子裏。寒士如果成名了，那就說明他已經鑽進了那種上層士大夫的生活，他雖然出身寒素，但已變成華貴之冑的附庸了。因為一個寒士如果把文義當作進仕的手段，則他的作品一定須受到大家的稱讚，那他就不能不用心摹學當時一般的作風和表現內容；也許他的詩文比別人的還好，但他只能追隨而不能創造一種新的潮流，因為他的身份資望都不夠。」「所以每一種文學潮流——作風或表現內容的推移變化，都是起於名門貴冑文人們自己的改變；寒素出身的人是只能追隨的。一個作者無論他的出身華素，到他成為文人時，他必已經有了實際的官位，這政治地位實在就是他文人地位的重要決定因素。這樣，所有當時詩文的作者們既都局限於上層士大夫的群中，因此我們讀他們的作品時，就常有一種特殊的感覺，即時代的差異，多於作者個性的差異。……因為所有的文士在社會上既是屬於一種人，他們的生活感受和思想習慣都差不多，所以同時代的作品，內容，也就無大差別了。文義之事只成了士大夫進仕的手段和高貴生活的點綴，因此所謂文士地位也就只是指他在政治社會上的地位。」〔註21〕

　　王瑤先生論述得很清楚，在這個世族統治一切領域的時代，「文學一直是保存在士大夫的手裏」，寒士「只能追隨而不能創造一種新的潮流」，而十九首和蘇李詩，都不僅僅是一般的詩作，而是五言詩成熟的標誌，相對於兩漢的言志詩，這是一種全新的詩歌創作。

　　其次，從十九首中所表現出的內容來看，也並非是下層文人的生活。在這些詩篇中，看不到任何所謂「饑者歌其食，勞者歌其事」的

〔註20〕　王瑤著《中古文學史論》，北京大學出版社1986年版，第30頁。
〔註21〕　王瑤著《中古文學史論》，北京大學出版社1986年版，第31、32頁。

痕跡，詩中所表現的，只有離別的哀傷、遊宴中的感受、對遠方友人的思念和對生命短暫的焦慮和排解宣洩，哪怕是伯夷、叔齊、商山四皓式的隱逸，陶淵明式的農作，也都全然不見痕跡，這些作者似乎並沒有衣食之憂，相反的，他們倒經常參與到宮廷貴族的酒宴上，雖然在宴會上，這位詩人也常會感到戚戚寡歡（《青青陵上柏》），或者他會佇立在豪華的建築前，凝聽一位高貴女性的彈唱，而產生與她比翼齊飛的幻想，似乎他只要肯俯就，這些女子就都會接納他單向的愛情（《西北有高樓》）。這位作者，分明是地位極高而又多愁善感的一位貴族詩人，哪裏有可能是什麼「下層文人」？正像是王瑤先生所說的「看不到一般社會生活的反映，……他們自己只是生活在公宴遊覽的圈子裏」。從量化分析來看，十九首中出現宴會的有：「今日良宴會」（《今日良宴會》），「極宴娛心意」（《青青陵上柏》）。並且有「兩宮」「雙闕」這樣的宮廷建築描寫；出現具有華貴氛圍場景的，有「交疏結綺窗，阿閣三重階」（《西北有高樓》），「軒車來何遲」（《冉冉孤生竹》，當時大夫方乘軒車，杜預：《左傳注》：「軒，大夫車」），「被服羅裳衣」（《東城高且長》），「又不處重闈」「垂涕沾雙扉」（《凜凜歲云暮》）；描寫採遺思念的，有《涉江採芙蓉》，《庭中有奇樹》，描寫思念的，有《明月皎夜光》，描寫服食求仙的，有《驅車上東門》，其中有「服食求神仙，多為藥所誤。不如飲美酒，被服紈與素」，先不說「服食求神仙」，是曹魏中後期的事情，何晏「是吃藥的祖師」，就是「被服紈與素」，也非下層文人之生活，總之，這些都是對貴族生活的描寫。

　　或說，《古詩十九首》中的《青青陵上柏》：「斗酒相娛樂，聊厚不為薄。驅車策駑馬，遊戲宛與洛。」其中的「斗酒」「駑馬」不都表示作者生活的貧賤嗎？但問者卻沒有看到，詩中的主人公隨後便去宮廷赴會：「兩宮遙相望，雙闕百餘尺。極宴娛心意，戚戚何所迫？」這分明是寫作京師洛陽的情況，而且是描寫在洛陽的「兩宮」「雙闕」參加「極宴」的情況，只不過，這位詩人，雖然參加著宮廷的「極宴」，

心情卻感到「戚戚」寡歡。這種情形，只有曹植、曹彪一類的貴為皇室貴冑而又是皇帝政敵的罪人身份才會有的，完全不是所謂「下層文人」能參與的場面。另外曹植也有「驅車揮駑馬，東到奉高城」（《驅車篇》）、「歸來宴平樂，美酒斗十千」（《名都篇》）之類的詩句。

或說，《凜凜歲云暮》中的：「凜凜歲云暮，螻蛄夕鳴悲。涼風率已屬，游子寒無衣」，豈非是下層文人的貧賤生活？這也是沒有讀懂原詩，我們並不能確定詩中所說的「游子寒無衣」是指的詩人自我還是他人，「游子」是誰？不能簡單地就認為「游子」就是我們後來觀念中的遊學的士子，「游子」與《青青河畔草》中的「蕩子」，都是指離家長久未歸之人，那麼，假若十九首是曹植之類的人物所寫，他們離開自己的封地而來京師，就都是「游子」。而「游子寒無衣」也不過是個象徵性的說法，是一種關心的、關愛的表示，與《行行重行行》中的「努力加餐飯」一樣，並不表示詩歌的作者或者唱和對象尚有火食之憂。此詩隨後就有「錦衾遺洛浦，同袍與我違。獨宿累長夜，夢想見容輝」的詩句，顯然，此詩的作者非但不是「游子寒無衣」，而且還可以「錦衾遺洛浦」，這寫的也不是下層文人之行徑，而像是寫有《洛神賦》這樣的詩人──曹植一類人物之所為。

「朝菌不知晦朔，蟪蛄不知春秋」，我們每個人，在浩渺的學術夜空裏，在汗漫的文學史長河中，都還僅僅是朝菌和蟪蛄，歷史的時空局限著我們的視野和思維，先入為主的文學觀念成為阻礙我們接受新文學觀念的難以超越的障礙。梁啟超憑直覺所得出的「東漢」說的推斷，當然有其學術貢獻，那就是基本推翻了十九首產生的「西漢」說，但梁啟超先生的說法畢竟還是憑著直覺下的推斷，還需要進一步探究。東漢說統治學術界已經將近百年，這一統治的直接後果，就是使我們在東漢的範疇之內，找不到能夠寫作十九首的作者，因為，這個時代，根本就不是一個詩人的時代，而是一個經術的時代。學者的視野，若是不能超越兩漢，十九首的作者就永遠會是無名氏。十九首「東漢」說，使五言詩演進史成為了一種混亂無序的狀態，以致於我

們會誤以為文學史的發展本身就是沒有規律的：東漢人沒有源頭地突然就會寫出十九首這樣的優秀之作，然後，大家忽然就又都不會寫五言詩了，重新回到兩漢空泛言志詩的寫作階段。這個問題不從根本上解決，不僅五言詩的歷史是無規律的渾沌狀態，而且，整個中國詩歌史的演進歷程，也從根基上難以梳理清晰。換言之，筆者本課題的研究，其目的並非僅僅是破譯十九首，破譯十九首的工作雖然意義重大，但能將五言詩在漢魏時代發生史的演變過程真正破譯，其意義更為重大。

第二章　秦嘉五言詩為偽作——
兩漢文人五言詩的漸進

　　前文筆者說過，梁啟超先生所倡導的「東漢」說，並無確切的根據，僅僅是根據「安、順、桓、靈之後，張衡、秦嘉、蔡邕、趙壹、酈炎、孔融，各有五言作品傳世，音節日趨諧暢、格律日趨嚴整。其時五言體制已經通行，造詣已經純熟」〔註1〕的所謂「直覺」，而這種直覺有時候是並不準確的。在梁先生所列舉的這幾位詩人中，以秦嘉二首五言詩最為優秀，其已經是建安五言詩之後的寫作方法和風格，是故，也有學者據此提出十九首的產生時間是在公元160年左右，而筆者經過各方面的考辨，得出此三首五言詩作是後人之偽作，極有可能是徐陵編纂《玉臺新詠》的時候，利用秦嘉、徐淑夫婦的四封書信加以改寫的。而梁先生所舉其他詩人，傳為張衡的五言詩作《同聲歌》，並不可信，蔡邕、趙壹、孔融等人的五言詩作，還屬於「漢音」階段，空泛言志，與十九首不可同日而語。整個兩漢時期（建安時期除外，屬於魏晉南北朝新的文學史階段），並沒有任何稱之為大詩人的人選，十九首的破譯由此陷入了死結。本章重點論述秦嘉五言詩的偽作性質以及秦嘉前後的詩歌演變歷程。

〔註1〕以上兩點參見梁啟超《中國之美文及其歷史》，中華書局1936年版，第106頁。

第一節　西漢初期：騷體時代的帝王詩篇

　　兩漢詩歌大抵有這樣幾種形式：騷體詩、四言詩、三言詩、雜言詩和新興的五言詩。首先是承接屈原楚辭而來的騷體詩，其次是承接詩三百而來的四言詩及三言歌詩。五言詩在西漢時期，還僅僅是在樂府歌詩中的萌芽狀態。文人五言詩，大抵要到東漢班固，才開始有第一首文人五言詩。但西漢詩壇，特別是西漢開國時代的詩作，雖然篇幅短小，常常是三五句而已，但由於是劉邦、項羽等一代英豪之血性之作，故雖然脫口而出，卻皆為絕唱，如清代學者所說：「漢人詩未有無所為而作者，如《垓下歌》、《春歌》、《幽歌》、《悲秋歌》、《白頭吟》，皆為發憤處為詩，所以成絕調。」〔註2〕但這種絕唱，僅為少數人特殊人生遭際中的生命的呼喊，且多為西漢前期儒家尚未形成思想牢籠之際的作品，東漢經術束縛之下的文人五言詩，反而不再能寫出這樣的佳作；其次，西漢詩作雖然騷體、四言、三言雜言、五言雜言四種形態並存，但卻以騷體詩為主體，這一方面是由於漢文化從楚文化直接過渡而來，受著屈原楚辭的衣被，另一方面，騷體詩每句字數不限，自由靈活，加上中間有「兮」字過渡，是一種典型的抒情詩形式，易於自由抒發懷抱。

　　逯欽立《漢詩卷》的開篇之作，是劉邦的《歌詩》二首，《大風》：「大風起兮雲飛揚，威加海內兮歸故鄉，安得猛士兮守四方。」《鴻鵠》：「鴻鵠高飛，一舉千里。羽翼已就，橫絕四海。橫絕四海，又可奈何？雖有矰繳，尚安所施？」《大風》雖有三句，卻寫得風起雲飛，不事華藻，滿心而發，脫口而出，志氣慷慨，規模宏遠，沒有高祖偉大帝王之襟懷，難以寫出這麼大的視野胸襟。其影響直接達於建安曹操，當然，對整個兩漢詩風也具有一定的影響意義。但兩漢文人詩，由於沒有了高祖胸襟，所以，空有言志的闊大，而失去高祖之性情。劉勰《文心雕龍・時序》：「高祖尚武，戲儒簡學，雖禮律草創，《詩》

〔註2〕費錫璜撰《漢詩總說》，《清詩話》三〇，上海古籍出版社1978年版，第947頁。

《書》未遑，然《大風》《鴻鵠》之歌，亦天縱之英作也。」〔註3〕宋人陳巖肖《庚溪詩話》上：「漢高帝《大風歌》，不事華藻，而氣概遠大，真英主也。至武帝《秋風辭》，言固雄偉，而終有感慨之語，故其末年，幾至於變。魏武魏文父子，橫槊賦詩，雖道壯抑揚，而乏帝王之度。六朝以後人主，言非不工，而纖麗不逞，無足言也。」此論勾勒了從漢高祖到六朝的帝王詩史，其中也投射出漢魏六朝詩歌演進史的影子。高祖《鴻鵠》一首，雄渾悲壯，開啟孟德四言詩風，如同明人胡應麟《詩藪・內編》卷一所說：「高帝《鴻鵠歌》，是『月明星稀』諸篇之祖，非《雅》《頌》體也，然氣概橫放，白不可及。」〔註4〕這裡說出了一個重要的線索，就是《雅頌》四言詩，與曹操的四言詩，並非一體，高祖的這首《鴻鵠歌》，可以視為其中轉型的中介。《雅頌》為言志體，曹操四言詩，雖為四言，卻已經是五言詩的抒情寫法。

隨後是項羽的《歌》（《垓下歌》）一首：「力拔山兮氣蓋世，時不利兮騅不逝。騅不逝兮可奈何？虞兮虞兮奈若何？」虞美人《和項王歌》：「漢兵已略地，四方楚歌聲。大王意氣盡，賤妾何樂生？」但對於美人虞的這首五言歌詩，學術界多有懷疑：

不過，這首詩的真實性不能不叫人懷疑。首先，關於它的最早的著錄見於《史記正義》引《楚漢春秋》。雖然《楚漢春秋》係漢初陸賈所著，但是，這條材料很多學者表示懷疑。因為《史記・項羽本紀》只是記載項羽為歌，「歌數闋，美人和之」。未載其詞。《史記正義》為唐人所著，所見《楚漢春秋》是否可靠，是要打個問號的。其次，從現存的漢初詩歌五言詩來看，這種比較完整的五言詩也確為罕見。比如《漢書・外戚傳》載戚夫人《舂歌》：「子為王，母為虜，終日舂薄暮，常與死為伍。相去三千里，當誰使告汝？」雖然雜有五言句式，但不是完整的五言詩。而戚夫人與美人虞大體同時。〔註5〕

〔註3〕　參見周振甫注《文心雕龍注釋》，人民文學出版社1981年版，第476頁。
〔註4〕　〔明〕胡應麟撰《詩藪》，上海古籍出版社1979年版，第9頁。
〔註5〕　曹道衡、劉躍進著《先秦兩漢文學史料學》，中華書局2005年版，第418頁。

　　所論有道理，筆者表示贊同，至少這首五言詩是有爭議的，可以不論。楚漢相爭時代的詩作，兩首騷體、一首四言，大體體現了漢代建國時期的詩壇情況。這些詩作，都是性情之作，特別是項羽之作，乃是生命將盡時刻的情感噴發，終漢之世，再也沒有人能寫出這樣的語句了。大概是劉、項時代，還沒有兩漢經學的束縛，反而能寫出不錯的篇什。此後的帝王詩篇，就屬漢武帝劉徹的幾篇最為優秀了，漢武帝劉徹詩共有 7 首，其中 5 首為騷體：《瓠子歌》《秋風辭》《天馬歌》《西極天馬歌》《思奉車子侯歌》，四言雜句 1 首《李夫人歌》，七言柏梁體 1 首《柏梁詩》；其中尤其是《秋風辭》更為優秀：「秋風起兮白雲飛，草木黃落兮雁南歸。蘭有秀兮菊有芳，懷佳人兮不能忘。泛樓船兮濟汾河，橫中流兮揚素波。簫鼓鳴兮發棹歌，歡樂極兮哀情多。少壯幾時兮奈老何！」魯迅在《漢文學史綱要》裏說：「楚聲之在漢宮，其見重如此。故後來帝王倉卒言志，概用其聲。而武帝詞華，實為獨絕。當其行幸河東，祠后土，顧視帝京，忻然中流，與群臣醺飲，自作《秋風辭》。纏綿流麗，雖詞人不能過也。」〔註6〕這段論述，有兩層意思值得關注，其一，是「楚聲」在漢宮的見重，也就是筆者所說的騷體詩在漢初帝王詩篇中的流行，以及隨後整個兩漢詩壇的見重；其二，是關於漢武帝此詩的特點：「纏綿流麗」。漢武帝的《秋風辭》，也許預示了華夏詩史將會由劉邦時代多出己意、脫口而出的情懷抒發，發展到此後文人寫詩纏綿流麗的審美追求，這是一種必然的趨勢。雖然在兩漢時代，呈現了非常緩慢的漸進過程。明人謝榛《四溟詩話》卷一說：「漢武帝『秋風起兮白雲飛』，出自『大風起兮雲飛揚』，『蘭有秀兮菊有芳』『懷佳人兮不能忘』，出自『沅有芷兮澧有蘭，思公子兮未敢言』。漢武讀書，固有沿襲，漢高不讀書，多出己意。」也正指出了兩代帝王之間的文化差異所造成的詩風差異。不過，梁啟超先生對漢武帝的這首名篇有所質疑，他說此詩見於《漢

〔註 6〕魯迅著《漢文學史綱要》，人民文學出版社 2006 年版，第 48 頁。

武帝故事》，而「《武帝故事》這部書是漢時人作的，不甚靠得住。這詩很不壞，但有點柔媚劓滑，沒有西漢人樸拙氣。我不敢十分相信是武帝作。」〔註7〕這一觀點也很值得關注。

漢武之前後，騷體詩呈現了統治地位的延續，而其他各類詩體形式，也各有其作：四皓的《歌》，為一首四言雜言，其中以四言為基本句型，如起首之「莫莫高山，深谷逶迤」，夾雜以楚辭句式，如「富貴之畏人兮，不若貧賤之肆志。」可以看出，詩騷是漢詩寫作所效法的兩種基本範式；另一首《採芝操》為四言詩：「皓天嗟嗟」；戚夫人的《舂歌》：「子為王，母為虜。終日舂薄暮，常與死為伍。相離三千里，當誰使告汝」，為三言、五言雜用的雜言詩，字字血淚，感人至深；趙王劉友《歌》一首，為騷體：「諸呂用事兮劉氏微，迫脅王侯兮強授我妃。」騷體仍是兩漢時期最好的抒情詩形式，其摒棄了屈原楚辭的長篇大論，而將情感作一凝練之抒發。

此外，尚有城陽王劉章《耕田歌》四言一首四句；枚乘騷體《歌》一首：「麥秀蘄兮雉朝飛」三句；淮南王劉安騷體《八公操》一首：「煌煌上天照下土兮」八句；司馬相如騷體《歌》一首：「獨處室兮廓無依，思佳人兮情傷悲。彼君子兮來何遲，日既暮兮華色衰。敢託身兮長自私」五句，騷體《琴歌》二首：「鳳兮鳳兮歸故鄉」「凰兮凰兮從我棲」；東方朔雜言《歌》一首：「陸沉於俗，避世金馬門。宮殿中可以避世全身，何必深山之中蒿廬之下」四句，四言、五言、九言、十言皆可用之，與散文無異，唯用韻而已。騷體《嗟伯夷》一首「窮隱處兮窟穴自藏」三句；李延年五言七言《歌》一首：「北方有佳人」六句；韋孟四言《諷諫詩》一首，四言《在鄒詩》一首；漢昭帝劉弗陵騷體《黃鵠歌》一首；燕王劉旦騷體《歌》一首三句；華容夫人騷體《歌》一首五句；李陵騷體《歌》一首五句：「徑萬里兮度沙漠，為君將兮奮匈奴。路窮絕兮矢刃摧。士眾滅兮名已隤。老母已死雖欲報

〔註7〕梁啟超《中國之美文及其歷史》，《梁啟超學術論著集》，華東師範大學出版社1998年版，第156頁。

恩將安歸。」此首也是血性之作，由於情感真實，痛徹骨髓，遂以騷體數句唱出心中的無限感傷。以此詩來看世傳所謂的蘇李詩，此詩為真而所謂蘇李詩為假託無疑；廣川王劉去《歌二首》，是比較典型的三言為主的歌詩：「愁莫愁，居無聊。心重結，意不舒。內茀鬱，憂哀積。上不見天，生何益，日崔隤。時不再，願棄軀，死無悔。」全首歌詩皆為三言，中間有「上不見天」四言一句。廣陵王劉胥《歌》一首：「欲久生兮無終，常不樂兮安窮。奉天期兮不得須臾。千里馬兮駐待路，黃泉下兮幽深，人生要死，何為苦心！何用為樂心所喜。出入無悰為樂亟。蒿里召兮郭門閱，死不得取代庸，身自逝。」

　　總體來看，西漢的歌詩，騷體詩為其主要的詩體形式，其次為四言、三言、雜言，歌詩的篇幅除了韋孟的兩首四言之作外，其餘均篇幅較短，多為人生中「內茀鬱，憂哀積」的哀歎；另外，句數並不局限於雙數，多有三句、五句之作，也就是說，在這個時代，詩人還沒有偶數詩句的觀念，三句、五句還是四句、六句，一切都沒有拘束，一切都要看情感表達的需要。

　　西漢初期，由於尚未進入到漢武獨尊儒術的時代，所以，劉邦、項羽，包括劉徹在內的篇幅不多的詩作，寫得都很有氣勢，是東漢經術時代唱不出來的歌詩，很有抒情性，但總體來看，聲色未開，還比較簡單。到武帝《秋風辭》，開始呈現文人騷體詩纏綿流麗的審美追求，到烏孫公主細君的騷體《歌》詩：「吾家嫁我兮天一方，遠託異國兮烏孫王。廬為室兮旃為牆，以肉為食兮酪為漿。居常土思兮心內傷，願為黃鵠兮歸故鄉。」〔註8〕「細君，江都王建女，元封中，武帝以之妻烏孫王昆莫。昆莫以為左夫人。昆莫死，復妻其孫岑陬，生一女少夫。」〔註9〕細君此首騷體詩作，具有一定的詩史意義：此詩起首便說「吾家嫁我兮天一方」，將詩人自我的悲慘遭遇直接傾訴，在兩

〔註8〕以上所引詩作，見於逯欽立輯校《先秦漢魏晉南北朝詩》，中華書局 1983 年版，第 87～111 頁。

〔註9〕逯欽立輯校《先秦漢魏晉南北朝詩》，中華書局 1983 年版，第 111 頁。

漢重視闊大氣勢、缺乏個體生命重視的時代，有著啟蒙個性化詩風的意義。在當時雖然不能得到廣泛的響應，但卻是兩漢詩壇中難得的寫作個體命運的佳篇。後來的《胡笳十八拍》，由此濫觴而出。

　　總體來看，西漢詩作比較東漢之作，反而更有情感的色彩，但就詩歌的形式來說，主要還是騷體詩和四言詩的時代，偶然出現一些五言歌詩，尚有爭議，因此，說五言詩從東漢班固起步，是大抵不差的。

第二節　東漢秦嘉之前的文人五言詩

　　如果說西漢就其本質而言，是以王室貴族為中心的帝王詩篇，詩體形式主要是承接楚聲而來的騷體詩，東漢班固以來，則漸次以出現文人創作為中心的五言詩。班固（32～92）五言詩的出現時間，與樂府詩的演進情況大抵接近，也就是說，大約在漢章帝時代，五言詩開始漸次登上詩史舞臺。

　　東漢詩壇，首先值得提及的，是東漢初期的梁鴻。梁鴻存詩三首，俱載於《後漢書》的梁鴻本傳，三首皆為騷體，顯示了騷體詩在東漢前期仍然佔有統治性的地位，其中《五噫歌》最為優秀：「陟彼北芒兮，噫！顧覽帝京兮，噫！宮室崔嵬兮，噫！民之劬勞兮，噫！遼遼未央兮，噫！」文人詩漸次整飭，正可以看出兩漢詩壇由騷體、雜言的不整齊向整齊之美的漸進。東漢的文人五言詩，根據陸侃如、馮沅君的研究，認為到東漢方漸漸有作純粹五言詩的詩人，其中可考者計八人：1.應亨（60）2.班固（32～92）3.蔡邕（133～192）4.秦嘉（約160）5.酈炎（150～177）6.趙壹（約180）7.高彪（140？～184）8.蔡琰（約200）。〔註10〕班固的《詠史》：「三王德彌薄，惟後用肉刑。太倉令有罪，就逮長安城……聖漢孝文帝，惻然感至情。百男何憒憒，不如一緹縈。」這還基本是每字一個音步的「五字詩」：三—王—德—彌—薄，惟—後—用—肉—刑。至於「太倉令有罪，就逮長安城……

〔註10〕　參見陸侃如、馮沅君著《中國詩史》，人民文學出版社 1983 年版，第 265～266 頁。

聖漢孝文帝，惻然感至情」，更是散文筆法。正如同鍾嶸《詩品‧總論》所說：「班固《詠史》，質木無文」。進入順帝時代的張衡，存詩八首，其中四言詩四首，騷體詩三首，五言詩二首，顯示了五言詩三種詩體並存而傳統詩體為主的局面。先看其五言樂府歌詩《同聲歌》：「邂逅承際會，得充君後房。情好新交接，恐慄若探湯。不才勉自竭，賤妾職所當。綢繆主中饋，奉禮助烝嘗。思為苑蒻席，在下蔽匡床。願為羅衾幬，在上衛風霜。灑掃清枕席，鞮芬以狄香。重戶結金扃，高下華燈光。衣解巾粉御，列圖陳枕張。素女為我師，儀態盈萬方。眾夫所希見，天老教軒皇。樂莫斯夜樂，沒齒焉可忘。」此詩載於郭茂倩《樂府詩集》第七十六卷《雜曲歌辭十六》，以女性視角寫作，是兩漢經術時代統治之下的罕見五言詩作。若是東漢人所作，則具有開拓性的地位，但此詩之屬於張衡，仍有可懷疑之處。兩漢之詩作，數量極少，故《後漢書》一般都在其本傳之下加以記載，而此詩並不見於張衡本傳：「張衡字平子，南陽西鄂人也。衡少善屬文，遊於三輔，因入京師，觀太學，遂通《五經》，貫六藝。雖才高於世，而無驕尚之情。常從容淡靜，不好交接俗人。永元中，舉孝廉不行，連辟公府不就。時天下承平日久，自王侯以下，莫不逾侈。衡乃擬班固《兩都》，作《二京賦》，因以諷諫。精思傅會，十年乃成。大將軍鄧騭奇其才，累召不應。衡善機巧，尤致思於天文、陰陽、曆算。……永和四年卒。」〔註11〕《同聲歌》題為張衡所作，見於《玉臺新詠》，但《文選》不見選錄，《詩品》未與品評；《文心雕龍‧明詩篇》提及張衡《怨篇》而不及《同聲》。《玉臺新詠》所選，並不嚴肅，有多首不合情理之作，由於被《玉臺新詠》所選而將一部詩歌史搞得混亂不清；同時，《同聲歌》是一首大談房中術的色情詩，如「情好新交接，恐慄若探湯」，又「素女為我師，儀態盈萬方。眾夫所希見，天老教軒皇」四句，使用《玉房秘訣》；「黃帝問素女、玄女，采女陰陽之事」等房中術秘訣，

〔註11〕〔南朝宋〕范曄撰《後漢書》卷五十九，中華書局 1965 年版，第 1897～1951 頁。

結句「樂莫斯夜樂」，一夜狂歡，一派世紀末縱慾情結，這種詩落在張衡名下，實在是不合情理。

　　張衡之後，有朱穆《與劉伯宗絕交詩》：「北山有鴟，不潔其翼。飛不正向，寢不定息。饑則木攬，飽則泥伏。饕餮貪污，臭腐是食。填腸滿嗉，嗜欲無極。長鳴呼鳳，謂鳳無德。鳳之所趣，與子異域。永從此訣，各自努力。」此詩見於《後漢書》本傳注，朱穆（100～163），漢桓帝時候為一代名宦，劉伯宗本是朱穆舊友，後因發達富貴而驕慢，朱穆寫作此詩與之絕交。此詩以《詩經》比興寫法，痛斥劉伯宗的「不潔」，明人胡應麟《詩藪·外編》卷一批評說：「朱穆《絕交詩》，詞旨躁露」。〔註12〕兩漢詩作，較之建安之後到唐詩的特質，大抵是發露的，或說是直抒胸臆的。

第三節　秦嘉五言詩真偽辨析

　　在兩漢文人五言詩中，唯有秦嘉的三首五言詩為特例，其詩作顯示了較為成熟的五言詩寫法，多用雙音詞，而且開始有具體場景的描寫，可以稱為是建安之後抒情五言詩的寫法，有學者也由此斷定十九首的寫作大抵產生於與秦嘉相近的時代，故對於秦嘉五言詩的辨析非常重要。

一、三首五言詩與四封書信的比照

　　秦嘉詩現存六首，其中唯一的一組五言詩《贈婦詩三首》如下：

　　　人生譬朝露，居世多屯塞。憂艱常早至，歡會常苦晚。

　　　念當奉時役，去爾日遙遠。遣車迎子還，空往復空返。

　　　省書情悽愴，臨食不能飯。獨坐空房中，誰與相勸勉。

　　　長夜不能眠，伏枕獨展轉。憂來如循環，匪席不可卷。

　　　皇靈無私親，為善荷天祿。傷我與爾身，少小罹煢獨。

〔註12〕〔明〕胡應麟撰《詩藪》外編卷一，上海古籍出版社 1979 年版，第130 頁。

既得結大義，歡樂苦不足。念當遠離別，思念敘款曲。
河廣無舟梁，道近隔丘陸。臨路懷惆悵，中駕正躑躅。
浮雲起高山，悲風激深谷。良馬不迴鞍，輕車不轉轂。
針藥可屢進，愁思難為數。貞士篤終始，恩義不可屬。

蕭蕭僕夫征，鏘鏘揚和鈴。清晨當引邁，束帶待雞鳴。
顧看空室中，髣髴想姿形。一別懷萬恨，起坐為不寧。
何用敘我心，遺思致款誠。寶釵好耀首，明鏡可鑒形。
芳香去垢穢，素琴有清聲。詩人感木瓜，乃欲答瑤瓊。
愧彼贈我厚，慚此往物輕。雖知未足報，貴用敘我情。

〔註13〕

我們再來閱讀秦嘉夫婦的往返書信，將其與秦嘉五言詩對比閱讀，會發現所謂秦嘉五言詩，竟然基本是對於其書信的詩歌體改寫。同時，從這四封書信中，大體可以清理出兩人通信往返的主要內容，從中可以獲得許多重要的信息：

第一封，秦嘉《與妻徐淑書》：

不能養志，當給郡使；隨俗順時，僶俛當去，知所苦故爾。未有瘳損，想念悒悒，勞心無已。當涉遠路，趨走風塵，非志所慕，慘慘少樂。又計往還，將彌時節。念發同怨，意有遲遲。欲暫相見，有所屬託。今遣車往，想必自力。（《藝文類聚》三十二）〔註14〕

第二封，徐淑的回覆：《答夫秦嘉書》：

知屈珪璋，應奉歲使，策名王府，觀國之光。雖失高素皓然之業，亦是仲尼執鞭之操也。自初承問，心願東還，迫疾惟宜，抱歎而已。日月已盡，行有伴例，想嚴莊（疑應為「妝」）已辦，發邁在近。誰謂宋遠，企予望之。室邇人遐，我勞如何？深谷逶迤，而君是涉；高山巖巖，而君是越，斯亦難矣；長路悠悠，而君是踐；冰霜慘烈，而君是履，身非

〔註13〕 逯欽立輯校《先秦漢魏晉南北朝詩》，中華書局1983年版，第186頁。
〔註14〕〔清〕嚴可均校輯《全後漢文》卷六十六，《全上古三代秦漢三國六朝文》，中華書局1958年版，第834頁。

形影，何得動而輒俱？體非比目，何得同而不離？於是詠萱草之喻，以消兩家之恩，割今者之恨，以待將來之歡。今適樂土，優游京邑，觀王都之壯麗，察天下之珍妙，得無目玩意移，往而不能出耶！（藝文類聚三十二）〔註15〕

第三封，秦嘉的回覆：《重報妻書》：

車還空反，甚失所望，兼敘遠別。恨恨之情，顧有悵然。間得此鏡，既明且好，形觀文采，世所希有，意甚愛之，故以相與。並致寶釵一雙，價值千金；龍虎組履一緉（鞋履的量詞，雙的意思）；好香四種，各一斤；素琴一張，常所自彈也。明鏡可以鏡（疑為「鑒」）形，寶釵可以耀首，芳香可以馥身去穢，麝香可以辟惡氣，素琴可以娛耳。（《藝文類聚》三十二，《書鈔》一百三十六引兩條；《御覽》六百九十七、七百十七、七百十八，又九百八十一引兩條）

〔註16〕

第四封，徐淑的再回覆：《又報嘉書》：

既惠音令，兼賜諸物，厚顧殷勤，出於非望。鏡有文采之麗，釵有殊異之觀，芳香既珍，素琴益好。惠異物於鄙陋，割所珍以相賜。非豐恩之厚，孰肯若斯？覽鏡執釵，情想髣髴；操琴詠詩，思心成結。敕以芳香馥身，喻以明鏡鑒形。此言過矣，未獲我心也。昔詩人有飛蓬之感，班婕好有誰榮之歎。素琴之作，當須君歸；明鏡之鑒，當待君還。未奉光儀，則寶釵不設也；未待帷帳，則芳香不發也。今奉旄牛尾拂一枚，可以拂塵垢；越布手巾二枚；嚴器中物幾具；金錯碗一枚，可以盛書水；琉璃碗一枚，可以服藥酒。（《藝文類聚》七十三）〔註17〕

〔註15〕　〔清〕嚴可均校輯《全後漢文》卷九十六，《全上古三代秦漢三國六朝文》，中華書局1958年版，第990頁。

〔註16〕　〔清〕嚴可均校輯《全後漢文》卷六十六，《全上古三代秦漢三國六朝文》，中華書局1958年版，第834頁。

〔註17〕　〔清〕嚴可均校輯《全後漢文》卷九十六，《全上古三代秦漢三國六朝文》，中華書局1958年版，第990頁。

閱讀過秦嘉夫婦的四封書信，再來重讀所謂的秦嘉三首五言詩，我們會得出以下的結論：

首先，三首五言詩的主要意思，甚至基本的用語，都是出自這四封書信之中，也就是說，倘若是後人，譬如是《玉臺》的編輯者徐陵改作此三首詩作，就非常容易了，以一系列的書信中提供的物象作為基本素材，很容易就能寫成現在的這個樣式；其次，更為奇妙的事情，是許多妻子徐淑怨恨丈夫秦嘉的話語，被採擷到秦嘉的五言詩中，成為了正面的自我表述話語。我們來細細地對應一下三首五言詩與四封書信之間的關係：

第一封信，秦嘉《與妻徐淑書》，說自己身不由己，「隨俗順時，僶俛當去」，以及對妻子的思念之情：「想念悒悒，勞心無已」，並且「今遣車往」，欲迎接妻子來到自己身邊；這就是所謂秦嘉三首五言詩《其一》中的「人生譬朝露，居世多屯蹇。憂艱常早至，歡會常苦晚。念當奉時役，去爾日遙遠」的主要意思。

第二封信，妻子徐淑由於身體染疾，不能隨車而行，此信的話裏行間，除了對丈夫思念的客氣語之外更多的是表露了對丈夫拋家別妻的不滿：《答夫秦嘉書》：「自初承問，心願東還。迫疾惟宜，抱歉而已」，說明自從第一次丈夫詢問自己是否可以隨車前往，心中非常想隨車往還，可惜，迫於疾病，不能成行。以下的排比句：「深谷逶迤，而君是涉；高山岩岩，而君是越，斯亦難矣；長路悠悠，而君是踐；冰霜慘烈，而君是履。身非形影，何得動而輒俱；體非比目，何得同而不離。於是詠萱草之喻，以消兩家之恩。割今者之恨，以待將來之歡。今適樂土，優游京邑，觀王都之壯麗，察天下之珍妙，得無目玩意移，往而不能出焉」，其中不能不說有對丈夫責備的成分，說山谷逶迤，但你還是涉谷而行；高山巍巍，你還是攀越而上；路途遙遠，你還是去而未歸；冰霜慘烈，寒氣逼人，你還是踏霜冒雪遠去。我們的身體不是行影，不是比目，怎樣才能做到形影不離呢？既然做不到，我也就只能割捨今日之恨，以待來者會面之歡樂。現在，你悠然遊於

京都，觀賞著王都的壯麗，欣賞著天下的珍妙，不會是你目迷五色，不能自拔吧！這封信非常有文采，由於是一位青春少婦獨守深閨的有感而發之語，因此，滔滔汩汩，平地而生，排比而下，怨憤之語也！雖然此恨乃是由極愛而來。

徐淑作有《答秦嘉詩》：「妾身兮不令，嬰疾兮來歸。沉滯兮家門，歷時兮不差。曠廢兮侍觀，情敬兮有違。君今兮奉命，遠適兮京師。悠悠兮離別，無因兮敘懷。瞻望兮踴躍，佇立兮徘徊。思君兮感結，夢想兮容暉。君發兮引邁，去我兮日乖。恨無兮羽翼，高飛兮相追。長吟兮永歎，淚下兮沾衣。」〔註18〕《答大秦嘉書》的背景正與徐淑此詩「君發兮引邁，去我兮日乖。恨無兮羽翼，高飛兮相追」的主旨相同；同時，徐淑的這封書信中的長段對偶排比句子，也正是所謂秦嘉三首五言詩中的第二首：「河廣無舟梁，道近隔丘陸。臨路懷惆悵，中駕正踟躕。浮雲起高山，悲風激深谷。良馬不回鞍，輕車不轉轂」的改寫原型。

我們可以依次對照：徐淑書信：「深谷逶迤」，秦嘉五言詩：「悲風激深谷」；徐淑書信：「高山岩岩」，秦嘉五言詩：「浮雲起高山」，這是兩組最為明顯的改寫痕跡；其餘的如徐淑書信：「深谷逶迤，而君是涉」；秦嘉五言詩「河廣無舟梁，道近隔丘陸」。

不僅僅是徐淑書信用語成為了秦嘉五言詩中的重要意象，更為重要的，是所有的這些旅程艱難、旅行過程的描寫，原本是出現在徐淑帶有明顯怨恨悵惘之情，帶有對丈夫秦嘉指責的回信中，現在在二首五言詩中，竟然成為了秦嘉自敘不辭辛苦、不遠千里去見妻子的描寫。這就凸現出此三首，特別是第二首為後人偽託的痕跡。

第三封信應該是秦嘉的《重報妻書》，此信說明秦嘉接到妻子的來信之後，並沒有千里迢迢去看望妻子，而是以一系列珍貴的禮品來替代自己的親自探望，其中除了表達「車還空反，甚失所望」「恨恨之

〔註18〕 逯欽立輯校《先秦漢魏晉南北朝詩》上，中華書局 1983 年版，第 188 頁。

情」的虛話之外，就是開列送給妻子的禮品單。而這封信中的禮品單也同樣被改寫到秦嘉第三首五言詩之中，成為了這一首五言詩的主要意思。書信原文：「明鏡可以鏡（鑒）形，寶釵可以耀首，芳香可以馥身去穢……素琴可以娛耳」，對比第三首五言詩：「寶釵好耀首，明鏡可鑒（在詩中已為「鑒」）形。芳香去垢穢，素琴有清聲。」前兩句正是由散文語句去除一個「以」字而得，「芳香」、「素琴」兩個物象，也基本上是由散文原句脫化而來。

第四封信應該是徐淑的《又報嘉書》，徐淑的回信，並沒有顯示出接到這些禮物的興奮，反而顯得非常冷靜，甚至對於不能見到丈夫，還顯示出了某種不悅。信中說：「厚顧殷勤，出於非望」，對於夫君的殷勤厚顧，送來了這麼多厚重的禮物，並不是自己所期望的，同時，丈夫不在身邊，自己沒有心情使用這些珍貴的物品：「覽鏡執釵，情想彷彿，操琴詠詩，思心成結」，更為奇怪的是，這些責備秦嘉的話語，也同樣出現在了秦嘉的五言詩中，成為了秦嘉自敘自我對妻子的思念話語：「顧看空室中，髣髴想姿形。一別懷萬恨，起坐為不寧」，正是散文體書信的詩化表達，散文書信「情想彷彿」和詩句「髣髴想姿形」甚至帶有外在語詞上的相似性，詩中的五個字有三個字來自於書信，這顯然說明，是徐淑的第四封被改寫到了秦嘉五言詩第三首中。

順便再看五言詩第三首中後面的詩句：「詩人感木瓜，乃欲答瑤瓊。愧彼贈我厚，慚此往物輕。雖知未足報，貴用敘我情。」分明是接受禮物者欲以「瑤瓊」報答「木瓜」，「愧彼贈我厚，慚此往物輕」，說對方對我的饋贈深厚，而我的「往物」太輕，但我們從秦嘉、徐淑的四封往返信件中，沒有看到徐淑對於秦嘉任何的回贈，也沒有見到徐淑任何的類似情感話語的表達，反而處處顯示了徐淑作為被丈夫拋棄在家的少婦的怨恨之情：「敕以芳香馥身，喻以明鏡鑒形，此言過矣，未獲我心也。昔詩人有飛蓬之感，班婕妤有誰榮之歎。素琴之作，當須君歸；明鏡之鑒，當待君還」。

　　秦嘉三首五言詩，不僅僅語句出自於兩人的四封信，而且，張冠李戴，陰差陽錯，將徐淑責備秦嘉的話語，化用為秦嘉自身旅程的描述；又將徐淑對於秦嘉責備怨恨的話語，變為秦嘉報答徐淑的詩句，充分證明此詩乃是後人依照秦嘉徐淑故事，在兩人往返書信的基礎上偽託而作。

二、秦嘉五言詩的其他疑點

　　在上述將秦嘉夫婦四封書信與其詩作對比的基礎之上，我們再來探討秦嘉五言詩的其他疑點，就有了有力的基礎：

　　1. 秦嘉詩可疑之點頗多──其詩不見於《後漢書》，也不見於《文選》，而首載於《玉臺新詠》。徐陵所編《玉臺新詠》，如同葉嘉瑩先生所說：「就《玉臺新詠》之編選的態度來看，如其序文『本號嬌娥，曾名巧笑』之偽託，以及『往事名篇，當今巧製，……選錄豔歌，凡為十卷』之言，其輕率與不負責之態度已可想見，因此其題名枚乘之說，也就使人覺得不可採信了。」〔註19〕有學者說，《玉臺》本是奉命為宮中婦人所編之集，集中所作，考慮到讀者群，無需有學術之慎重嚴密，揚名取寵倒為其最先考慮之處，故往往有以當時風聞而直書當真者，只為取悅後宮得寵之人也：「徐陵之所以要編撰《玉臺新詠》這樣的一本書，乃是根於對後宮婦女群體精神生存狀況的關懷，從滿足其療救精神疾患的實際需要出發的。現存的一些文獻資料可以證明，徐陵對他的這一編撰動機的描述是真實可信的。」〔註20〕此說甚為可信。

　　對於《玉臺新詠》，非為本書之主要研究對象，但也可以補充一點論證：《玉臺新詠》列有劉勳妻王宋的《雜詩二首》，其一為：「翩翩床前帳，張以蔽光輝。昔將爾同去，今將爾同歸。緘藏篋笥裏，當復

────────────

〔註19〕葉嘉瑩著《迦陵論詩叢稿》，中華書局 2005 年版，第 11 頁。

〔註20〕參見許雲和著：《漢魏六朝文學考論》，上海古籍出版社 2006 年版，第 92 頁。

何時披」，此詩應為曹丕的《代劉勳妻王氏雜詩》，曹丕並有《出婦賦》，〔註21〕是詩賦同寫一事；其二為：「誰言去婦薄，去婦情更重。千里不唾井，況乃昔所奉。遠望未為遙，踟躕不得往」，此詩應為曹植《代劉勳妻王氏雜詩》，只不過「誰」為「人」，結句「往」為「共」，見《曹植集校注》。〔註22〕將曹丕、曹植兄弟著名的詩作，列在兩首詩作共同吟詠的人物劉勳妻身上，正是出於其編輯動機是為了給後宮嬪妃閱讀的樂趣和針對性有關。同此，將原本是曹植所作的《怨詩》安排在班婕妤身上，將秦嘉夫婦書信中的語詞改編為五言詩，安排在秦嘉身上，都是同一機杼——很有可能就是徐陵在編輯《玉臺新詠》之時，自己動手，以秦嘉、徐淑夫婦的往返書信為藍本，採用其書信中的基本語彙，改造連綴而成秦嘉的三首五言詩。而徐陵時代，五言詩寫作以及在五言詩中採用排偶句式，都已經相當嫻熟，對於徐陵而言，乃是舉手之勞，同時，使他編輯的這部《玉臺新詠》具有源流一統的閱讀效果。這樣來看徐陵《玉臺新詠·序》所說的：「往世名篇，當今巧製」，「燃脂暝寫，弄筆晨書，撰錄豔歌，凡為十卷」，〔註23〕其中的「當今巧製」，就不僅僅是指編輯當今他人詩作的工作，還含有作為主編巧妙移花接木，將曹丕、曹植等男性之作，移植到詩中主人公的女性身上，以及自己親自動手「暝寫」「晨書」的辛苦。

蕭統（501～531），其所編《文選》時間，是我國現存最早的詩文選集，秦嘉如此優秀的五言詩作不被選錄，意味著什麼？或說可能是選錄標準的問題，但秦嘉五言詩，恰恰合於齊梁時代「流連哀思者，謂之文」的觀念，學者們之所以論證十九首大約產生於秦嘉《贈婦詩》前後的時代，正是由於論證了此兩者之間風格的近似、甚至是一些語句的相似。《文選》選錄十九首、蘇李詩等而不選錄秦嘉詩，大體說明

〔註21〕逯欽立輯校《先秦漢魏晉南北朝詩》，中華書局 1983 年版，第 402 頁。
〔註22〕《曹植集校注》，趙幼文校注，人民文學出版社 1984 年版，第 532 頁。
〔註23〕〔南朝陳〕徐陵編〔清〕吳兆宜注《玉臺新詠·序》，中華書局 1985 年版，第 13 頁。

現在我們所看到的所謂秦嘉五言詩作，在蕭統時代並不存在。蕭統編
《文選》時，秦嘉五言詩作未被選入；到徐陵編《玉臺新詠》，秦嘉五
言詩第一次出現。這一過程，說明《玉臺新詠》中的秦嘉之作，是後
人託名之作。

　　2. 秦嘉與徐淑離別唱和，徐淑詩僅見騷體詩，而且與秦嘉的這
三首五言詩差距甚大。關於秦嘉夫婦離別作詩之事，鍾嶸《詩品》的
記載是：「夫妻事既可傷，文亦淒怨。為五言者，不過數家，而婦人居
二。徐淑敘別之作，亞於團扇矣。」〔註24〕從我們現在所能看到的情
況來看，秦嘉的三首五言詩，其藝術水準遠遠高於徐淑之作，但從鍾
嶸所論來看，似乎只評論了徐淑的詩作，而未評論秦嘉，僅僅是「夫
妻事既可傷，文亦淒怨」而已。鍾嶸（約468～518）《詩品》之作，
必在天監二年（513）以後」，〔註25〕與徐陵（507～583）《玉臺新詠》
編輯的時間差距不遠。《玉臺新詠序》：「《大唐新語》云：梁簡文帝為
太子，好作豔詩，……乃令徐陵撰《玉臺集》以大其體。檢此，則是
書之撰，實在梁朝。」〔註26〕這樣，我們大體可以清理出有關秦嘉、
徐淑詩作的被評論和選用情況：首先是鍾嶸《詩品》提及，但重在評
論徐淑，而徐淑的答詩目前所見，僅有騷體詩一首存世，與《玉臺新
詠》所錄的秦嘉三首五言詩作差距較大。而《答夫詩》的風格和水平，
顯然合於兩漢時代的水準，典型的騷體詩，可以與前文所引秦嘉的三
首五言詩作一個比較，兩者顯然不是一個時代的作品。

　　徐淑《答秦嘉詩》全篇使用的是騷體。騷體詩是屈原楚辭向漢魏
五言詩過渡的一種詩體，雖然在建安時期，乃至直到現在仍然有人使
用騷體，但就其詩體形式演進史的使命來說，畢竟是五言詩之前的一

〔註24〕　〔南朝梁〕鍾嶸撰《詩品》卷上，見陳延傑注《詩品注》，人民文學
　　　　　出版社1961年版，第31頁。

〔註25〕　劉大杰著《中國文學史・上》，上海古籍出版社1982年版，第316
　　　　　頁。

〔註26〕　〔南朝陳〕徐陵編，〔清〕吳兆宜注《玉臺新詠箋注》，中華書局1985
　　　　　年版，第1頁。

種詩體。秦嘉現存詩歌四言《述婚詩》一首、四言《贈婦詩》一首、《贈婦詩》（即前文辨析為偽作的詩作）三首，徐淑《答秦嘉詩》應該即為答秦嘉四言《贈婦詩》之作。秦嘉四言《贈婦詩》原詩如下：「曖曖白日，引曜西傾。啾啾雞雀，群飛赴楹。皎皎明月，煌煌列星。嚴霜悽愴，飛雪覆庭。寂寂獨居，寥寥空室。飄飄帷帳，熒熒華燭。爾不是居，帷帳何施。爾不是照，華燭何為。」〔註27〕

此詩前八句以景寄情，融情於景，以淒清意境渲染愁緒；後八句直抒胸襟，極寫孤獨之感。這與徐淑《答秦嘉詩》內容風格別無二致，徐淑答詩應該是對這首四言詩的回覆：「妾身兮不令，嬰疾兮來歸。沉滯兮家門，歷時兮不差。曠廢兮侍觀，情敬兮有違。君今兮奉命，遠適兮京師。悠悠兮離別，無因兮敘懷。瞻望兮踊躍，佇立兮徘徊。思君兮感結，夢想兮容輝。君發兮引邁，去我兮日乖。恨無兮羽翼，高飛兮相追。長吟兮永歎，淚下兮沾衣。」以此對照，更能見出，秦嘉三首五言詩之為偽作，而此首四言詩方為秦嘉之作也。

3. 秦嘉三首五言詩，與秦嘉的另一首四言詩相比，也可以看出，它們不是同一個時代的作品。《古文苑》卷八有秦嘉《述婚》詩：「群祥既集，二族交歡。敬茲新姻，六禮不愆。羔雁總備，玉帛戔戔。君子將事，威儀孔閑。猗兮容兮，穆矣其言。紛彼婚姻，禍福之由。衛女興齊，褒姒滅周。戰戰兢兢，懼德不仇。神啟其吉，果獲令攸。我之愛矣，荷天之休。」〔註28〕宋章樵注：「婚禮合二姓之好，為人倫之端，家道之本，當謹其始。」多用虛詞，多用單音詞，多用生僻字，沒有具體場景描寫，這顯然是兩漢詩的特點，與秦嘉名下的三首五言詩，天壤之別。秦嘉使用四言詩，徐淑使用騷體詩，說明了五言詩在當時還是鳳毛麟角，文人還是偶然使用，也說明詩本體在秦嘉時代並沒有形成五言詩的規範。

〔註27〕逯欽立輯校《先秦漢魏晉南北朝詩》上，中華書局1983年版，第186頁。
〔註28〕逯欽立輯校《先秦漢魏晉南北朝詩》上，中華書局1983年版，第185～186頁。

4. 秦嘉三首五言詩連續出現八句對偶。應該說，意義上的對偶，早於聲音上的對仗，先秦散文和《楚辭》中都不乏對偶之句，兩漢詩歌中，如朱穆的《與劉伯宗絕交詩》，酈炎的《見志詩》，蔡邕的《翠鳥詩》中都有對偶句式，但這些詩作中的對偶，大都夾雜在散句之中，與秦嘉五言詩連續八句的對偶句式不同；此外，署名辛延年的《羽林郎》，署名宋子侯的《董嬌嬈》，以及《古詩為焦仲卿妻作》，其中也都不乏對偶的句式和對偶的因素，但這些作品產生時間也尚無定論（應該也是建安時期或建安之後的作品），而秦嘉之五言詩作，不僅其中有八句連續使用對偶，而且偶對工整：「河廣無舟梁，道近隔丘陸。臨路懷惆悵，中駕正踟躕。浮雲起高山，悲風激深谷。良馬不回鞍，輕車不轉轂。」此八句從對偶方面可以視為五言律詩，而且是近似（少了兩句）句句對偶的排律，不僅意義上對偶，而且聲音上也很講究，「舟梁」對「丘陸」，「惆悵」對「踟躕」，「高山」對「深谷」，「良馬」對「輕車」，「回鞍」對「轉轂」。此外，不太工整的對偶句更多，如「省書情悽愴，臨食不能飯」，「省書」與「臨食」對偶，「顧看空室中，彷彿想姿形」，「寶釵好耀首，明鏡可鑒形。芳香去垢穢，素琴有清聲。詩人感木瓜，乃欲答瑤瓊」，其中的「寶釵可耀首，明鏡可鑒形。芳香去垢穢，素琴有清聲」也是較為工整的對偶，而「顧看空室中，彷彿想姿形」「詩人感木瓜，乃欲答瑤瓊」等，也都有對偶的因素在內。如此之多的對偶句式，不可能是偶然出現的。

關於對仗的漸次出現，有學者論述說：「古樂府與古詩，有排比、疊字等多種詩歌的修辭技巧，但很少出現人工痕跡明顯的對仗，劉勰說古詩『結體散文』，即是指此。偶有對句，如『胡馬依北風，越鳥巢南枝』（《古詩十九首‧行行重行行》），『俯觀江漢流，仰視浮雲翔』（《李陵錄別詩‧燭燭晨明月》），也是自然而致。其根本原因，恐怕還在於古詩原為歌辭，重在自然抒發，語言平易，對仗則過於文縟，且節奏不易流走，有礙歌唱。建安詩人，仍多『結體散文』之做法，鄴下曹劉諸人，才開始將對仗作為一種重要的技巧來使用，但屬於逞氣

駢詞的一種做法，講究節奏感，修辭鮮澤次之。阮籍詩多用對仗，但也還是屬於建安體制，多為自然物色之對仗。至傅玄、張華諸人，尚氣之風漸少，而修辭偏重。……陸機則無論敘事、體物、抒情、達意，都用對仗了。」〔註29〕建安詩人，仍多『結體散文』之做法，曹植等人才開始注意使用一些對偶形式，其使用方式和比例與十九首大體相似，詩體之有意使用對仗（如同所謂秦嘉詩的連續八句使用），乃是陸機之後的事情。

第四節　秦嘉之後的東漢五言詩

　　對於秦嘉所生活的東漢時代的政治文化氛圍，以及「詩言志」的詩學觀念，還需要進一步給予闡發。「詩言志」，並非單指詩歌的寫作內容，也不是增加「志者，志也」的記錄功能就能涵蓋的，「詩言志」具有著豐富的時代內涵和極為深廣的歷史文化含義。兩漢的詩學觀念，比之先秦時代，更為政治附庸化，如東漢初期，衛宏作《詩大序》：「初，九江謝曼卿善《毛詩》，乃為其訓。宏從曼卿受學，因作《毛詩序》。」〔註30〕以後，馬融作《毛詩傳》，鄭玄作《毛詩箋》，都是同樣的以「風」為宗旨來解釋詩的本質特徵。

　　即便是發展到東漢桓靈時代，士人的人生觀念、價值取向，仍然無不在經學牢籠之中，士人中的佼佼者，其人生之精力，大都用在疏解經術的繁瑣考據之中，少有人將聰明才智使用到詩歌的寫作中，更不用說新興的十九首那樣的五言抒情詩了。其中如：「鄭眾傳《周官經》，後馬融作《周官傳》，授鄭玄，玄作《周官注》……玄又注小戴所傳《禮記》四十九篇，通為《三禮》焉。」〔註31〕總之，「專事經學」，乃是時代風尚。兩漢的文學觀念，處於《詩》的牢籠之內，在寫

〔註29〕錢志熙著《魏晉南北朝詩歌史述》，北京大學出版社 2005 年版，第69～70 頁。
〔註30〕〔南朝宋〕范曄撰《後漢書》，中華書局 1965 年版，第 2575 頁。
〔註31〕參見〔南朝宋〕范曄撰《後漢書》，中華書局 1965 年版，第 2577 頁。

法上，也同樣處於「詩三百」的寫作方式之中，這是兩漢文學尚未自覺的另一個標誌。

應該說，兩漢不是一個詩歌的時代，不論是四言、五言還是騷體詩，長達四百餘年的漫長時光，去除有爭議的蘇李詩等「古詩」，兩漢的詩作可以說是寥若晨星。這是中國歷史上極為罕見的一段詩歌沈寂期，或說是休眠期。沈寂的原因。先秦兩漢時代的文藝觀，可以「詩言志」概括之，而魏晉時代的文藝觀，則可以使用「詩賦欲麗」和「詩緣情而綺靡」來概括之。從時代的詩學精神來說，兩漢是詩言志的時代，「詩者，志之所之也，在心為志，發言為詩。」「風，風也，教也，風以動之，教以化之。」(《詩大序》)，詩歌以及整個文學，都成為政治教化的載體和工具；最能典型地體現兩漢人的文藝觀和詩學觀的，莫過於班固《藝文志》：

古者諸侯卿大夫交接鄰國，以微言相感，當揖讓之時，必稱《詩》以喻其志，蓋以別賢不肖而觀盛衰焉。故孔子曰：「不學詩，無以言」也。春秋之後，周道浸壞，聘問歌詠不行於列國，學詩之士逸在布衣，而賢人失志之賦作矣。大儒孫卿及楚臣屈原離讒憂國，皆作賦以風，咸有惻隱古詩之意。其後宋玉、唐勒，漢興枚乘、司馬相如，下及揚子雲，竟為侈麗閎衍之詞，沒其風喻之義。是以揚子悔之，曰：「詩人之賦麗以則，詞人之賦麗以淫。……」自孝武立樂府而採歌謠，於是有代趙之謳，秦楚之風，皆感於哀樂，緣事而發，亦可以觀風俗，知薄厚云。〔註32〕

其實也可以從上文班固所提供給我們的兩漢文學思想的標本中得出一個基本的邏輯線索，那就是兩漢人將廣義的「詩」看做是經典的《詩》，而經典是聖人之作，後來的士人，面對高山仰止的經典，只能是學詩、誦詩、傳詩，而不是自己去寫作詩，所以，兩漢雖然是一個崇文時代，讀書人、太學生的數量也相當之大，但他們的聰明才智

〔註32〕〔漢〕班固《漢書》卷三十《藝文志第十》，中華書局 1982 年版，第1755～1756 頁。

大都用到皓首窮經上來了，用到對於經典的解讀之上來了，兩漢，特別是東漢，我們可以稱之為經術的時代。即便是學術研究，在這極為漫長的歷史時期裏，也處在一種迂腐的學術理念之中。兩漢不是詩的時代，兩漢的士人，何時能有詩歌寫作的衝動呢？那就是每每遇到需要政治美刺的時候，需要表達政治理念的時候，兩漢的士人才會偶然成為一兩次詩人。因此，東漢是一個以政治為中心的重視經學學術的時代：自漢武中興之後，士人「專事經學，自是其風世篤焉。其服儒衣，稱先王，遊庠序，聚橫塾者，蓋布之於邦域矣。」「其耆名高義開門受徒者，編牒不下萬人，皆專相傳祖，莫或訛雜。至有分爭王庭，樹朋私裏，繁其章條，穿求崖穴，以合一家之說。故楊雄曰：『今之學者，非獨為之華藻，又從而繡其鞶帨（音盤稅，喻學者之煩碎也）。』」〔註33〕

　　故至東漢中後期的時代，士人仍然浸淫於繁瑣的經術之中，從未將其目光轉向其自我人生價值和文學之審美，偶有詩作，多為四言，多為與政治交關之呼喊，如崔琦見到當時任河南尹的梁冀「行多不軌，琦數引古今成敗以戒之，冀不能受，乃作《外戚箴》」：「赫赫外戚，華寵煌煌。昔在帝舜，德隆英、皇。……」先例舉上古時代娥皇、女英、「周興三母，有莘崇湯」的典範，然後，從反面例舉：「晉國之難，禍起於麗。惟家之索，牝雞之晨。專權擅愛，顯己弊人。」其言甚長，或舉史為鑒，或論說道理：「先笑後號，卒以辱殘。家國泯絕，宗廟燒燔。末嬉喪夏，褒姒斃周，妲己亡殷，趙靈沙丘。戚姬人豬，呂宗以敗。陳后作巫，卒死於外。」〔註34〕箴似是散文的體裁，但它以整齊的四言建構基本的句式，全篇基本押韻，是典型的四言詩。可以說，先秦兩漢，還處在散文和詩很難區分的時代，這是文學尚未覺醒的標誌之一。

〔註33〕〔南朝宋〕范曄撰《後漢書》，中華書局 1965 年版，第 2588～2589 頁。

〔註34〕〔南朝宋〕范曄撰《後漢書》，中華書局 1965 年版，第 2619～2671 頁。

到靈帝時代，高彪作箴：「文武將墜，乃俾俊臣。整我皇綱，董此不虔。古之君子，即戎忘身。名其果毅，尚其桓桓。呂尚七十，氣冠三軍，詩人作歌，如鷹如鸇。天有太一，五將三門；地有九變，丘陵山川；人有計策，六奇五間……」「邕等甚美其文，以為莫尚也。」〔註35〕說古道今，說天、說地、說人，明顯的使用漢賦的程式化寫作方式，當時最為著名的學者和文學家蔡邕等，卻「甚美其文，以為莫尚也」，說明這種思維模式和寫作方式，是當時最為流行、最為具有審美意義的文體了。

還需進一步探討秦嘉前後的五言詩壇。退一步說，若將秦嘉三首五言詩作視為真實的存在，則此詩在整個兩漢時期屬於一個特例。清人沈德潛評論此詩說：「去西漢渾厚之風遠矣」，〔註36〕借用此語，可以說秦嘉三首五言詩，去兩漢之風遠矣。如上所述，兩漢是儒家人格統的時代，是學術的時代，士人皓首窮經，埋頭經典；就文學而言，是散文的時代，漢大賦的時代，而非詩歌的時代。兩漢詩人的生命價值，始終傾斜於政治理想。漢武帝罷黜百家之後，漢代詩人數量少得可憐的詩作，也都大都拘束在漢儒毛詩的詩學觀念中。《五噫歌》《詠史詩》《與劉伯宗絕交詩》《刺世疾邪詩》，直到孔融的詩作，無不是政治志向的抒發，或者是政治思想的表達。同時，兩漢的詩作，也幾乎都不是對眼前景、身邊事的描寫，因此，也就難以形成後來詩歌的景物描寫方式和意象表達方式。詩人們在這個時代還沒有將情感憑依詩歌來表達和傾訴的意識，美麗的山水自然，便娟移情的女性題材，宴飲樂舞、游子離別，這些建安時代五言詩的主題，在兩漢時期，都未曾被兩漢詩人納入審美的視野。直到曹操的筆下，第一首完整的山水詩出現，山水自然才由此進入詩人的審美目光；女性題材、宴飲樂舞、游子離別等題材則是建安群體詩人的共同創造。

〔註35〕〔南朝宋〕范曄撰《後漢書》，中華書局1965年版，第2650頁。
〔註36〕〔清〕沈德潛撰《古詩源》卷三，中華書局1963年版，第59頁。

　　秦嘉之五言詩作，前文已辨析其偽，再看秦嘉之後其他五言詩人的情況。趙壹的五言詩名作《刺世疾邪詩》：「河清不可俟，人命不可延。順風激靡草，富貴者稱賢。文籍雖滿腹，不如一囊錢。伊憂北堂上，抗髒倚門邊。」（其一），「勢家多所宜，咳吐自成珠。被褐懷金玉，蘭蕙化為芻。賢者雖獨悟，所困在群愚。且各守爾分，勿復空馳驅。哀哉復哀哉，此是命矣夫！」（其二）後者連續六句是每字一個音步，是典型的散文體式的五字詩，而不是五言詩。趙壹這兩首詩作的出現，說明了五言詩形成的過程尚未完成，說明詩本體還沒有確認五言詩的諸多特徵。對比可知，十九首沒有一首是這種散文體五字詩，因此，十九首距離趙壹的時代，還仍有一段路程要走。趙壹在漢靈帝光和元年（178）被舉為郡上計吏，與曹操（155～220）基本同代而稍前。

　　再如酈炎《見志詩二首》，也是如此。酈炎（150～177），《見志詩二首》如下：「大道夷且長，窘路狹且促。修翼無卑棲，遠趾不步局。舒吾陵霄羽，奮此千里足。超邁絕塵驅，倏忽誰能逐。賢愚豈常類，稟性在清濁。富貴有人籍，貧賤無人錄。通塞苟由己，志士不相卜。陳平敖里社，韓信釣河曲。終居天下宰，食此萬鍾祿。德音流千載，功名重山嶽。」「靈芝生河洲，動搖因洪波。蘭榮一何晚，嚴霜瘁其柯。哀哉二芳草，不植太山阿。文質道所貴，遭時用有嘉。絳灌臨衡宰，謂誼崇浮華。賢才抑不用，遠投荊南沙。抱玉乘龍驥，不逢樂與和。安得孔仲尼，為世陳四科。」〔註37〕這兩首詩的特點：兩詩全篇皆以議論為基本描寫句式，議論人生、志向等，「靈芝」「蘭榮」等物象以及歷史的故事等都是對於這種議論的說明，像是說理散文的論據，也就是說，到了東漢中後期的時代，五言詩還沒有擺脫兩漢言志詩的傳統寫法；具體而言，全篇沒有深入到一個具體的場景之中，從而形成後來詩學理論所推崇的境界；同時，詩人的目光尚未觀照到自然山水，因此，也就未能形成意象式的表達；兩詩都不太使用修飾性

〔註37〕逯欽立輯校《先秦漢魏晉南北朝詩》上，中華書局 1983 年版，第 182頁。

的華美語言，也不太著重情感的抒發與張揚，也就是說，詩本體尚在言志時期，尚未達到「欲麗」，更沒有「緣情」「綺靡」。

　　蔡邕詩作存者三篇，其中只有《翠鳥》是五言的，類似荀況的《賦篇》，名為詠物，實為說理：「翠鳥時來集，振翼修形容，回顧生碧色，動搖揚縹青。幸脫虞人機，得親君子庭。」〔註38〕筆法仍顯生澀。

　　若認為趙壹與建安之間還有可能出現大約二十年的空白，則蔡琰（文姬）的《悲憤詩》可以作為補證。她的這首五言長詩雖然說明了五言詩長足的長進，但距離十九首仍然有差距：「漢季失權柄，董卓亂大常。志欲圖篡弒，先害諸賢良。逼迫遷舊邦，擁主以自強。海內興義師，欲共討不祥。卓眾來東下，金甲耀日光。平土人脆弱，來兵皆胡羌。獵野圍城邑，所向悉破亡。……馬邊懸男頭，馬後載婦女，長驅西入關，迴路險且阻。……旦則號泣行，夜則悲吟坐。欲死不能得，欲生無一可。……慕我獨得歸，哀叫聲摧裂。馬為立踟躕，車為不轉轍。觀者皆歔欷，行路亦嗚咽。」〔註39〕全詩甚長，只能節略錄之。此詩有兩個特質：一是敘事詩的性質，東漢末年前後盛行敘事詩，敘事詩對五言詩句的反覆演練，是五言詩最後成熟的促進因素之一。蔡文姬是建安時代的人：「興平（194～195）中，大亂。琰為胡騎所獲，……在胡十二年。生二子，後為曹操贖歸。」〔註40〕二是其中仍然還有一些「五字詩」的痕跡，還有大段的議論和敘說，其風格與曹操中前期詩作的風格類似，與十九首的圓熟和建安十六年之後的抒情詩還有差距，正如胡應麟所說，蔡文姬的《悲憤詩》：「雖詞氣直促，而古樸真至，尚有漢風。」〔註41〕

〔註38〕逯欽立輯校《先秦漢魏晉南北朝詩》上，中華書局 1983 年版，第 193 頁。

〔註39〕逯欽立輯校《先秦漢魏晉南北朝詩》上，中華書局 1983 年版，第 200 頁。

〔註40〕逯欽立輯校《先秦漢魏晉南北朝詩》上，中華書局 1983 年版，第 199 頁。

〔註41〕〔明〕胡應麟撰《詩藪》外編卷一，上海古籍出版社 1958 年版，第 134 頁。

　　即便是到了建安初期，文人五言詩也只能說是在漸次形成中，而不能說是成熟。題為孔融的《雜詩》兩首：「嚴嚴鍾山首，赫赫炎天路。高明曜雲門，遠景灼寒素。昂昂累世士，結根在所固。呂望老匹夫，苟為因世故。管仲小囚臣，獨能建功祚。人生有何常，但患年歲暮。幸託不肖軀，且當猛虎步。安能苦一身，與世同舉厝。由不慎小節，庸夫笑我度。呂望尚不希，夷齊何足慕。」「遠送新行客，歲暮乃來歸。入門望愛子，妻妾向人悲。聞子不可見，日已潛光輝。孤墳在西北，常念君來遲。褰裳上墟丘，但見蒿與薇。白骨歸黃泉，肌體乘塵飛。生時不識父，死後知我誰。孤魂遊窮暮，飄颻安所依。人生圖嗣息，爾死我念追。俯仰內傷心，不覺淚沾衣。人生自有命，但恨生日希。」〔註42〕逯欽立的《先秦漢魏晉南北朝詩》將《雜詩》兩首載於李陵詩下，於後首下作按語說：「此傷子之詩，亦原作李集。」並引《文鏡秘府論》認為此詩「十九首之流也」等語，提出「本篇與前詩一致，實俱出李集。」〔註43〕因此，我們可以暫時將所謂的孔融五言詩兩首，視為蘇李詩，放置以後一併論證。

　　孔融的其他詩有五首，其中四言詩一首，《離合郡姓名字詩》，六言詩三首，題為《六言詩三首》，五言詩有《臨終詩》一首，仍是與趙壹等相似的散文體五字詩：「言多令事敗，器漏苦不密。河潰蟻孔端，山壞由猿穴。涓涓江漢流，天窗通冥室。讒邪害公正，浮雲翳白日。靡辭無忠誠，華繁竟不實。人有兩三心，安能合為一。三人成市虎，浸漬解膠漆。生存多所慮，長寢萬事畢。」〔註44〕王瑤先生說的：「從作風說，孔融文多范蔡邕，不作五言詩，仍是東漢以來的傳統風格。」〔註45〕這是正確的。《詩藪》引《談藝》云：「孔融懿名，高列諸子，

〔註42〕　丁福保編《全漢三國晉南北朝詩》，中華書局 1959 年版，第 44 頁。

〔註43〕　逯欽立輯校《先秦漢魏晉南北朝詩》，中華書局 1983 年版，第 342 頁。

〔註44〕　逯欽立輯校《先秦漢魏晉南北朝詩》上，中華書局 1983 年版，第 197頁。

〔註45〕　王瑤著《中古文學史論·曹氏父子與建安七子》，北京大學出版社 1986年版，第 215 頁。

觀《臨終》諸詩，大類箴銘耳」，胡應麟對此評價說：「北海不長於詩，讀此全篇可見。」〔註46〕其實，孔融之所以不長於詩，一直到臨終前所作之詩仍然是「大類箴語銘」，並非孔北海個人的原因，而是這個時代還大體不會作抒情五言詩，同為七子，孔融早死數年，變為漢音之尾，正說明漢音魏響之分界點就在建安十六年左右。

此外，仲長統有《見志詩二首》和《詩》一首，皆為四言詩，不必討論。

本章分析了從西漢到孔融的詩歌演進歷程，說明了五言詩在作為建安七子之一的孔融所生活的時代仍然沒有成立。或說五言詩歌之作，乃是個人行為，五言詩不成熟，也仍然可能出現優秀的五言詩人和五言詩作（有學者仍然認為十九首是西漢枚乘之作，就是認為個體偶然詩作可以超越詩本體的發展狀態），這種說法從根本上違背了文學的基本發展規律。從詩本體的理論來說，詩人沒有可能超越詩本體的約束，譬如先秦時代沒有詩人可能作出真正的五言詩、七言詩，而僅有巧合的散文體五字詩、七字詩。同時，詩本體一旦接納了某種形式，後來的詩人也不可能超越詩本體的形式規範，譬如在五言詩形成之後，詩人們仍然寫作類似趙壹的這種五字詩。胡震亨《唐音癸籤》曾論及當時某些人學詩，以為五言古詩最為容易時說：「不知律尚不工，豈能工古？……詞人拈筆成律，如左右逢源，一遇古體，竟日吟哦。常恐失卻本相；樂府二字，到老搖手，不敢輕道。李西涯、楊鐵崖都曾做過，何嘗是來！」〔註47〕可知，永明體之前的詩人想寫出格律詩固然困難，永明體之後的詩人想模仿寫出漢魏古詩，更為困難。每個人都難以擺脫詩本體的約束，這是不爭的事實。後人可以有對於前代詩體的擬作，譬如韓愈的古風體詩，有意使用散行單句的散文體，但擬作的古風體，是有意對於近體詩的迴避，其中仍然具有近體詩的精神。

〔註46〕〔明〕胡應麟撰《詩藪》外編卷一，上海古籍出版社1979年版，第136頁。

〔註47〕〔明〕胡震亨撰《唐音癸籤‧卷三‧法微二》，上海古籍出版社1981年版，第17頁。

第三章 《陌上桑》非漢樂府民歌——
兩漢樂府詩歷程

第一節　民間樂府與貴族樂府分類的質疑

　　本書的目的，其一是解決有關十九首的產生時間；其二，是要梳理五言詩在漢魏兩晉時期的演進歷程，對於兩漢民間樂府詩的簡單梳理，也同樣是為解決這兩個問題而服務的。在筆者發表有關十九首產生於建安時代的系列論文之後，就經常有朋友提出：十九首是否就是兩漢民間樂府詩？若此，它們如同《陌上桑》一樣，是因集體寫作而失去了作者的署名；或者認為，兩漢的民間樂府詩已經相當成熟，因此，十九首應產生於東漢後期，因為此時期已經具備了寫作技巧方面的條件。正是由於這些讀者朋友的問題使我感到有必要對兩漢民間樂府詩的問題，作出一個簡單的梳理，來回覆朋友們的這兩個問題。

　　首先是所謂「民間樂府」的這一說法是否科學，就值得思考。我們現在的許多學術話語，都是建立在中國進入到五四之後的理論體系的框架之上的，而現代學術的思想潮流，是推翻帝制之後對民眾創造歷史的無限神話的過程。「民間樂府」，古人並無此說法，其誰為首倡，並不重要，乃是這一思潮的必然產物也。茲以蕭滌非先生兩漢樂府「三類」說為藍本粗略討論之。

　　蕭滌非先生說：「兩漢樂府，約可分為三類：曰貴族，曰民間，曰文人。是三類者，亦可視為漢樂府之三個時期。自漢初迄武帝，為貴族樂府時期。自武帝迄東漢中葉，為民間樂府時期。自東漢中葉迄建安，為文人樂府時期。第一期作品無全篇五言，第二期五言與雜言參半，第三期則幾純屬五言。大抵漢樂府發軔於廊廟，盛極於民間，而漸衰於文人之占奪，此其大略也。」〔註1〕蕭滌非先生的《漢魏六朝樂府文學史》，是有關漢魏六朝樂府詩比較權威的專著，但對其分法及評價，筆者有一定的保留意見：

　　首先是關於漢初所謂「貴族樂府」的問題。「樂府」的本意，就是宮廷專門管理宮廷音樂的機構，而並非一般貴族家庭所可享用，是故此類樂府詩，應該稱之為「宮廷樂府詩」。其次，蕭滌非先生稱「武帝迄東漢中葉，為民間樂府時期」，筆者對此深表懷疑。所謂樂府，本意自然是管理宮廷音樂的官署，其歌詩，皆為配樂之歌詩，樂府既然在兩漢時期就是宮廷管理音樂的官署，何以就能出現民間的樂府詩？「民間樂府」，古人並無這一說法，民間可以有民謠，民謠不應等同於樂府，可以稱之為歌謠、民歌等皆可。

　　錢志熙先生在比較漢樂府詩和後來的文人擬樂府詩的不同時說：「漢樂府詩依存於歌、樂、舞、戲諸因素相結合的綜合性的藝術系統中，文人擬樂府則是脫離其他藝術形式的純粹的詩體」，這是正確的，民間並不具備漢樂府詩所依存的歌樂舞戲的諸多條件，包括場所條件、音樂素質條件、社會文化風俗等諸多條件，民間文藝的興起，大抵要到中唐之後才開始盛行，至少迄今為止，我們還沒有看到在唐代以前有脫離了宮廷官方的民間歌樂舞戲表演的記載。所謂「民間樂府」的說法，可能是來自於樂府的采詩。蕭滌非先生所論的兩漢民間樂府，也是引用《漢書‧藝文志》：「自孝武帝立樂府而採歌謠，於是有趙、代之謳，秦、楚之風」「此漢民間樂府詩所由來也」。誠然，民

〔註1〕蕭滌非著《漢魏六朝樂府文學史》，人民文學出版社 1998 年版，第33 頁。

謠、歌謠等即興之作，自古有之，遠古時代的「日出而作，日入而息」，歷朝歷代，綿延不息，所謂「歷世已來，歌謳雜出」，如同郭茂倩《樂府詩集·雜歌謠辭》中所說：

> 若斯之類，並徒歌也。《爾雅》曰：「徒歌謂之謠。」《廣雅》曰：「聲比於琴瑟曰歌。」《韓詩章句》曰：「有章曲曰歌，無章曲曰謠。」……漢世有相和歌，本出於街陌謳謠。而吳歌雜曲，始亦徒歌，復有但歌四曲，亦出自漢世，無弦節作伎，最先一人唱，三人和，魏武帝尤好之。……寧戚以困而歌，項籍以窮而歌，屈原以愁而歌，卞和以怨而歌，雖所遇不同，至於發乎其情則一也。歷世已來，歌謳雜出。〔註2〕

可以看到，郭茂倩所論的產生於樂府機構採摭之前的歌、謠形態，其與進入到宮廷樂府機構的樂府詩不同：首先，「徒歌謂之謠」，「聲比於琴瑟曰歌」，謠無器樂伴奏，歌有琴瑟之比；其次，「有章曲曰歌，無章曲曰謠」，則歌繁複，故有章曲。反覆歌詠，謠則簡單，三言兩語，又無表演之需要，是故多無章曲，因此，民謠屬於原材料，樂府則是經過宮廷專門音樂機構加以改造，具有一定藝術性的作品。蕭滌非先生列入「兩漢民間樂府」的《陌上桑》，既非徒歌，其題下標注「相和曲」，又非「無章曲」之謠，而是由「三解」組成的長篇樂府詩，又根據其敘事的精彩情節，可以推斷出其作應為當時「依存於歌、樂、舞、戲諸因素相結合的綜合性的藝術系統中」的樂府詩作，也就是說，應是當時優秀的表演節目。這樣的大型制作，如何能出自於民間樂府的制作？

或說，蕭滌非先生所論的兩漢民間樂府詩，也許就是指的這種來自民間的雜詩歌謠，但事實並非如此，試看蕭先生接著論述其兩漢民間樂府詩的價值：「自今論之，民間樂府之於兩漢，一如《詩》、《騷》之於周、楚。其文學價值之高以及對後世影響之大，皆足以追配《詩經》、《楚辭》鼎足而三。後人每標舉漢賦以與唐詩、宋詞、元曲，相

〔註2〕〔宋〕郭茂倩《樂府詩集》，中華書局 1979 年版，第 1164 頁。

提並論,非知言也。大一代有一代之音樂,斯一代有一代之音樂文學,唐詩宋詞元曲,皆所謂一代之音樂文學也。」先不論唐詩等是否能以「音樂文學」定性,先說蕭先生所論的兩漢民間樂府詩,並非所指徒詩歌謠而已。換言之,蕭先生所論兩漢民間樂府詩,實際上偷換了概念,其立論的基點是漢樂府的采詩,採摭民間歌謠,而其論述民間樂府詩的價值,則已經是加工為宮廷樂府的樂府歌詩。

蕭先生在具體論述民間樂府作品的時候,並不僅僅指那些無章曲的即興歌謠,而是將那些描寫源於民間(如《陌上桑》)的作品視為民間樂府,作品的題材來自民間,並不等於作品創作的作者;《陌上桑》的故事發生於民間,並不等於作品產生於民間,這是文學寫作的基本常識。

這些所謂民間樂府詩的具體產生時間,蕭先生也並不能拿出實在的根據,僅僅舉證出一篇《雁門太守行》(瑟調曲):「東漢民間之有確實時代可考證者,只此一篇。」此詩如下:「孝和帝在時,洛陽令王君。本自益州廣漢蜀民。少行宦,學通五經論。(一解)明知法令,歷世衣冠。從溫補洛陽令,治行致賢、擁護百姓,子養萬民。(二解)外行猛政,內懷慈仁。文武備具,料民富貧。移惡子姓,篇著裏端。(三解)……無妄發賦,念在理冤。敕吏正獄,不得苛煩。財用錢三十,買繩禮竿。(五解)賢哉賢哉,我縣王君。臣吏衣冠,奉事皇帝。功曹主簿,皆得其人。(六解)臨部居職,不敢行恩。清身苦體,夙夜勞勤。治有能名,遠近所聞。(七解)天年不遂,早就奄昏。為君作祠,安陽亭西。欲令後世,莫不稱傳。」(八解)〔註3〕蕭先生之所以認為這一首詩可以確定時間和本事,是由於《古今樂錄》轉引王僧虔《伎錄》所說的:「《雁門太守行》歌古洛陽令一篇」,《雁門太守行》所歌的是哪個古洛陽令,以及是何時的所歌,並無明確記載,而《後漢書》記載王渙的事情大體與之吻合。可知,即便是這些記載,也還是推斷

〔註3〕蕭滌非著《漢魏六朝樂府文學史》,人民文學出版社 1998 年版,第90 頁,據郭茂倩《樂府詩集》校改。

而得；更為重要的是樂府詩每個題目的創制都有一定的本事，如古辭中的《孤兒行》，即歌詠「孤兒為兄嫂所苦」的本事。古辭《瑟調曲》中的《飲馬長城窟行》，「一曰《飲馬行》，長城，秦所築以備胡者。其下有泉窟，可以飲馬。」可知，古辭中的詩題，也就是樂府音樂的母題，詩中的主題，基本都與題目相互吻合。其中也有一些詩篇，失去了與題目之間的關係。如曹丕的《燕歌行》，其「燕」字，後人模擬所作，將「燕」理解為燕地之「燕」，郭茂倩在《燕歌行》下注引說：《樂府詩題》曰：「晉樂奏魏文帝『秋風』『別日』二曲，言時序遷換，行役不歸，婦人怨曠無所訴也」《廣題》曰：「燕，地名也；言良人從役於燕，而為此曲。」郭茂倩的注引已經將《燕歌行》的主題解釋為兩種：一是《樂府詩題》概括的「時序遷換，行役不歸，婦人怨曠無所訴」，二是《廣題》所概括的「燕，地名也；言良人從役於燕，而為此曲」。這兩種解釋是完全不一樣的，同時，也就涉及《燕歌行》「燕」的讀音和含義的不同。因此，我們也就能知道，《樂府詩題》所概括的《燕歌行》，是「時序變換，行役不歸，婦人怨曠無所訴也」，還不涉及《廣題》所說的「燕，地名也」，以及「良人從役於燕」的邊塞特質。換言之，前者是對曹丕之作的概括，後者是對高適等後人同題樂府詩的概括。而且，還有一個可能，那就是這兩種解釋都不正確。古字「燕」「宴」「醼」通用，曹丕《燕歌行》的本意，應該是燕飲之樂，也就是與先秦時代的房中樂有著淵源關係，但其音樂系統已經演變為新興清商樂的燕飲樂，曹丕的《燕歌行》：「援琴鳴弦發清商」，分明是清商樂，其怨婦相思的主題，分明是房中樂的母題。歌行，是漢魏時代，主要是曹魏時代開始通行的音樂術語，歌，指歌唱，行，指器樂伴奏，如《豔歌行》《怨歌行》《短歌行》等，行的意思是樂曲，或者是器樂曲，《辭海》：「《史記·司馬相如列傳》：『為鼓一再行。』司馬貞索隱：『行者，曲也。……按行本言樂曲的進行，後來成為樂曲、歌唱的遍數。」〔註4〕綜上所述，《燕歌行》的解題可能應為：器樂伴奏

〔註4〕辭海編輯委員會編《辭海》，上海辭書出版社1989年版，第2081頁。

演唱的宴飲歌唱。而這首《雁門太守行》，其詩歌內容，與「雁門」完全無關，只是說「洛陽令王君」，是故，《樂府詩集》在該詩下注：「《全漢詩》注：「其題當作《洛陽行》，其調則為《雁門太守行》也。」另案，和帝在位時間為公元 89 年～105 年，這個時間正是樂府詩中漸次出現五言詩句的時代，而這首所謂唯一的能大體確認創作時間的東漢樂府詩，其出現的最早時間為王渙死年即和帝元興元年（105），更何況，不一定能確認是王渙死去的當年就有此作；即便是算作元興元年之作，其文字以四言為主體，直如散文，其與產生於漢章帝時代（85）的宮廷樂府詩《上陵》相比較，相差甚遠，與《陌上桑》相比，更是不啻霄壤。何況，史書所載的「民思其德」，「每食輒絃歌而薦之」，並未記載是民眾做歌，應為當地士紳所作。可知，蕭滌非先生勉強舉證出來的一首作品，是不足以構建所謂的「民間樂府」的理論體系的。

　　蕭滌非先生所據以提出民間樂府的材料，也皆不能構成其足以成立的條件。蕭先生所引述材料甚繁，先後有《後漢書‧祭遵傳》記載光武帝「作黃門武樂，良夜乃罷」；《光武紀》記載「益州傳送公孫述瞽師、郊廟樂器」；直到引崔豹《古今注》：「明帝為太子，樂人作歌詩四章，以贊太子之德」，證明東漢時期樂府機構的存在，這是正確的，但是這些皆為宮廷文化之範疇。至於證明東漢時期的民間樂府存在，則毫無說服力：「兩漢政治，有共同之特點者一：即民意之重視是也。易言之，即歌謠之重視是也。」以下所引，皆為歌謠，如《漢書‧韓延壽傳》：「人人問以謠俗，民所疾苦」；《王莽傳》：「詐為郡國造歌謠」；范曄《後漢書‧循吏列傳》：（光武）「觀納風謠」，等等，不一而足。民謠、歌謠、風謠，等等，都是一個意思，歌謠不能等同於樂府，其區別甚多：樂府是宮廷的樂曲或是歌詩，基本沒有徒歌，都是有器樂伴奏的音樂演奏或是有音樂伴奏的歌唱。而風謠等只是民間百姓，或是託名百姓的產品，一般沒有器樂伴奏；所謂樂府歌詩，能夠屬於詩歌作品；風謠則或是有韻，或是無韻，多數並不屬於詩歌的範疇，多為順口溜。逯欽立先生輯校《先秦漢魏晉南北朝詩》中的《漢詩卷八‧

雜歌謠辭》，如《漁陽民為張堪歌》：「桑無附枝，麥穗兩歧。張君為政，樂不可支」；《臨淮吏人為宋暉歌》：「彊直自遂，南陽朱季。吏畏其威，民懷其惠」，一直到《蜀中為費貽歌》：「節義至仁費奉君，不什亂世，不避惡君」；《通博南歌》：「漢德廣，開不賓……」

既然民間樂府詩不能成立，所謂西漢時期主要為貴族樂府詩，東漢主要為民間樂府詩的分法，也難以成立。兩漢之樂府，皆為宮廷樂府也。蕭先生所說的第三種樂府──文人樂府詩，倒是一種新興的樂府詩。宮廷樂府詩，也應該是宮廷內的人所作，只不過，由於其目的專門為宮廷音樂所制作，其作者或為帝王自身，或為重臣。或為樂府官署中樂工之作，總之，鑒於其制作的目的在於滿足宮廷各種政治禮儀、文化活動之需要，因此，作者的署名權倒在其次。而到了建安之後，五言詩興起，五言詩人大量湧現，歌詩作者的主體意識高揚，其目的已經由為宮廷服務轉向了寫作者的娛樂懷抱，樂府詩已經由宮廷演奏而向個人抒發懷抱轉型。是故，文人樂府詩是與宮廷樂府詩性質不同的樂府歌詩。錢志熙對這個問題的論述更為清晰：「從樂府古辭到文人擬樂府，是從一個創作系統轉到另一個創作系統。漢樂府詩是種社會性的娛樂藝術，文人擬樂府則一種個人的創作。漢樂府詩依存於歌、樂、舞、戲諸因素相結合的綜合性的藝術系統中，文人擬樂府則是脫離其他藝術形式的純粹的詩體。但就詩歌本身來說，漢樂府詩是在一個單一、獨立的詩歌環境中生長；而文人擬樂府詩則與其他詩歌體裁併存，並且相互影響。最後要指出一個最顯著、同時也最容易被忽略的差異，那就是漢樂府詩是一種原創性的經典，而文人擬樂府則是以經典為模仿、學習對象的。儘管擬樂府具有復現經典的意圖，但是它們與漢樂府詩卻是性質如此不同的兩種創作，所以復現從根本上說是不可能的。而文人擬樂府之所以能夠發展為一個獨立的系統，並且長期作為眾多詩體中的重要一支而存在，其根本原因也不在於復現，而在於發展。擬樂府之能保持其詩體上的獨立性，也不是因為它們簡單地襲取古樂府的一些因素，而是文人根據自己對樂府詩性質的

理解形成創作上的一些規範，以保持它們在詩體上的獨立性。但是，這些規範是變化、發展著的。」

　　從以上的論述不難看出，兩漢樂府基本都應該是宮廷樂府，民間歌謠僅僅是宮廷樂府採擷的原料，並非樂府本身，而文人樂府詩，則主要是建安之後的產物。《陌上桑》更不可能是民間樂府詩。至少在兩漢魏晉這個時代，樂府是宮廷的音樂機構，一切樂府都是宮廷的音樂形式，並不存在所謂「民間樂府」，樂府歌詩主要是宮廷樂工和宮廷大臣所作，誠然，宮廷樂府採集民間歌謠進入宮廷，但所謂採集，必定有著宮廷藝術的加工、編輯、整理，使之符合宮廷演奏的需要。胡適以來的學術研究，力圖將中國隋唐之前以宮廷為中心的文學史改造成為以民間的、民眾的、白話的文學為中心線索的演變史，這無疑是一種以文學、學術作為政治話語附庸的表現，而胡適以後的學者，進一步使自己的研究成為了陰影的一部分，通過層累堆積的方式，不斷為這一原本錯誤的、歪曲歷史的理論增添陰影，這需要我們進行深刻的反思。

　　應該說，正如二十世紀五十年代以來的某些思潮，如「一大二公」的思想可以從中國古代「不患寡而患不均」之類的某些哲學思想中尋求到源頭一樣，民間樂府、詞體起源於民間等文學史的神話也同樣可以在古代的某些並無確實根據的記載中得到源頭，這是在對胡適以來學術思想體系梳理清算之後的更深一個層次的學術史使命。在中國古代很早就存在著對於「民間」的神話，這與儒家的「不語怪力亂神」有關，既然「神」不能成為對擁有無上權力的君王有所制約，而儒家的核心思想之一就是民本思想，所謂「民為重，社稷次之，君為輕」，神話民間，將民間神話稱為一個迷離恍惚的存在，就成為了一個傳達天意、制約君權的合理存在方式。所以，我們不乏在遠古典籍中看到宮廷從民間「采詩」的記載，但我們卻很難確認「采詩」之前作品的原貌，也許後人所能夠閱讀到的，只是采詩之後經過宮廷「比其音律」進行整飭、修改、加工之後的作品。從詩三百到兩漢之作，無不如是，

沒有哪篇優秀詩作能被證明它們是民間的原作,包括採集之前的所在地、時間、作者情況等等。這個問題甚為複雜,篇幅所限,可以留待後文再論。

第二節　兩漢樂府詩

一、西漢樂府詩

西漢樂府詩的前期,即蕭滌非先生所說的「貴族樂府詩」,他認為:「此種貌為詩騷之貴族樂章本不能產生新詩體」,「余敢斷言曰:即使當日《安世歌》而為百七十章,《郊祀歌》為百九十章者,其中亦決不能有五言作品也。」〔註5〕是否如此,可以檢驗一下所謂「貴族樂府」的作品:

《郊廟歌辭一·天地》:「天地並況,惟予有慕,爰熙紫壇,思求厥路。恭承禋祀,縕豫為紛,蕭繡周張,承神至尊。千童羅舞成八溢,合好效歡虞泰一。九歌畢奏斐然殊,鳴琴竽瑟會軒朱。璆磬金鼓,靈其有喜,百官濟濟,各敬其事。盛牲實俎進聞膏,神奄留,臨須搖。長麗前掞光耀明,寒暑不忒況皇章。展詩應律鋗玉鳴,函宮吐角激徵清。發梁揚羽申以商,造茲新音永久長。聲氣遠條鳳鳥翔,神夕奄虞蓋孔享。」〔註6〕可以知道,這是一首宮廷祭祀天地的歌辭,《郊廟歌辭》乃是歷代朝廷祭祀天地、太廟、明堂、日月諸神等的朝廷應制樂歌,「兩漢已後,世有制作。其所以用於郊廟朝廷,以接人神之歡者,其金石之響,歌舞之容,亦各因其功業治亂之所起,而本其風俗之所由。武帝時,詔司馬相如等造《郊祀歌》詩十九章,五郊互奏之。又作《安世歌》詩十七章,薦之宗廟。」〔註7〕

從這首樂府歌詩中可以略見其特點:1.氣氛莊嚴,語詞莊重,以四言體為主,夾雜七言、三言;2.為《詩經》的《頌》詩之延續;3.多

〔註5〕蕭滌非著《漢魏六朝樂府文學史》,人民文學出版社,1998,第16頁。
〔註6〕〔宋〕郭茂倩編《樂府詩集》,中華書局1979年版,第4頁。
〔註7〕〔宋〕郭茂倩編《樂府詩集》,中華書局1979年版,第1頁。

用虛詞；4.詩如散文。對貴族樂府的詩歌史地位，也不能一概抹殺，諸如剛才的這首《天地》，其中多有七言句式，雖然這種七言句，尚不能稱之為七言詩，但畢竟是一種七言詩句的演練。同時，這種模仿《詩經》式的寫作方式，對兩漢文人四言詩的寫作具有承前啟後的中樞傳導作用，譬如在王粲早期的四言詩中，顯然有著這種貴族樂府寫作的痕跡。

此外，還有一些所謂「貴族樂府」，如《郊廟歌辭·日出入》：「日出入安窮？時世不與人同。故春非我春，夏非我夏，秋非我秋，冬非我冬。泊如四海之池，遍觀是邪謂何？吾知所樂，獨樂六龍，六龍之調，使我心若。訾黃其何不徠下！」〔註8〕此首是記載祭祀天地之後的對於日神的祭祀，其中「春非我春，夏非我夏，秋非我秋，冬非我冬」四句，以「我」代言日神，排比而下，非常有氣勢，是兩漢宮廷樂府中難得的好詩。可以視為後來建安五言詩代言體的先聲。兩漢宮廷樂府中，還有整齊的三言體，如《郊廟歌辭一·朝隴首》：「朝隴首，覽西垠，雷電寮，獲白麟。爰五止，顯黃德，圖匈虐，熏鬻殄。辟流離，抑不詳，賓百僚，山河饗。掩回轅，鬗長馳，騰雨師，灑路陂。流星隕，感惟風，籋歸雲，撫懷心。」此詩原有題序：「一曰《白麟歌》。《漢書·武帝紀》曰：『元狩元年冬十月，行幸雍，祠五畤。獲白麟，作《白麟之歌》。』顏師古云：『麟，麇身，牛尾，馬足，黃色，圓蹄，一角，角端有肉。』」〔註9〕

但是，也確實如蕭滌非先生所說，這種「貴族樂府」即使寫得再多，也難以產生出五言詩的新詩體來。因為，五言詩的抒情性，在總體氣氛上，是難以與貴族樂府的帝王應制詩的特點相互融洽的。一方面，五言詩更為適合個體的抒情寫作；另一方面，大概也是郊廟祭祀的音樂體制與五言難以配合；還有一個因素，就是西漢時代五言詩尚未流行，也就是說，五言詩的產生，尚須亟待那個能產生五言詩的時代。

〔註8〕〔宋〕郭茂倩編《樂府詩集》，中華書局1979年版，第5頁。
〔註9〕〔宋〕郭茂倩編《樂府詩集》，中華書局1979年版，第8頁。

在《樂府詩集》的《鼓吹曲辭》中，已能看到五字詩句的端倪。關於《鼓吹曲辭》的歷史沿革，郭茂倩說：

鼓吹曲，一曰短簫鐃歌。劉瓛定軍禮云：「鼓吹未知其始也，漢班壹雄朔野而有之矣。鳴笳以和簫聲，非八音也。騷人曰『鳴箎吹竽』是也。」蔡邕《禮樂志》曰：「漢樂四品，其四曰短簫鐃歌，軍樂也。黃帝岐伯所作，以建威揚德、風敵勸士也。」《周禮·大司樂》曰：「王師大獻，則令奏愷樂。」《大司馬》曰：「師有功，則愷樂獻於社。」鄭康成云：「兵樂曰愷，獻功之樂也。」《春秋》曰：「晉文公敗楚於城濮。」《左傳》曰：「振旅愷以入。」《司馬法》曰：「得意則愷樂、愷歌以示喜也。」《宋書·樂志》曰：「雍門周說孟嘗君：『鼓吹於不測之淵。』說者云『鼓自一物，以自竽籟之屬，非簫鼓合奏，別為一樂之名也。』然則短簫鐃歌，此時未名鼓吹矣。應劭《漢鹵簿圖》，唯有騎執笳，笳即笳，不云鼓吹。而漢世有黃門鼓吹。漢享宴食舉樂十三曲，與魏世鼓吹長簫同。長簫短簫，《伎錄》並云：『孫竹合作，執節者歌。』又《建初錄》云：『《務成》《黃爵》《玄雲》《遠期》，皆騎吹曲，非鼓吹曲。』此則列於殿庭者名鼓吹，今之從行鼓吹為騎吹，二曲異也。又孫權觀魏武軍，作鼓吹而還，此應是今之鼓吹。魏、晉世，又假諸將帥及牙門曲蓋鼓吹，斯則其時方謂之鼓吹矣。」

為了驗證五言詩在樂府詩中的漸進過程，筆者儘量選錄有明確時間記載的五字歌詩。先看《上之回》：「上之回所中，益夏將至。行將北，以承甘泉宮。寒暑德。遊石關，望諸國。月支臣，匈奴服。令從百官疾驅馳，千秋萬歲樂無極。」分析如下：1.關於此詩的寫作時間和背景，《樂府詩集》原有小序說明：《漢書》曰：『孝（武）〈文〉十四年，匈奴入朝那蕭關，遂至彭陽。使騎兵入燒回中宮，候騎至雍甘泉。』回中地在安定，其中有宮也。《武帝紀》曰：『元封四年冬十月，行幸雍，祠五時。通回中道，遂北出蕭關。』吳兢《樂府解題》曰：『漢武通回中道，後數出遊幸焉。』沈建《廣題》曰：『漢曲皆美當時

之事。」按石關，宮闕名，近甘泉宮。相如《上林賦》云『蹶石關，歷封巒』是也」〔註10〕2.此詩題目為首句前三個字，沿用《詩經》題目之法 3.此詩為三言、四言、五言、七言雜用之體，其中出現五言兩句，「上之回所中」和「以承甘泉宮」，但這種五言詩句，可以稱之為五字詩，其中並無五言詩之節奏、韻律，不過是偶然需要五個字而已。

再看《上陵》：「上陵何美美，下津風以寒。問客從何來，言從水中央。桂樹為君船，青絲為君筰，木蘭為君棹，黃金錯其間。滄海之雀赤翅鴻，白雁隨。山林乍開乍合，曾不知日月明。醴泉之水，光澤何蔚蔚。芝為車，龍為馬，覽遨遊，四海外。甘露初二年，芝生銅池中，仙人下來飲，延壽千萬歲。」關於此詩之背景，《古今樂錄》曰：「漢章帝元和中，有宗廟食舉六曲，加《重來》《上陵》二曲，為《上陵》食舉。」《後漢書‧禮儀志》曰：「正月上丁祠南郊，次北郊、明堂、高廟、世祖廟，謂之五供。禮畢，以次上陵。西都舊有上陵。東都之儀，太官上食，太常樂奏食舉。」按古詞大略言神仙事，不知與食舉曲同否。宋何承天《上陵者篇》曰：「上陵者相追攀。」但言升高望遠、傷時怨歎而已。〔註11〕此詩特點：1.根據《古今樂錄》：「漢章帝元和中，有宗廟食舉六曲，加《重來》《上陵》二曲，為《上陵》食舉」，說明此詩是漢章帝元和年間，為公元 85 年左右的作品，並且明確為宮廷「食舉」之樂，「太常樂奏食舉」，乃是宮廷樂府，並非一般貴族之樂，更非「民間樂府」。2.漢章帝時代的這首《上陵》詩作，比較前面蕭滌非先生所舉元興之後出現的唯一的一首所謂「民間樂府」之作，藝術水平顯然高出許多。此詩開始出現較為整齊的五言詩句，特別是前八句：「上陵何美美，下津風以寒。問客從何來，言從水中央。桂樹為君船，青絲為君筰，木蘭為君棹，黃金錯其間」和結尾兩

〔註10〕 〔宋〕郭茂倩編《樂府詩集》，第一冊，中華書局 1979 年版，第 227 頁。

〔註11〕 〔宋〕郭茂倩編《樂府詩集》，第一冊，中華書局 1979 年版，第 228 頁。

句:「仙人下來飲,延壽千萬歲」,可以視為五言詩了,但「甘露初二年,芝生銅池中」,依舊顯示了早期五言詩的散文性;3.全詩仍然是五言間雜七言、三言、六言、四言等,說明五言詩句呈現上升趨勢,但並沒有取得絕對的優勢,全詩五言詩句為 13 句,而其他詩句為 9 句,大體體現了在東漢章帝時代的趨勢。距離一般學者所認為的十九首能夠產生的 165 年左右的時間,正好有 80 年左右,不知道從《上陵》這樣的間雜式的五言詩,發展到十九首這樣成熟的五言詩,特別是在東漢這樣的經術時代,能否實現。

二、東漢樂府詩

再看東漢樂府詩,也就是一向所說的兩漢「民間樂府詩」的發展歷程。蕭滌非先生認為五言詩起源於西漢的樂府詩:「先有五言樂府,而後有五言詩」,「按《漢書‧藝文志》所載西漢歌詩,凡三百十四篇,其中除高祖歌詩,宗廟歌詩等貴族樂府及重複之『河南周歌詩聲曲折』七篇,『周謠歌詩聲曲折』七十五篇外,其屬於民間樂府者,蓋亦將二百篇。今所存者雖絕寡,然要是一事實。」〔註 12〕又說:「一種新詩體之產生,皆抒情先於詠史」,〔註 13〕蕭先生所論「第一期作品無全篇五言,第二期五言與雜言參半,第三期則幾純屬五言」,正指明了兩漢樂府詩中的五言詩體漸進的趨勢。

一向所說的漢樂府中的「民間樂府」,主要見於《相和歌辭》《鼓吹曲辭》和《雜曲歌辭》中,這些作品,其實也並無明確史料說明為民間樂府,但既然是一向被視為民間樂府,我們也只能先按照民間樂府來討論。如前所論,民間樂府——這個稱謂本身就是矛盾的,樂府者,宮廷署理音樂歌舞之部門也,民間如何有樂府?所說民間樂府,即指民歌,但一向所說的民歌,究竟從何地採來進入宮廷的,也都沒

〔註 12〕 蕭滌非著《漢魏六朝樂府文學史》,人民文學出版社 1998 年版,第 16～17 頁。

〔註 13〕 蕭滌非著《漢魏六朝樂府文學史》,人民文學出版社 1998 年版,第 19 頁。

有實在的佐證。而且，一旦進入宮廷，也就成為了宮廷文化的組成部分，就其本質而言，已經不是民歌了。

先看看《相和歌辭》中的相關資料：

> 《宋書‧樂志》曰：「相和，漢舊曲也，絲竹更相和，執節者歌。本一部，魏明帝分為二，更遞夜宿。本十七曲，硃生、宋識、列和等復合之為十三曲。」其後晉荀勗又採舊辭施用於世，謂之清商三調歌詩，即沈約所謂「因絃管金石造歌以被之」者也。《唐書‧樂志》曰：「平調、清調、瑟調，皆周房中曲之遺聲，漢世謂之三調。又有楚調、側調。楚調者，漢房中樂也。高帝樂楚聲，故房中樂皆楚聲也。側調者，生於楚調，與前三調總謂之相和調。」《晉書‧樂志》曰：「凡樂章古辭存者，並漢世街陌謳謠，《江南可採蓮》、《烏生十五子》、《白頭吟》之屬。」其後漸被於絃管，即相和諸曲是也。魏晉之世，相承用之。〔註14〕

一向所說的兩漢民間樂府詩中的優秀之作，主要是《鼓吹曲辭一‧漢鐃歌十八曲》中如《有所思》：「有所思，乃在大海南。何用問遺君？雙珠玳瑁簪，用玉紹繚之。聞君有他心，拉雜摧燒之。摧燒之，當風揚其灰。從今以往，勿復相思！相思與君絕！雞鳴狗吠，兄嫂當知之。〔妃呼豨〕秋風肅肅晨風颸，東方須臾高知之。」《上邪》：「上邪，我欲與君相知，長命無絕衰。山無陵，江水為竭，冬雷震震夏雨雪，天地合，乃敢與君絕。」這些皆為兩漢樂府詩中的精品。此類之作，其優秀之處，在於真實的情感和生動的比喻，但還不是五言樂府詩，五言屬雜其他雜言之中，並不具備特殊的地位。僅僅是剛巧需要五字而已，但其中唯有《江南可採蓮》例外：「江南可採蓮，蓮葉何田田！魚戲蓮葉間：魚戲蓮葉東，魚戲蓮葉西，魚戲蓮葉南，魚戲蓮葉北。」這是屈指可數的少數五言詩優秀之作。

上述三首優秀的樂府詩，有兩點是不能確定的：其一，寫作時間

〔註14〕〔宋〕郭茂倩編《樂府詩集》第二冊，中華書局 1979 年版，第 376 ～377 頁。

的不能確定,其二樂府性質不能確定。此前之所以將其定位為兩漢民間樂府,主要源自於前文所引的《晉書‧樂志》:「凡樂章古詞,今之存者,並漢世街陌謳謠,《江南可採蓮》、《烏生》、《十五》、《白頭吟》之屬是也。吳哥雜曲,並出江東,晉宋以來,稍有增廣。」〔註15〕這段資料,成為《江南可採蓮》等為漢代樂府民歌的主要根據,但其中仍有可討論之處:

首先,《晉書》的這段記載,並不能證明其為建安之前的民間作品,不一定是漢代之作。《江南可採蓮》首次出現於《宋書》,此前並不見有記載,而古人所說的「漢世」,是並不排除建安時期的。建安時期的文學在我們今日的文學觀念中,已經和兩漢文學劃分出了楚河漢界,但在古人的心目中,曹操此時還沒有取代漢祚,故若無具體的時間證明,仍然不好論斷。

其次,以《樂府詩集》所載《烏生》後云:「右一曲,魏、晉樂所奏」,〔註16〕則《烏生》乃為魏晉時期宮廷演奏的曲目;同此,《樂府詩集》列《江南》於魏武帝《精列》之後,亦云:「右一曲,魏、晉樂所奏。」《樂府詩集》並引《樂府解題》:「江南古辭,蓋美芳塵麗景,嬉遊得時。」並作按語云:「梁武帝作《江南弄》以代西曲,有《採蓮》《採菱》,蓋出於此」〔註17〕,則最早的宮廷音樂所奏,仍在於魏,而無漢宮廷所奏的記載。

其三,結合近些年有學者考辨了採蓮題材的變化過程,提出採蓮的含義,並非是江南的風光和採蓮女子的勞動場景,而是側重於男女調情的歌舞曲。〔註18〕而歌舞曲一般為大曲,難為民間所產生和流行。則大體可知,《江南可採蓮》一詩,最早應為魏晉時期的宮廷樂府節目,而不能確認為建安之前的作品。

〔註15〕 〔南朝梁〕沈約撰《宋書‧志第九‧樂一》,中華書局 1982 年版,第 549 頁。

〔註16〕 〔宋〕郭茂倩編《樂府詩集》,第二冊,中華書局 1979 年版,第 408 頁。

〔註17〕 〔宋〕郭茂倩編《樂府詩集》第二冊,中華書局 1979 年版,第 384 頁。

〔註18〕 參見諸葛憶兵《採蓮雜考》,《文學遺產》2003,第 5 期。

其四，蕭先生列在東漢時期的《王子喬》（相和吟歎曲）：「王子喬，參駕白鹿雲中遨。參駕白鹿雲中遨，下游來，王子喬。參駕白鹿上至雲戲遊遨。上建逋陰廣裏踐近高。結仙宮，過謁三臺，東遊四海五嶽，上過蓬萊紫雲臺。三王五帝不足令，令我聖明應太平。養民若子事父明，當究天祿永康寧。玉女羅坐吹笛簫。……」從三個字到十個字不等。《步出夏門行》（相和瑟調曲）：「邪徑過空廬，好人常獨居。卒得神仙道，上與天相扶。過謁王父母，乃在太山隅。離天四五里，道逢赤松俱。攬轡為我御，將吾天上游。天上何所有，歷歷種白榆。桂樹夾道生，青龍對伏趺。鳳凰鳴啾啾，一母將九雛。顧視世間人，為樂甚獨殊。」其語詞皆如同散文體說話。

其五，再從《樂府詩集》中搜尋有明確時間記載的詩作，如《董逃行》：

> 吾欲上謁從高山，山頭危險大難。遙望五嶽端，黃金為
> 關，班璘。但見芝草，葉落紛紛。百鳥集，來如煙。山獸紛
> 綸，麟、辟邪；其端鶤雞聲鳴。但見山獸援戲相拘攀。小復
> 前行玉堂，未心懷流還。傳教出門來：「門外人何求？」所
> 言：「欲從聖道求一得命延。」教敕凡吏受言，採取神藥若
> 木端。白兔長跪搗藥蝦蟆丸。奉上陛下一玉柈，服此藥可得
> 神仙。服爾神藥，莫不歡喜。陛下長生老壽，四面肅肅稽首，
> 天神擁護左右，陛下長與天相保守。〔註19〕

此詩背景和寫作時間倒是確定的，這是真正有明確記載的民歌童謠（即便如此，也不能排除有貴族或是文人所作，散佈於民間的可能，同時，仍不能排除宮廷樂府採用之後的改造加工，以便適合於音樂的可能）。因為董卓聞此，改為「董卓安」，可以知道其確切的寫作時間，是在建安前夕。崔豹《古今注》曰：「《董逃歌》，後漢遊童所作也。終有董卓作亂，卒以逃亡。後人習之為歌章，樂府奏之以為儆誡焉。」《後漢書·五行志》曰：「靈帝中平中，京都歌曰：『承樂世，董逃，

〔註19〕〔宋〕郭茂倩編《樂府詩集》第二冊，中華書局 1979 年版，第 505 頁。

遊四郭，董逃。蒙天恩，董逃，帶金紫，董逃。行謝恩，董逃，整車騎，董逃。垂欲發，董逃，與中辭，董逃。出西門，董逃，瞻宮殿，董逃。望京城，董逃，日夜絕，董逃，心摧傷，董逃。』案『董』謂董卓也。言欲跋扈，縱有殘暴，終歸逃竄，至於滅族也。《風俗通》曰：「卓以《董逃》之歌，主為己發，太禁絕之。」楊阜《董卓傳》曰：「卓改《董逃》為『董安』。」〔註20〕

到了晉人傅玄寫《董逃行歷九秋篇》時，就有了長足的飛躍固然是文人樂府所致，但時代之遞變，也是不容忽視的因素。可知，民歌的總體水平，到了董卓時代，還足這樣的一種水平，與《陌上桑》相比，差得還很遠。

第三節 《陌上桑》的寫作時間和作者辨析

《陌上桑》（以下簡稱《陌》）一向被視為「兩漢樂府民歌」的最為優秀的代表，如說：「《陌上桑》與《孔雀東南飛》是漢樂府民歌中的最優秀的作品」〔註21〕對於其寫作時間，有學者認為它至少早於曹植和《孔雀東南飛》。如蕭滌非先生將《陌上桑》與曹植的《美女篇》進行比較研究，得出這樣的結論：「行徒用息駕，休者以忘餐」，「顯係從此（指《陌上桑》）脫胎。曹乃建安作者，則此篇產生時代之早，固約略可見，其早於《孔雀東南飛》，則可斷言耳。」〔註22〕但這個斷言，筆者認為，似乎還並不能成為定論。筆者認為，《陌》詩的產生時間，絕非兩漢時代，而應該產生於從建安到西晉陸機之前的時代，曹植和傅玄是與《陌》詩關係最為密切的兩位詩人。其理由如下：

〔註20〕此詩列《相和歌辭九·清調曲二》，題為《古辭》，〔宋〕郭茂倩編《樂府詩集》，中華書局 1979 年版，第 504～505 頁。
〔註21〕章培恒、駱玉明主編《中國文學史》上，復旦大學出版社 1996 年版，第 234 頁。
〔註22〕蕭滌非著《漢魏六朝樂府文學史》，人民文學出版社 1998 年版，第 89～90 頁。

1. 將所謂「兩漢樂府民歌」的總體水平來與《陌》對比，其中有明確時間標誌的，都與《陌》詩水平相差甚遠。不能想像，是哪個或是哪些民眾有這樣的水平，能寫出《陌上桑》這樣優秀的詩作，而且處在兩漢這個文人、文學都還沒有自覺的一個歷史階段。誠然，可以說，文人受著兩漢經學的束縛，而民間則較為開放，但就詩歌的技巧來說，文人所寫的五言詩，還是如此生澀，緣何民間就能產生《陌上桑》這樣的作品？這是匪夷所思的。所以，我們先不論作者是誰，單說作者的階層，就不會是民間的業餘詩人，將其指認為文人擬作所謂「民間樂府詩」，反而更接近於情理。

2. 《陌》詩明顯來源於左延年的《秦女休行》（以下簡稱《秦》），而左延年《秦》詩的寫作時間是在建安曹魏時代。

3. 筆者提出：《秦》詩和《陌》詩，首先的可能是產生於建安時期，地點都在曹魏政權版圖之內。在這個時間、地點範圍之內，（依現存資料）只有三位詩人寫過《陌》這一樂府題目，分別是曹操、曹丕和曹植，其中只有一位詩人既寫過秦女休題材，又寫過與《陌》詩相同的語句，並同時寫有與《陌》詩風格相似的詩作，那就是曹植。換言之，倘若我們使用破案語言來表述的話，曹植最為具有《陌》寫作的作案時間、地點和作案痕跡。

4. 如果進一步擴大至西晉，則傅玄是與《陌上桑》關係最為密切的人選。

5. 蕭先生因為看到了曹植某些作品與《陌》作的密切關係，就將其視為曹植受到《陌》的影響，這是由於先入為主地認為《陌》詩為兩漢之作的原因，事實上，兩者相似，可能會有各種各樣的原因。不能排除兩者為同一作者，或是《陌》詩作者效法曹植等多種可能，具體為何，需要具體分析。

一、《陌上桑》脫化於左延年的《秦女休行》

《陌》曲是魏晉期間經常演奏的樂曲，《陌》的樂曲可能產生於

東漢末年。應璩《百一詩》中說：「漢末桓帝時，郎有馬子侯。自謂識音律，請客鳴笙竽。為作陌上桑，反言鳳將雛。左右偽稱善，亦復自搖頭。」這裡提到《陌》曲，也提到馬子侯要「為作陌上桑」沒有寫成的事情。這裡的《陌上桑》，不能說明它就是我們所讀到的長篇敘事的《陌》詩，而只是說，在桓帝之時，有人（馬子侯）要為《陌》曲來寫歌詞，沒有寫成（「為作陌上桑，反言鳳將雛」）。《樂府詩集》在《陌上桑三解》下說：「右一曲，魏、晉樂所奏」，〔註23〕也並沒有說明《陌》是兩漢樂府，《樂府詩集》中記載這個時期有同題之作的，只有曹操、曹丕、曹植父子三人。與《陌》詩相似情節的，有左延年的《秦女休行》（以下簡稱《秦》），最為值得關注：

> 始出上西門，遙望秦氏盧。秦氏有好女，自名為女休。
> 休年十四五，為宗行報仇。左執白楊刀，右據宛魯矛。
> 仇家便東南，僕僵秦女休。女休西上山。上山四五里。
> 關吏呵問女休，女休前致詞。平生為燕王婦。於今為詔獄囚。
> 平生衣參差，當今無領襦。
> 明知殺人當死，兄言快快，弟言無道憂。女休堅詞為宗報仇。
> 死不疑。殺人都市中，徼我都巷西。
> 丞卿羅東向坐，女休悽悽曳梏前。
> 兩徒夾我持刀，刀五尺餘。刀未下，瞳朧擊鼓赦書下。

〔註24〕

從左延年的這篇《秦》詩來看，它與《陌》詩相似之處甚多，應該是《陌》的原型。為方便於讀者的對比閱讀，將《陌》詩抄錄於下：

> 日出東南隅，照我秦氏樓。秦氏有好女，自名為羅敷。
> 羅敷善蠶桑，採桑城南隅。青絲為籠係，桂枝為籠鉤。

〔註23〕逯欽立輯校《先秦漢魏晉南北朝詩》上，中華書局 1983 年版，第 259 頁。

〔註24〕逯欽立輯校《先秦漢魏晉南北朝詩》上，中華書局 1983 年版，第 410 頁。

頭上倭墮髻，耳中明月珠。緗綺為下裙，紫綺為上襦。
行者見羅敷，下擔捋髭鬚；少年見羅敷，脫帽著帩頭。
耕者忘其犁，鋤者忘其鋤。來歸相怨怒，但坐觀羅敷。
使君從南來，五馬立踟躕。使君遣吏往，問是誰家姝？
秦氏有好女，自名為羅敷。羅敷年幾何？二十尚不足，
十五頗有餘。使君謝羅敷：「寧可共載不？」羅敷前致

辭：

「使君一何愚！使君自有婦，羅敷自有夫。」
東方千餘騎，夫婿居上頭。何用識夫婿，白馬從驪駒。
青絲繫馬尾，黃金絡馬頭。腰中鹿盧劍，可直千萬餘。
十五府小史，二十朝大夫。三十侍中郎，四十專城居。
為人潔白晳，鬑鬑頗有鬚。盈盈公府步，冉冉府中趨。
坐中數千人，皆言夫婿殊。〔註25〕

《秦》詩第一句：「始出上西門」，相比《陌》詩第一句：「日出東南隅」，兩者極為相似。「始出」不好，帶有樂府歌詞的原始性，是誰「始出」？交代不清，形象不明，《陌》詩作者將沒有主語的首句，改為「日出東南隅」，將「上西門」改為「東南隅」。這個方位的改動，體現出作者希望交代出一個具體的時間，以便讓讀者能盡快進入到故事的情節之中。這就是王國維所說的「不隔」，而具有這種「不隔」詩歌美學思想的人，不是簡單的人物，至少現在左延年還不具備這種詩學觀念，而左延年是曹魏時代最為優秀的樂府詩人兼音樂家，詳見後文之論。第一句，改動兩處，由沒有主語改為「日出」，由「西門」而改為「東南隅」。

《秦》詩第二句是：「遙望秦氏廬」，對比《陌》詩第二句：「照我秦氏樓」，改動兩個字：「遙望」改為「照我」。這個改動也非常好：由於《秦》詩第一句沒有主語，故此第二句「遙望」，就仍然不清晰，是誰「遙望」？不清楚；而且，沒有環境的襯托，顯得突兀。《陌上桑》詩由於增加了「日出」，就可以承接「日出」，而將「遙望」改為

〔註25〕〔宋〕郭茂倩編《樂府詩集》，中華書局 1979 年版，第 410 頁。

「照我」，一個「照」字，就將大環境轉入到小環境，將初「出」之「日」與本詩中的女主人公巧妙地聯絡起來，達到了物我同一，情景交融。以下再說「秦氏有好女」，就顯得水到渠成，自然推出。

第三句一字未改，都是「秦氏有好女」，但第四句就要改動了，前者為「自名為女休」，後者為「自名為羅敷」。為何要改名？這是由於女休是個「為宗行報仇」的俠女，她的出場形象是「左執白楊刃，右據宛魯矛」，殺氣騰騰。《秦》詩是個仇殺的題材，這個題材或許可以寫成劇本，以驚險的情節取勝，但作為詩歌來說，它並不適合詩歌的表現題材和審美需要。因此，改編者要想將仇殺題材改為愛情題材詩，而要改變題材，首先就要改變詩中女主人公的名字。

以上四句，是完全相同的句式。四句之中，完全相同的字句為：「出」「遙望」「秦氏」「秦氏有好女」；稍微改動的句子為：「自名為女休」，改為「自名為羅敷」，只是改個名字而已。「始出上西門，遙望秦氏廬」，改為「日出東南隅，照我秦氏樓」，「上西門」和「東南隅」是反向思維修改，「遙望秦氏廬」和「照我秦氏樓」，則是相同句意的修改。

由於題材改動了，以下的詩句，勢必要分道揚鑣，但兩者之間，仍然有許多借鑒的痕跡。隨後第五句，《秦》中女主人公秦女休的年歲介紹：「休年十四五」，這一句演化為《陌》詩的：「羅敷年幾何，二十尚不足，十五頗有餘」三句，顯得圓潤有餘，從容進退，五言詩的寫作技巧顯然高明許多，年歲也是相同的。以下《秦》詩說：「關吏呵問女休，女休前致詞」，一變而為《陌》詩的：「使君從南來，五馬立踟躕。使君遣吏往，問是誰家姝。秦氏有好女，自名為羅敷。羅敷年幾何，二十尚不足，十五頗有餘。使君謝羅敷，寧可共載不。羅敷前置辭……」由「關吏（官吏）呵問女休」一句，演繹出「使君遣吏往」的詢問，前者六個字，顯示出了在曹魏時代的所謂「民間樂府」（左延年為宮廷樂工，應該為宮廷樂府中的樂工之作）中，五言民間樂府尚未臻於成熟的痕跡，而後者則演化為「使君從南來，五馬立踟躕。使

君遣吏往，問是誰家姝」這四句，極為高妙：首先，使君有了方位感，這與《陌》詩起首的「日出東南隅」是互相一致的，更為精妙的，是「五馬立踟躕」，含蓄寫出了使君見到羅敷之後的迷戀心態。但妙在並不直說使君迷戀，而說五馬不行，這正是屈原《離騷》結句「僕夫悲余馬懷」的寫法，這也顯然不是一般民歌作手或是兩漢宮廷樂府作手所能具備的詩歌技巧。「五馬立踟躕」，還可以與前文的「行者見羅敷，下擔捋髭鬚；少年見羅敷，脫帽著帩頭。耕者忘其犁，鋤者忘其鋤。來歸相怨怒，但坐觀羅敷」相互對照閱讀，同樣是寫對羅敷的迷戀，寫使君的迷戀寫得含蓄，以「五馬立踟躕」來寫；寫行者的迷戀，則以「下擔捋髭鬚」來襯托，以「下擔」切合行者；寫少年的迷戀，則以「脫帽著帩頭」來切合少年；寫農夫的迷戀，則以「耕者忘其犁，鋤者忘其鋤」來切合農夫的身份。身份不同而情狀各有不同，可謂是千姿百態。從使君到農夫，都各自合於自己的身份。這一段描寫，想像豐富、情節曲折、委婉生動，人物形象躍然紙上，栩栩如生，如在目前。這些，恐怕都不是一般宮廷樂府所能達到的水平。

除此之外，《秦》詩中的「女休前致詞」與《陌》詩中的「羅敷前置辭」，兩句的意思是一樣的，只不過換了人名而已。總之，修改《秦》詩而為《陌》詩的作者，儘量地採用了《秦》詩原作的詞句。

總體來看，兩者之間在題材上由仇殺而為愛情，風格上由殺氣騰騰的剛烈之氣而為清徐舒緩、詼諧的調笑。《秦》詩寫一位「為宗行報仇」的俠女故事，而《陌》詩則採用羅敷本事或是秋胡故事而改編為一個愛情故事。顯然，後者富有情趣的愛情題材，更能發揮五言詩抒情敘事的獨特魅力，更能打動讀者。總體來看，仇殺題材不適合華夏民族的審美情趣，而愛情題材則是華夏民族，特別是樂府永恆的主題。從與素材的關係上來看，《秦》詩是素材的真實記錄，而《陌》詩則是對於這一素材的藝術加工；從藝術手法來看，《秦》詩尚顯得粗糙，並非成熟的五言詩，如「關吏呵問女休，女休前致詞。平生為燕王婦。於今為詔獄囚」，而《陌》則是成熟的五言詩，

珠圓玉潤；從寫作手法來看，前者沒有細節描寫，情節也非常粗糙；而《陌》則情節曲折，細節生動，場景如在目前。兩相對比，不難看出，《陌》詩是從《秦》詩中脫化出來的，《陌》應該是對《秦》進行修改寫作而成。

關於羅敷這個人物的故事來源，以及有關《陌》的一些情況，可以參見曹道衡、劉躍進先生在《先秦兩漢文學史料學》中的綜述：

> 此詩（《陌上桑》）最早著錄於《宋書・樂志》，題為《豔歌羅敷行》，屬於大曲類。原注：「三解，前有豔詞曲，後有趨。」據《樂府詩集》卷五十六引《古今樂錄》解說，豔是樂曲的序曲，趨附於曲後，相當於今之尾聲，解為樂歌段落。《玉臺新詠》收錄此詩，題《日出東南隅行》，《樂府詩集》題《陌上桑》。
>
> 其本事最早見載於《古今注》：「《陌上桑》者，出秦氏女子。秦氏，邯鄲人，有女名羅敷，為邑人千乘王仁妻。王仁後為趙王家令，羅敷出採桑於陌上，趙王登臺，見而悅之，因置酒欲奪焉。羅敷乃彈箏，乃作《陌上桑》以自明，趙王乃止。」吳兢《樂府古題要解》引此說後又案曰：「案其歌辭，稱羅敷採桑陌上，為使君所邀，羅敷盛誇其夫為侍中郎以拒之，與舊說不同。」鄭樵《通志・樂典》又云：「古辭《陌上桑》有二，此則為羅敷也……另有《秋胡行》，其事與此不同。以其亦名《陌上桑》，致後人差互相說，如王筠《陌上桑》云：秋胡始停馬，羅敷未滿筐。蓋合為一事也。」秋胡故事見劉向《列女傳》，兩個故事在當時本不相同，但王筠將此合二為一，所以鄭樵說亦有所本。

此詩是否為民間作品，近幾十年來爭議極大。但《宋書・樂志》、《古今樂錄》、《樂府詩集》並云古辭，沒有標明某人所作。〔註26〕

《陌上桑》屬於大曲類，所謂大曲，乃是魏晉到唐宋都在沿用的宮廷音樂歌舞的消費形式。大曲是多段大型歌舞音樂，「歌舞器樂並

〔註26〕曹道衡、劉躍進著《先秦兩漢文學史料學》，中華書局 2005 年版，第 409 頁。

用，具有特定的大套結構形式。」〔註27〕大曲的淵源，大體可以上溯
到商周以來宮廷貴族的大型樂舞。據近人研究，相和大曲的曲式，實
際上是商周樂舞、戰國楚聲的繼承與發展。不論是漢相和大曲還是魏
晉六朝的清商大曲，再到隋代初唐的燕樂大曲，大曲的音樂演出消
費，始終為宮廷所有，因為其結構複雜，是音樂、舞蹈、器樂、歌唱
多方面相互配合的演出形式，民間並不具備大曲的演出和消費的條
件。這是從《陌上桑》的大曲形式來看的。

　　再看《陌》詩故事的出處，首先出自王仁妻羅敷採桑被趙王「置
酒欲奪」的故事。其次，還有可能與秋胡戲妻的故事有關。秋胡戲妻
的故事，也可能是《陌》詩羅敷故事的另一個直接源頭——秋胡妻故
事與羅敷故事驚人的相似，都是美婦人拒絕調戲、拒絕金錢而保持貞
潔的故事。《樂府詩集》在《相和歌辭》十一《清調曲四》下，收有曹
操、曹丕、嵇康乃至傅玄、陸機等人的《秋胡行》作品，並在題下對
有關秋胡故事的記載綜述：

　　《西京雜記》曰：「魯人秋胡，娶妻三月，而遊宦三年，休還家。
其婦採桑於郊。胡至郊而不識其妻也，見而悅之，乃遺黃金一鎰。妻
曰：『妾有夫，遊宦不返。幽閨獨處，三年於茲，未有被辱於今日也。』
採桑不顧，胡慚而退。至家，問：『妻何在？』曰：『行採桑於郊，未
返。』既歸還，乃向所挑之婦也，夫妻並慚。妻赴沂水而死。」《列女
傳》曰：「魯秋潔婦者，魯秋胡之妻也。既納之五日去，而宦於陳，五
年乃歸。未至其家，見路傍有美婦人，方採桑而說之。下車謂曰：『力
田不如逢豐年，力桑不如見國卿。今吾有金，願以與夫人。』婦曰：
『採桑力作，紡績織紝以供衣食，奉二親養。夫子已矣，不願人之金。』
秋胡遂去。歸至家，奉金遺母，使人呼其婦。婦至，乃鄉採桑者也。
婦污其行，去而東走，自投於河而死。」《樂府解題》曰：「後人哀而
賦之，為《秋胡行》。若魏文帝辭云：『堯任舜禹，當復何為。』亦題

曰《秋胡行》。」《廣題》曰：「曹植《秋胡行》，但歌魏德，而不取秋胡事，與文帝之辭同也。」〔註28〕

採桑故事和採桑女形象，是詩三百以來的一個傳統寫法。《詩經·七月》：「女執懿筐，遵彼微行，爰求柔桑。春日遲遲，采蘩祁祁。女心傷悲，殆及公子同歸」，此中描寫的這位「殆及公子同歸」的採桑女，也許是羅敷故事或是秋胡妻故事的更早源頭。從左延年的《秦》詩產生改寫的創作欲望，採用詩三百女子採桑而「殆及公子同歸」的典故，融合採用羅敷故事、秋胡故事而寫作，有可能是《陌》詩產生的具體背景。

關於《秦》的作者左延年及其生活年代，非常重要。因為，由此我們就可以大體推斷《陌》詩的產生時間。左延年「黃初中，以新聲被寵。見晉書樂志。」〔註29〕《晉書·樂志》上記載：「漢自東京大亂，絕無金石之樂，樂章亡缺，不可復知。及魏武平荊州，獲漢雅樂郎河南杜夔，能識舊法，以為軍謀祭酒，使創定雅樂。時又有散騎侍郎鄧靜、尹商善訓雅樂，歌師尹胡能歌宗廟郊祀之曲，舞師馮肅、服養曉知先代諸舞，夔悉總領之。……而黃初中柴玉、左延年之徒，復以新聲被寵，改其聲韻。」〔註30〕在曹魏政權內，有著杜夔代表的雅樂和左延年等代表的新聲之爭，《魏志·方伎傳》卷二十九記載：杜夔在「黃初中，為太樂令、協律都尉」，「自左延年等雖妙於音，咸善鄭聲，其好古存正莫及夔。」〔註31〕由此可知：1.左延年為曹丕稱帝前後時代的音樂家，是約略與曹植同時代的人。則《陌上桑》不僅僅不是兩漢之作，即便是建安時期，也會稍嫌其早，大抵應是黃初之後的

〔註28〕 〔宋〕郭茂倩編《樂府詩集》，第二冊，中華書局 1979 年版，第 526 頁。
〔註29〕 逯欽立輯校《先秦漢魏晉南北朝詩》上，中華書局 1983 年版，第 410 頁。
〔註30〕 〔唐〕房玄齡等撰《晉書·樂志》，中華書局 1959 年版，第 679 頁。
〔註31〕 〔晉〕陳壽撰，〔宋〕裴松之注《三國志·方伎傳》，中華書局 1982 年版，第 806～807 頁。

作品；2.左延年為新興鄭聲之代表人物之一，所謂「鄭聲」，正是對新
興清商樂的一種說法，是從傳統雅樂為中心來看待新興娛樂性音樂的
一種蔑稱。

二、曹植與《陌上桑》關係的辨析

通過前文的對比，可以看出，《陌》詩主體部分來源於左延年的
《秦》詩，揚棄秦女休故事而採用羅敷故事改寫而成。兩相對比，
前者比後者的寫作水平高出許多，而《秦》詩的作者左延年是黃初
時代最優秀的宮廷樂工作手。按照傳統的說法，將這些宮廷樂工也
視為「民間樂府」，那麼，也就是說，民間寫作（或準確說是宮廷樂
工寫作）在曹魏後期還不具備寫作《陌》的藝術水準。鑒此，我們
在排除了所謂「民間樂府」的可能性之後，首先需要在曹魏時代尋
找可能的作者。

三曹父子都寫了許多的擬樂府之作，自然也會模擬樂府的主題進
行寫作。此時期同時寫過《陌》這一樂府詩題的只有三位詩人：曹操、
曹丕和曹植，曹操的《陌上桑》同題之作，可能是當今能見到的最早
的《陌上桑》，為：「駕虹霓，乘赤雲，登彼九疑歷玉門。濟天漢，至
崑崙，見西王母謁東君。交赤松，及羨門，受要秘道愛精神。食芝英，
飲醴泉，拄杖桂枝佩秋蘭。絕人事，遊渾元，若疾風遊欻飄翩。景未
移，行數千，壽如南山不忘愆。」曹丕的同題《陌》之作為：「棄故
鄉。離室宅。遠從軍旅萬里客。披荊棘。求阡陌。側足獨窘步。路局
苲。虎豹嗥動。雞驚禽失。羣鳴相索。登南山。奈何蹈盤石。樹木叢
生鬱差錯。寢蒿草。蔭松柏。涕泣雨面沾枕席。伴旅單。稍稍日零落。」
〔註32〕曹植本人也有題為《陌》的殘句：「望雲際。有真人。安得輕
舉繼清塵。執電鞭。騁飛驎。」雖為殘句，但也說明曹植寫過《陌》
歌詩，而且從殘存的幾句來看，水平較其乃父乃兄所作，也要高一些。

〔註32〕 逯欽立輯校《先秦漢魏晉南北朝詩》上，中華書局 1983 年版，第 395
頁。

而三者之間，同時又涉及過秦女休的，只有曹植。此外，三者之間的其餘詩作中有《陌》詩痕跡的，也是只有曹植一人。種種跡象標明，曹植是曹魏時代與《陌》詩關係最為密切的五言詩人。因此，我們不能排除曹植借鑒左延年的《秦》詩而重新寫作《陌》詩的可能。

曹植也同樣寫過秦女休的故事：魏晉時期有三首涉及「秦女休」的樂府詩，除去左延年《秦女休行》之外，曹植有《精微篇》，傅玄有《秦女休行》一首。其中曹植的《精微篇》敘述多個精誠感動上天的故事，其作如下：

> 精微爛金石，至心動神明。杞妻哭死夫，梁山為之傾。
> 子丹西質秦，烏白馬角生。鄒衍囚燕市，繁霜為夏零。
> 關東有賢女，自字蘇來卿。壯年報父仇，身沒垂功名。
> 女休逢赦書，白刃幾在頸。俱上列仙籍，去死獨就生。
> 太倉令有罪，遠徵當就拘。自悲居無男，禍至血與俱。
> 緹縈痛父言，荷擔西上書。盤桓北闕下，泣淚何連如。
> 乞得並姊弟，沒身贖父軀。漢文感其義，肉刑法用除。
> 其父得以免，辯義在列圖。多男亦何為，一女足成居。
> 簡子南渡河，津吏廢舟船。執法將加刑，女娟擁櫂前。
> 妾父聞君來，將涉不測淵。畏懼風波起，禱祝祭名川。
> 備禮饗神祇，為君求福先。不勝釂祀誠，至令犯罰艱。
> 君必欲加誅，乞使知罪譽。妾願以身代，至誠感蒼天。
> 國君高其義，其父用赦原。河激奏中流，簡子知其賢。
> 歸聘為夫人，榮寵超後先。辯女解父命，何況健少年。
> 黃初發和氣，明堂德教施。治道致太平，禮樂風俗移。
> 刑措民無枉，怨女復何為。聖皇長壽考，景福常來儀。

曹植《精微篇》詩作中的「女休逢赦書，白刃幾在頸。俱上列仙籍，去死獨就生」，這顯然是對左延年《秦》詩故事的縮寫。「女休逢赦書，白刃幾在頸」，就是《秦》詩中的「兩徒夾我持刀。刀五尺餘。刀未下，矓矓擊鼓赦書下」。這說明，曹植不但寫過《陌》，而且，聽過左延年演唱的《秦女休行》，而曹植本人，具備文藝方面的天分，又

「性簡易，不治威儀」。〔註33〕用現在的話語來說，就是沒有架子，能放下身段。關於曹植的文藝天分以及對於音樂、舞蹈、小說等大眾文藝的興趣，《魏志‧王粲傳》裴注引《魏略》，說：「太祖素聞其（邯鄲淳）名，召與相見，甚敬異之。時五官將博延英儒，亦素聞淳名，因啟淳欲使在文學官屬中。會臨淄侯植亦求淳，太祖遣淳詣植。植初得淳甚喜。延入坐，不先與談。時天暑熱，植因呼常從取水自澡訖，傅粉。遂科頭拍袒，胡舞五椎鍛，跳丸擊劍，誦俳優小說數千言訖⋯⋯及暮，淳歸，對其所知歎植之才，謂之『天人』。」〔註34〕「遂科頭拍袒，胡舞五椎鍛，跳丸擊劍，誦俳優小說數千言訖」，曹植給邯鄲淳的這段表演，足以說明曹植對於舞蹈、擊劍、俳優小說等各種技藝的精通和愛好，那麼，參與左延年之屬的樂府歌詩寫作，也是情理之中的事情。

據一向的說法，曹植五言詩，多從民歌中有所借鑒，但需要說明的，是這些所謂的民間五言詩，有很多是有爭議的，有些所謂的漢魏之際的民間之作，可能就是他本人的作品。譬如我們正在研究的這首《陌上桑》就是如此，另外一個層面的問題，一向所說的兩漢樂府民歌，其實就是宮廷樂府歌詩，被神話為民間五言詩。民歌也好，宮廷樂府歌詩也好，從情理上來說，都不太可能超越文人詩人而先一步達到五言詩的頂峰。如果民間老百姓或是宮廷樂工都比曹植水平高，我們還何必稱讚曹植的「才高八斗」？試看曹植《美女篇》（以下簡稱《美》）：

> 美女妖且閑。採桑歧路間。柔條紛冉冉。落葉何翩翩。
> 攘袖見素手。皓腕約金環。頭上金爵釵。腰佩翠琅玕。
> 明珠交玉體。珊瑚間木難。羅衣何飄飄。輕裾隨風還。
> 顧盼遺光采。長嘯氣若蘭。行徒用息駕。休者以忘餐。

〔註33〕 〔晉〕陳壽撰〔宋〕裴松之注《三國志》卷十九，曹植本傳中華書局，1959年版，第557頁。

〔註34〕 〔晉〕陳壽撰〔宋〕裴松之注《三國志》卷二十，王粲本傳中華書局，1959年版，第603頁。

借問女安居？乃在城南端。青樓臨大路。高門結重關。
容華耀朝日。誰不希令顏。媒氏何所營。玉帛不時安。
佳人慕高義。求賢良獨難。眾人徒嗷嗷。安知彼所觀？
盛年處房室。中夜起長歎。

不妨將《陌》來與曹植的《美》詩加以比對：

1. 兩者都是寫美女採桑：「羅敷善蠶桑，採桑城南隅」「美女妖且閒，採桑歧路間」，只不過前者有名字叫羅敷，後者但言美女。羅敷為何姓秦？與秦女休是否是巧合都姓秦？又：《相和歌辭三》：「烏生八九子，端坐秦氏桂樹間。」「我秦氏家有遊遨蕩子」等語，〔註35〕似乎都與這個秦女休有關。

2. 兩者都鋪墊美女之美，《陌》：「青絲為籠繫，桂枝為籠鉤。頭上倭墮髻，耳中明月珠。緗綺為下裙，紫綺為上襦。」《美》：「柔條紛冉冉。落葉何翩翩。攘袖見素手。皓腕約金環。頭上金爵釵。腰佩翠琅玕。明珠交玉體。珊瑚間木難。羅衣何飄飄。輕裾隨風還。顧盼遺光采。長嘯氣若蘭。」

3. 兩者都採用了通過觀者來襯托美女的寫法：《陌》：「耕者忘其犁，鋤者忘其鋤。來歸相怨怒，但坐觀羅敷。」《美》：「行徒用息駕，休者以忘餐」，只不過《陌》更為細膩，更為傳神，似是《美》詩在前，而《陌》詩在後。

4. 曹植《美》詩從「借問女安居？乃在城南端」開始，寫美女如此之美而難有佳偶的孤獨悲劇，《陌》卻從此生發出一個使君來求愛而遭拒絕的故事，兩者可以說是殊途同歸，一意化兩，各臻其妙。

由此來看，《陌》詩若是產生於建安時代，則曹植是最有可能的作者。曹操、曹丕都是建安時代的著名詩人，但曹操、曹丕的兩首同題《陌》詩，與現今所謂兩漢樂府民歌的《陌》詩相差甚遠，難道曹操父子在欣賞到這美妙的《陌》歌辭之後，自己作擬樂府，竟然一點

〔註35〕〔宋〕郭茂倩編《樂府詩集》，第二冊，中華書局 1979 年版，第 408 頁。

沒有原來《陌》的痕跡，而且，其水平距離所謂兩漢樂府的《陌》詩相差甚遠，想來曹氏父子是不會自討這種沒趣的。故，極有可能是先有其他的宮廷樂工所作的歌詞，而後有曹操、曹丕父子的文人擬作《陌》，最後才有現在所見的《陌》詩。當然，無論是曹植還是傅玄（詳見後論），這兩位魏晉時代的大詩人，其現在明確標明作者姓名的作品，都沒有現存《陌上桑》這樣成熟、這樣珠圓玉潤的五言詩作，這是我們無法回避的問題。曹植本人《陌》的殘句，也距離《陌》水平有差距，但曹植畢竟是當時具有寫作《陌》水準的唯一一位五言詩人，也是建安時代唯一的一位以五言詩形式同時寫作了秦女休故事而又寫過《陌》樂府詩的五言詩人，同時，也是唯一一位在其五言詩作中，有與《陌》相同筆法的五言詩人。殘存的《陌》，也許會是曹植一開始寫作《陌上桑》的初稿，最後，才借鑒了左延年的《秦》而成為了敘事體的《陌》詩。

從以上的材料來看，左延年的樂府詩寫作時間，是在「黃初」期間，「黃初中柴玉、左延年之徒，復以新聲被寵，改其聲韻。」既然「聲韻」有「改」的記錄，緣何歌辭就不能改寫？而能將《秦》改寫成為《陌》的詩人，在建安、黃初、太和這段歷史時間之內，則非曹植莫屬。曹植作為五言詩一代之作手，具有寫作《陌上桑》的條件，借用偵破用語，曹植具備《陌上桑》作案的眾多條件：時間條件吻合，水平條件吻合，同時，曹植作為一代之罪臣，也具有丟失作品的可能性。

三、傅玄與《陌上桑》關係的辨析

以上，筆者論證了《陌》詩產生的時間，至少不會是兩漢之作，也不會是樂府民歌，若是其產生於曹魏時代，則曹植是最有可能的作者人選，但曹植並非唯一的作者人選，兩漢魏晉與《陌》詩關聯密切的詩人都應該在辨析的範圍之內，才是客觀公允的。曹植之前，並沒有詩人寫過與《陌》詩、《秦》詩相似的作品，但曹植之後，西晉時代

的傅玄和陸機也都寫作了與《陌》有關聯的作品，因此，我們理應辨析一下西晉詩人與《陌》詩的關係。

陸機之前，有傅玄的《豔歌行》（以下簡稱《豔》）一首：「日出東南隅，照我秦氏樓。秦氏有好女，自字為羅敷。首戴金翠飾，耳綴明月珠。白素為下裾，丹霞為上襦。一顧傾朝市，再顧國為虛。問女居安在，堂在城南居。青樓臨大巷，幽門結重樞。使君自南來，駟馬立踟躕。遣吏謝賢女，豈可同行車。斯女長跪對：使君言何殊。使君自有婦，賤妾有鄙夫。天地正厥位，願君改其圖。」

傅玄（217～278），字休奕，原本仕魏，封為鶉觚男，入晉歷任御史中丞、太僕、司隸校尉，存詩多為樂府詩。後人對傅玄此詩多有批評，清代王士禎說：「若傅玄《豔歌行》云：『一顧傾朝市，再顧國為虛。』呆拙之甚，所謂點金成鐵手也。」又引明人王世貞評論傅玄《日出東南隅》：「汰去菁英，竄其常語。尤可厭者，本詞『使君自有婦，羅敷自有夫』，綽有餘味，乃益以天地正位之語，正如低措大記舊文不全時，以己意續貂，罰飲墨水一斗可也。」〔註 36〕今人蕭滌非先生也批評說：「改『羅敷自有夫』為『賤妾有鄙夫』，尤可憎。『使君自南來』以下諸語，且亦非事理，殊欠允當。蓋羅敷既未出採桑陌上，使君自無緣得見也。乃知文學貴獨造，貴創作，捨己徇人，徒自取敗耳。」〔註 37〕但這些批評立論的基礎尚不穩固，傅玄的《豔》詩與所謂漢樂府民歌的《陌》詩何者在前的問題還需要辨析。

《陌》詩最早著錄於《宋書‧樂志》，題為《豔歌羅敷行》，距離傅玄所生活的西晉初期，還有相當長的時間，因此，還不能排除《陌》晚於傅玄，也不能排除《陌》就是傅玄所作。從傅玄這首《豔》歌來看，與《陌》詩相同之處甚多：1.「日出東南隅，照我秦氏樓。秦氏

〔註 36〕〔清〕王士禎撰《池北偶談》下，中華書局 1982 年版，第 415 頁。
〔註 37〕蕭滌非著《漢魏六朝樂府文學史》，人民文學出版社 1998 年版，第 188 頁。

有好女，自字為羅敷。」前四句只是將「自名」改為「自字」，將一個順暢的句子改為一個咬口而不順暢的句子，頗為可疑；2.傅玄《豔歌行》中的「使君自南來，駟馬立踟躕」，與《陌上桑》「使君從南來，五馬立踟躕」，只是「駟馬」與「五馬」之別，這還需要進一步考索魏晉之際的車駕制度；3.傅玄《豔歌行》中的「遣吏謝賢女，豈可同行車。斯女長跪對，使君言何殊。使君自有婦，賤妾有鄙夫。天地正厥位，願君改其圖。」與《陌》詩中的「使君遣吏往，問是誰家姝？秦氏有好女，自名為羅敷。羅敷年幾何？二十尚不足，十五頗有餘。使君謝羅敷：『寧可共載不？』羅敷前置辭：『使君一何愚！使君自有婦，羅敷自有夫』」一段描寫近似，但顯然後者更為圓潤、自然。傅玄《豔》的這段敘述過程描寫，顯示了作者對於敘事詩的不適應，還是以抒情詩筆法來寫作敘事題材。

　　但這還不能排除傅玄作為《陌》詩作者的可能，因為，即便是同一位詩人，其自身也有漸次學習的過程，其風格在前後期也有所不同。傅玄《豔》歌當然不如《陌》詩，但至少顯示了傅玄與《陌》詩的寫作之間，曾經發生過密切的關係。還有一點值得注意，傅玄《豔》歌，不僅僅與《陌》詩有關，還與曹植《美》詩有許多相似之處：「首戴金翠飾，耳綴明月珠。白素為下裾，丹霞為上襦」，與《美》篇中的「攘袖見素手。皓腕約金環。頭上金爵釵。腰佩翠琅玕」相似；「問女居安在，堂在城南居。青樓臨大巷，幽門結重樞」，與《美》中的「借問女何居？乃在城南端。青樓臨大路。高門結重關」不僅有相似的句式，還有相同的句面。

　　換言之說，傅玄的《豔歌行》，兼有《陌上桑》和曹植的《美女篇》兩首詩作的痕跡，若能確認《陌上桑》是傅玄之前的作品，則可能是傅玄對此兩篇作品打並一處的模擬寫作；但也不能排除其他的可能：第一種可能，傅玄寫作《豔歌行》的時候，《陌》詩尚未產生，傅玄《豔》歌中的這些與《陌》相似的句子，是後人寫作《陌上桑》的

一個基礎；第二種可能，傅玄在寫作了《豔》歌之後，在此基礎之上又寫作了《陌》詩，《豔》歌僅僅是《陌》詩的豔歌部分。

更有意思的事情，是傅玄也寫有《秦女休行》：「龐氏有烈婦，義聲馳雍涼。父母家有重怨，仇人暴且彊。雖有男兄弟，志弱不能當。烈女念此痛，丹心為寸傷。外若無意者，內潛思無方。白日入都市，怨家如平常。匿劍藏白刃，一奮尋身僵。身首為之異處，伏屍列肆旁。肉與土合成泥，灑血濺飛梁。猛氣上干雲霓，仇黨失守為披攘。一市稱烈義，觀者收淚並慨忼。百男何當益？不如一女良。烈女直造縣門，云：『父不幸。遭禍殃。今仇身以（已）分裂，雖死情益揚，殺人當伏法，義不苟活隳舊章』。縣令解印綬，『令我傷心不忍聽』。刑部垂頭塞耳，『令我吏舉不能成』。烈著希代之績，義立無窮之名。夫家同受其祚，子子孫孫咸享其榮。今我作歌詠高風，激揚壯發悲且清。」若是排除曹植將《秦女休行》改編為《陌上桑》的可能，傅玄則貝有完成這項使命的諸多條件：傅玄的這首《秦女休行》，顯然比之左延年的《秦女休行》成熟了許多，情節也細膩了許多，如「白日入都市，怨家如平常。匿劍藏白刃，一奮尋身僵。身首為之異處，伏屍列肆旁」的細節描寫。但奇怪的是將「秦女休」改為了「龐氏」，還有《秦女休行》開頭的四句「始出上西門，遙望秦氏廬。秦氏有好女，自名為女休」，保留在了《陌上桑》的開頭，但卻在傅玄的《秦女休行》中消失了。

此外，傅玄還有《秋胡行》：「秋胡子，娶婦三日，會行仕宦。既享顯爵，保茲德音。以祿頤親，輯此黃金。睹一好婦，採桑路旁。遂下黃金，誘以逢卿。玉磨逾潔，蘭動彌馨。源流潔清，水無濁波。奈何秋胡，中道懷邪。美此節婦，高行巍峨。哀哉可愍，自投長河。」〔註38〕逯欽立《晉詩》僅載此一首，此詩如同散文，敘述了秋胡子娶妻三日，會行仕宦，以後回鄉，「睹一好婦，採桑路旁。遂下黃金，誘

〔註38〕 逯欽立輯校《先秦漢魏晉南北朝詩》上，中華書局 1983 年版，第 554 頁。

以逢卿」，秋胡妻不從，自投長河的故事，傅玄為正統儒家人物，此詩歌頌秋胡妻「美此節婦，高行巍峨」，也在情理之中。

逯欽立《先秦漢魏晉南北朝詩》中也是兩首，其第二首為：「秋胡納令室，三日宦他鄉。皎皎潔婦姿，泠泠守空房。燕婉不終夕，別如參與商。憂來猶四海，易感難可防。人言生日短，愁者苦夜長。百草揚春華，攘腕採柔桑。素手尋繁枝，落葉不盈筐。羅衣翳玉體，迴目流採章。君子倦仕歸，車馬如龍驤。精誠馳萬里，既至兩相忘。行人悅令顏，情息此樹旁。誘以逢卿喻，遂下黃金裝。烈烈貞女忿，言辭厲秋霜。長驅及居室，奉金升北堂。母立呼婦來，歡樂情未央。秋胡見此婦，惕然懷探湯。負心豈不慚，永誓非所望。清濁必異源，鳧鳳不並翔。引身赴長流，果哉潔婦腸。彼夫既不淑，此婦亦太剛。」〔註39〕此詩以秋胡故事為題材，將抒情與敘事融為一體，藝術手法已經相當有水平：「秋胡納令室，三日宦他鄉」，以兩句十個字概括了秋胡新婚而仕宦他鄉的事情，「皎皎」以下 14 句，描寫刻畫秋胡妻別後的寂寞和貞潔，順便將秋胡妻從「守空房」的室內場景，轉入到「採柔桑」的採桑場景，最後定格於「素手尋繁枝，落葉不盈筐。羅衣翳玉體，回目流採章」的驚豔回眸，為以下秋胡歸來戲妻的故事作出鋪墊。以下寫秋胡戲妻不成，回家後的場景：「母立呼婦來，歡情樂未央」，極寫見到家人的歡樂，「秋胡見此婦，惕然懷探湯」，則極寫見到妻子的尷尬和恐懼；最後以「彼夫既不淑，此婦亦太剛」的評論作結，表明作者的態度，既批評秋胡的「不淑」，同時，也為秋胡妻的「太剛」而惋惜。從全首水準來看，若是此首能確定為傅玄所作，則傅玄具備了寫作《陌》詩的能力。

四、結論

以上所論，曹植和傅玄是與《陌》詩關係最為密切的兩位五言詩人，兩人都寫有《陌》詩的原型之一秦女休的題材，曹植《美》詩中

〔註39〕 〔宋〕郭茂倩編《樂府詩集》第二冊，中華書局 1979 年版，第 530 頁。

有與《陌》相似的寫法和近似的詩句，但傅玄直接寫過與《陌》詩更多相同句子的《豔》詩。《陌》詩若是斷在建安到西晉之間，則曹植和傅玄是《陌》詩最為可能的作者。此外，是否有可能是傅玄之後的作品呢？筆者認為，《陌上桑》的上限不會早於建安，而下限則不會晚於西晉。比傅玄略晚一些的陸機，有對於此詩的擬作，可以證明此詩產生於陸機之前。陸機有《日出東南隅行》，又名《羅敷豔歌》：「扶桑升朝暉，照此高臺端。高臺多妖麗，洞（從《玉臺新詠》）房出清顏。淑貌耀皎日，惠心清且閑。美目揚玉澤，娥眉象翠翰。鮮膚一何潤，彩色若可餐。」為明顯的模擬《陌上桑》之作，只不過題目已經改為《日出東南隅行》。這個題目的改動，使用《陌上桑》的首句「日出東南隅」來作為題目，說明了這首《陌上桑》在陸機時代已經相當有名。眾所周知，以作品的首句作為題目而改編原題，勢必是由於該作品獲得了極大的成功，得到了廣泛的認同，譬如東坡的《念奴嬌》，由於獲得極大的成功，而以首句「大江東去」〔註40〕陸機的擬作，題為《日出東南隅行》，說明了《陌上桑》當時已經流行。

綜上可知，所謂兩漢民間五言樂府詩在建安之前已經較為成熟的說法，並無確鑿之證據，與曹植約略同時的左延年，可以說是當時宮廷樂工的佼佼者，但其《秦》詩仍然非常粗糙，《陌》詩不是兩漢樂府民歌，曹植和傅玄是《陌》詩最有可能的兩位作者。我們以前過分地推獎民間詩歌的成就，應該與發生於上個世紀之初通俗文學的思潮有關，也應該與發生於上個世紀的所謂反對「英雄史觀」和推崇所謂「人民創造歷史」的所謂唯物史觀有關。但一部詩歌史，其主體部分，畢竟是由詩人來完成的，而不是由一般的大眾完成的，應該是精英史觀和詩人史觀，而不是民歌史觀。

〔註40〕龍榆生著《唐宋詞格律》，上海古籍出版社 1978 年版，第 118 頁。

第四章　曹操在五言詩形成中的開創地位

　　如同前文所論，從漢魏詩人面對的詩體傳統來說，只有兩個：從《詩經》而來的四言詩傳統和從《楚辭》蛻化出來的騷體詩傳統。正統文化中的文人五言詩，從班固《詠史》作為開山之作始，到建安之前，還僅僅是歷史長河的一個瞬間———一種新興的詩歌體制的形成和流行，一定是經過漫長的歷史時期的準備，從萌生、醞釀到興起，兩漢文人五言詩，從班固到建安十六年興起，也還不過是一二百年之間的事情。七言詩從曹丕的《燕歌行》作為第一首完整意義上的七言詩，到鮑照的文人樂府詩使用七言的時代，再到初唐七言歌行的興起，則經歷了更為漫長的歷史時期。同時，一種成功的詩體形式在興起傳播之後，也必然會在非常漫長的時期內影響著、衣被著後代詩人，風騷之於兩漢詩如此，五言詩興起之後，一直到盛唐，還仍然主要是五言詩的時代，到了中晚唐，才真正的成為了七言詩的時代。以上所論，可以視為對前兩章的補充論述，其初步的結論為：1.文學的自覺，並非從兩漢時代開始，即便是秦嘉所在的桓靈時代，也仍然是經學嚴密統治的時代，文學的自覺，準確地說，應該是曹操之後的事情，是建安時代的產物；2.秦嘉三首五言詩，為對其夫婦往返書信的改寫，而這種改寫，也並無在秦嘉時代完成的可能；3.十九首和所謂蘇李詩，

是斷無在東漢時代產生的可能的。當然,這些也還僅僅是初步的論斷,還需要後文的繼續深入探討,以及本書完成之後的繼續探討。

在將兩漢詩歌傳統作出一個梳理之後,我們大抵能夠得出這樣的認知,兩漢時代的五言詩作,還僅僅是涓涓細流,將十九首、蘇李詩等有爭論的詩作抽出之後,兩漢詩壇的五言詩作真是寥若晨星了,而建安之後,卻是一個新的開始。這一飛躍性的變化,是從曹操開始的。

第一節　曹操的生平及其思想歷程

曹操(155～220)出生的時代,是東漢中後期的所謂末世,經歷了由東漢中後期的黨人時代到末世的戰亂時代,再到曹操為奠基的建安時代。曹操不僅僅是兩漢時代的重要終結者,同時,也是一個新時代的奠基者、開啟者,這個時代,不僅僅含有由兩漢大一統向三國分治的分裂時代這種政治、經濟、軍事等方面的內涵,更含有由兩漢儒家一統的經術時代向魏晉南北朝的反經術時代的嬗變。同時,在文學領域,也就開啟了完全不同於兩漢經術依附下的文學和文學思想的時代,這個新的文學時代,縱貫於魏晉南北朝,乃至於唐五代。直到宋代的文學,才在這個基礎之上開始了一個新的歷程。由此可以見出,曹操其人特殊的重要性。

如前所說,曹操是傳統儒家一統的解構者,也是一個新時代的開闢者、奠基者,曹操是怎麼樣實現的這種破壞和新建的使命?從其個人的歷史背景來看,又有何必然性?這些,都需要首先對他的人生經歷,特別是他的早期人生經歷進行一番研究。在曹操成為歷史意義上的曹操之前,這個時代的主要特點:1.宦官、外戚專權,皇權孱弱,而曹操的家族正在這一權力鬥爭的中心。2.發生黨錮之禍,延熹九年(166)第一次黨錮之患起。宦官誣告李膺養太學士,共為部黨,誹訕朝廷。桓帝怒,命郡國逮捕黨人,布告天下。李膺、杜密、范滂等二百多人下獄,此時曹操十四歲。建寧二年(169)十月,第二次黨錮之患起,李、杜等百餘人被殺,妻子皆徙邊,其死徙廢禁者六七百人。

此時曹操十七歲，可知黨人事件對於曹操影響至為深遠。3.公元 184
年，黃巾起義，何進被殺，董卓進京，拉開東漢末期動亂的序幕，從
此曹操開始正式進入歷史舞臺。

　　曹操生於桓帝（劉志）永壽元年（155）乙未，屬羊。曹操的父
親曹嵩，本是夏侯氏子，是宦官中常侍曹騰的螟蛉子（養子），靈帝時
官至大司農，最後，用錢買了一個太尉。曹操的這一出身，對於曹操
的破壞性的性格和思想具有一定的影響。因為，曹操出身於一個雖有
權勢，但卻為當時的士族清流所鄙視的家庭，他自己後來曾在《讓縣
自明本志令》說：「自以本非岩穴知名之士，恐為海內人之所見凡愚」，
反對他的人如陳琳的《為袁紹檄豫州》則直斥他是「贅閹遺醜，本
無令德」。〔註1〕曹操的祖父曹騰，在桓帝繼位的問題上，有著至關重
要的地位。曹騰，字季興，歷事安帝、順帝、沖帝、質帝與桓帝。順
帝繼位，為中常侍大長秋。大長秋，是太監總管，並對桓帝有擁立之
功，對於東漢中後期的歷史進程產生著直接的影響。從史書所記載的
情形來說，曹操的祖父曹騰，還是一個不錯的太監，「好進達賢能，終
無所毀傷。」所推薦的大臣，都是不錯的人選。但在質帝死後的立嗣
問題上，卻出於私心，勸說梁冀不立眾望所歸的劉蒜，而立了劉志，
這就是後來的桓帝。范曄《後漢書》卷七八《宦者傳》：「曹騰參建桓
之策……自曹騰說梁冀，竟立昏弱。」注：「謂立桓帝也。」曹騰在擁
立桓帝上居功至偉，被封為費亭侯。曹操就是在這種政治背景中出現
的。

　　曹操的思想歷程，也大致經歷了三個時期：

　　1. 黨人思想時期。此時期曹操力圖進入士大夫清流行列，成為
其出身的宦官階層的叛逆。曹操的青少年時代，從十二歲到十五歲之
間，在他形成世界觀的重要時期，是在兩次黨錮之禍中度過的，可以
說，黨人的思想氣節，對於青少年時代的曹操來說，影響至深。曹操

────────────

〔註1〕見〔南朝宋〕范曄撰《後漢書・袁紹本傳》，中華書局 1965 年版，第
　　　 2363 頁。

在 20 歲被舉為孝廉之前，有著積極向黨人靠近的一個過程。當時，黨人雖然慘遭殺害，但全國的輿論無不讚美黨人而污穢朝廷。少年曹操非常想背叛自己的家庭，成為黨人之一員，於是，他屢次向黨人靠攏，但是，黨人卻因為他的大宦官家庭背景，對他比較冷淡。如曹操曾想請交南陽宗世林，《世說新語》卷三《方正》第五，注引《楚國先賢傳》：「魏武弱冠，屢造其門，值賓客猥積，不能得言；乃伺承起往要之，捉手請交，承拒而不納。」喬玄對曹操非常賞識，給曹操出主意，讓他去結識許子將。那個時候，非常講究品鑒，而許子將這方面很有名氣，若有許子將的美言，曹操就能有機會施展其才華。曹操果然去找子將，子將對曹操的評價，是「子治世之能臣，亂世之奸雄。」〔註2〕《後漢書‧郭符許列傳第五十八》：「許劭字子將，汝南平輿人也。少峻名節，好人倫，多所賞識……故天下言拔士者，咸稱許、郭」「曹操微時，常卑辭厚禮，求為己目。劭鄙其人而不肯對，操乃伺隙脅劭，劭不得已，曰：『君清平之奸賊，亂世之英雄。』操乃大悅而去。」〔註3〕

　　漢靈帝熹平三年（174），曹操二十歲的時候，被舉為孝廉，並直接被任命為郎，授予洛陽北部尉的職務，推舉他作為北部尉的正是司馬懿的父親司馬防（建公）。當時，曹操希望能直接做洛陽令，這是曹操初出茅廬，年輕氣盛的表現，隨後，被推薦為洛陽北部尉，《武帝紀》：「年二十，舉孝廉為郎，除洛陽北部尉。」《武帝紀》建安二十一年注引《曹瞞傳》：「為尚書右丞司馬建公所舉。及公為王，召建公到鄴，與歡飲，謂建公曰：『孤今日可復作尉否？』建公曰：『昔舉大王時，適可作尉耳。』王大笑。」《曹瞞傳》：「造五色棒，縣門左右各十

〔註2〕 參見〔南朝宋〕劉義慶撰《世說新語》卷三《識鑒》第七注引《續漢書》曰：「初，魏武帝為諸生，未知名也，玄甚異之。」又《武帝紀》注引《世語》曰：「玄謂太祖曰：『子未有名，可交許子將。太祖乃造子將，子將納焉，由是知名。』」子將曰：「子治世之能臣，亂世之奸雄。」
〔註3〕 〔南朝宋〕范曄撰《後漢書‧郭符許列傳第五十八》，中華書局1965年版，第2234頁。

餘枚，有犯禁者，不避豪強，皆棒殺之。後數月，靈帝愛幸小黃門蹇碩叔父夜行，即殺之。京師斂跡，莫敢犯者。」〔註4〕後任頓丘令，徵拜議郎，曾上疏為黨人領袖陳蕃鳴冤，後任濟南相，所屬十餘縣，多阿附當權宦官，曹操奏免了其中的八個，因開罪於當朝宦官，而辭官還鄉。不久，又被徵入洛陽為典軍校尉，直到漢末亂起。顯示了曹操要廓清吏治、除殘去穢的政治理想和不凡的才幹魄力。

2. 統一北方時期。如果說，第一個時期，曹操其人屬於大漢政權的能臣幹將，其思想是在傳統的儒家範圍之內，第二個時期，曹操已經成為擁兵自重的地方割據的軍閥，其思想也已經開始為第三個時期的轉型奠定基礎。第二個時期，曹操還一半是奸雄，一半是賢臣，不僅僅是由於他還需要傳統的儒家思想來作為旗幟，就像他還需要挾天子以令諸侯一樣，他思想中叛逆的因素，還處於一種潛伏的、遮蔽的狀態，還有待於漸次的轉型和成熟的過程。中平元年（184年），黃巾軍起義，曹操參加征討，中平六年（189），漢靈帝死，何進被宦官十常侍所殺，董卓進京，天下大亂，初平元年（190），曹操參與討伐董卓的行動，擁有了自己的武裝，初平三年（192），收編了青州黃巾降卒，組成青州兵，從此實力大增。曹操之生平，有幾個重大的事件，具有里程碑式的地位，此為其一。建安元年（196年），迎接漢獻帝於洛陽，從此「挾天子以令諸侯」，具有了佔有中央朝廷的有利位置，此為其二。建安五年開始的官渡之戰，一舉戰勝強大的袁紹，至建安九年八月，攻克鄴城，此為其三。到建安十三年（208），荊州的劉表投降為止，曹操基本上建立了一個以北方的鄴城為中心的強大的曹魏政權。

3. 易代革命時期。這也是曹操思想的第三個時期，應該以建安十五年為標誌。易代革命，並非僅僅指改朝換代的行為，更為重要的是思想上對於經學思想的解構和新的通脫思想的建構。建安十五

〔註4〕〔晉〕陳壽撰〔宋〕裴松之注《三國志》卷一，中華書局1959年版，第3頁。

年，發生了兩件對於中國詩歌的演進，具體來說，對於五言詩的成熟具有重大意義的事件：其一，是曹操《求賢令》的頒布，《武帝本紀》：建安「十五年春，下令曰：『今天下得無有被褐懷玉而釣於渭濱者乎？又得無盜嫂受金而未遇無知者乎？……名揚仄陋，唯才是舉。』」〔註5〕這是對漢武之後儒家作為國家官方哲學的顛覆，為建安時代的思想解放和文學的自覺打開了大門，也為五言詩迥然不同於先秦兩漢的獨特思想內容和情調奠定了基礎。劉師培說：「迨及建安，漸尚通侻。侻則侈陳哀樂，通則漸藻玄思。」〔註6〕這也標誌曹操成為了真正意義上的曹操，一個傳統的顛覆者，一個新時代的奠基人。其二，建安十五年，曹操在鄴建成銅雀臺，標誌著清商樂和文人樂府詩創作的走向高潮，為五言詩的成熟準備了音樂條件和作者條件。《求賢令》的頒布，標誌了一個政治上的曹操，完成了他政治人生轉型的歷史使命；銅雀臺的建立，則標誌了一個文化藝術上的曹操，奠基了新的文學藝術時代。

第二節　漢音與魏響：曹操的詩史定位

前文論述了五言詩成立於建安時代，而十九首是「五言詩之冠冕」，是成立之後的五言詩，建安之前十九首沒有產生的條件。本章進一步論述：1.五言詩在曹操手中蛻變的軌跡；2.十九首是曹操之後的產物；3.曹操及其詩歌對整個建安詩歌的影響。

沈德潛《古詩源》說：「孟德詩猶是漢音，子桓以下，純乎魏響。」〔註7〕這就需要辨析一下何為「漢音」，何為「魏響」。以筆者所見，建安雖然是東漢的（最後一個）年號，從歷史的角度看仍然在兩漢之中，但就文學的演進來說，已經發生了一個巨大的變化，那就是

〔註5〕〔晉〕陳壽撰〔宋〕裴松之注《三國志·武帝紀》，中華書局1982年版，第32頁。
〔註6〕劉師培著《中古文學論著三種》，遼寧教育出版社1997年版，第5頁。
〔註7〕沈德潛《古詩源》，中華書局，1963年第一版，第103頁。

從先秦兩漢的時代，轉型為魏晉南北朝的新時代。因此，從某種意義上來說，「漢音」和「魏響」，也就意味著這兩個時代的不同，其不同主要表現在：

1.就詩體形式而言，先秦兩漢是四言詩為主體的雜言詩時代，魏晉南北朝是漸次走向格律的五言詩為主體的時代，經歷了奇言漸次取代偶言、整齊美漸次取代不整齊美的歷程；2.就表達方式而言，則經歷了抒情詩對於言志詩的取代，景物山水的描寫和意象式的表達方式對賦比興（風騷）和政治說教空泛議論（漢詩）方式的取代；3.就審美追求來說，經歷了緣情綺靡對於質木無文、辭達而已的取代；4.就「詩」與「歌」的關係、文人詩與樂府的關係而言，兩漢詩歌中的文人詩與樂府歌詩是涇渭分明的，建安魏晉時代，則出現大規模的文人傚仿樂府的擬樂府詩的寫作運動，文人詩常常是可以被之管絃的，五言詩也就在新興的清商樂中漸次獲得了成熟。

以上述的標準來衡量曹操的詩史地位，可以基本確認曹操是由「漢音」向「魏響」的過渡性人物，是「魏響」的第一個階段，如同黃侃《詩品講疏》所說：「魏武諸作，慷慨蒼涼，所以收束漢音，振發魏響。」從詩體形式而言，曹操仍然是四言為主，但也出現了四言向五言轉型的痕跡。就具體風格而言，許多學者論述了曹氏父子的不同，譬如敖陶孫在《詩評》中說：「魏武帝如幽燕老將，氣韻沉雄；曹子建如三河少年，風流自賞」；又如沈德潛《古詩源》說：「子桓詩有文士氣，一變乃父悲壯之習矣。要其便娟婉約，能移人情。」這些說法都不無正確的一面，但也有偏頗的一面。曹氏父子兄弟，其詩風各自不同，分別代表了建安詩歌的三個階段，但三曹和七子，又共同建構了建安詩風，曹氏兄弟和七子的詩歌，無不受到曹操詩歌潛移默化的浸潤。

曹操詩歌是「魏響」的第一階段，其特徵主要有：1.顯示了五言詩的早期形態，是一種擬樂府詩，五言詩還沒有從樂府歌詩中分離出來；2.顯示了從四言詩向五言詩過渡的痕跡，五言音步剛剛開始形成；

3.曹操詩歌也確實著重表達著一種政治家的襟懷，一種言志詩向抒情詩剛剛開始轉型的痕跡，記載時代、關注社會，以及抒發自我的雄心壯志是曹操詩歌的基本主題。

曹丕與七子是建安詩歌的第二個時期，其特點是：1.擬樂府詩得到了長足的發展，同時，也初步顯示了五言詩從樂府詩中分離的趨勢；2.進一步顯示了從四言詩、騷體詩向五言詩的轉型，從大約建安三年左右開始（以曹操寫作《薤露行》為標誌），到建安二十三年七子全部辭世，在這二十年時光裏，五言詩才真正走向成熟；3.曹丕與七子一方面繼承了曹操的悲壯詩風，書寫時代的苦難，但另一方面，進一步將詩歌的主題轉向遊宴、女性等題材，而這些題材正與清商樂的歌曲演唱性質息息相關，是曹操提倡清商樂和擬樂府詩之自然演進的結果，曹丕、七子的詩風也因此具有了「便娟婉約，能移人情」的特質，而這些特質，正是五言詩的基本特徵。

曹植代表了建安五言詩發展的第三階段，主要實現了幾個變化：1.變樂府詩為主而為文人五言詩為主；2.變抒發他者情感或者普泛化情感而為以抒發個人情感為主；3.在曹植中後期作品中，實現了變「繡黹錦繡」之作而為「沉著清老」之作的飛躍，變「為文造情」而為書寫苦難的飛躍，使五言詩成為文人抒發情感的新興載體，從而標誌了建安詩歌的第三個時期的到來，同時，也就標誌了五言詩體制的最後完成。

但是，這些僅僅是就三個階段之「異」角度的思考，若就三者之「同」來說，則三者共同構成了建安詩歌的基本特質，也就是說，四言詩向五言詩轉變的歷程在曹操詩歌中已得到清晰的呈現，而曹丕的「便娟婉約」乃至曹植「風流自賞」的特質，都早已在曹操「悲壯之習」的詩風中打下了伏筆。

第三節　清商樂的興起：五言詩成立的音樂條件

關於清商樂之緣起，傳統皆以為開始於北朝魏，或是更早一點，

斷在東晉，這種認識，主要根據是《魏書·樂志》中的一段材料：「初
高祖討淮漢，世宗定壽春，收其聲伎。江左所傳中原舊曲，明君、盛
主、公莫、白鳩之屬，及江南吳歌、荊楚四聲，總謂清商。」〔註8〕
由此認為清商樂起於北魏，這是對這段資料的誤讀，如《中國音樂詞
典》「清商樂」條下說：

> 東晉、南北朝間，承襲漢魏相和諸曲，吸收當代民間音
> 樂，發展而成的『俗樂』之總稱。簡稱清商，後改稱清樂。
> 《魏書·樂志》：「初，高祖（孝文帝元宏）討淮、漢（約497
> ～499），世宗（宣武帝元恪）定壽春，收其聲伎……江左所
> 傳中原舊曲……及江南吳歌、荊、楚西聲，總謂清商。」清
> 商樂中包含：一、中原舊曲，即東晉和宋、齊所存的相和諸
> 曲；二、在南方新興經濟發展的條件下，與東晉南邊所傳入
> 的中原文化結合的吳歌和西曲（不同於原始的吳歌、西曲）。
> 清商樂從此一方面在北方辭屠，一方面在南朝繼續發展。隋
> 平陳（589）後，「獲宋、齊舊樂，詔於太常置清商署」管理。
> 宋、齊舊樂，亦即《舊唐書·音樂志》所謂的「南朝舊樂」。
> 清商樂至煬帝時改稱清樂，此後成為隋唐燕樂的一部。〔註9〕

可以看出，將清樂的上限定在東晉、南北朝間，主要是根據《魏
書·樂志》的這一段記載。其實，這段資料中所說「總謂清商」，是此
前已有清商，是將清商連同清商之外的樂種統一使用「清商」之名的
意思。這也是中國音樂史發展歷程的特點之一，清商時代含有先王雅
樂，不等於沒有發生清商樂的興起，同此，燕樂中含有傳統的先王雅
樂和清商樂，也不等於沒有發生新興的燕樂興替。

從音樂史演進的歷程來說，清商樂並不等於就是漢代相和歌的延
續，而是建安之後曹氏父子所開創的新興音樂。這一點，古今音樂學
者已經多所論述。今之學者論述亦頗多，如認為：「長期以來大多數

〔註8〕〔北齊〕魏收撰《魏書·樂志》卷一百九，中華書局 1982 年版，第
　　　2843 頁。

〔註9〕中國藝術研究院音樂研究所編《中國音樂詞典》「清樂」條，人民音
　　　樂出版社 1984 年版，第 316 頁。

的音樂史論者都認為魏晉清商樂只不過是漢代相和歌的一般性延伸，相和歌用到平、清、瑟三調，即『相和三調』，相和歌的最高形式是由『豔—曲（解）—趨（或亂）』構成的相和大曲，故清商樂等於相和歌。之所以造成這種認識上偏差的重要原因之一，是由於南宋郭茂倩的《樂府詩集》在論述相和歌與清商樂時，經常將它們混為一談。」「前有『豔』，後有『趨』（或『亂』），融歌詩、器樂、舞蹈為一體的大曲，也只可能產生在曹魏銅雀臺建造、清商署建立之後，而不可能產生於漢代。」〔註10〕

作為清商樂的倡導者和奠基人，曹操將自己的文藝審美觀融入了清商樂和文人樂府詩之中，慷慨悲越成為清商樂和建安五言詩（包括文人樂府詩和文人五言詩）共同的審美特徵。曹氏父子漠視音樂為政治服務的教化功能，卻極為重視音樂的抒情作用，從孔子的以「思無邪」概括「詩三百」，到《毛詩序》的以「志之所之」概括詩歌的本質特徵，再到董仲舒的「樂其德」，都是將樂、詩視為政治教化的載體，因此，在情感表現方面，必然要提倡「樂而不淫，哀而不傷」的中和之美，反對強烈激蕩的情感表現，而曹氏父子則恰恰相反，倡導慷慨悲越之美。「慷慨」兩字，在三曹七子的作品中出現頻率極高，如曹植《文章序》中就有「雅好慷慨」之語，但「慷慨」之意並非後人理解的反映社會現實的剛健文風，而是指情感體現的「鮮明動人，強烈激蕩」，「尤其推崇悲傷怨苦之音，認為悲音最能撼動人心」〔註11〕十九首、蘇李詩和曹丕、曹植的詩，但凡提到樂曲，都是清商曲，都是慷慨悲越的，如十九首的「清商隨風發，中曲正徘徊」（《西北有高樓》），「被服羅裳衣，當戶理清曲」《東城高且長》），蘇李詩：「幸有絃歌曲，可以喻中懷。……欲展《清商曲》，念子不得歸」；曹植詩中涉及「清商」的：「悲歌歷響，咀嚼清商」

〔註10〕 劉明瀾《魏氏三祖的音樂觀與魏晉清商樂的藝術形式》，《中國音樂學》，1999 年第 4 期，第 72 頁。

〔註11〕 劉明瀾《魏氏三祖的音樂觀與魏晉清商樂的藝術形式》，《中國音樂學》，1999 年第 4 期，第 69～76 頁。

（《元會》），還有一些沒有指明是清商，但可以確認是清商的：十九首的「彈箏奮逸響，新聲妙入神」（《今日良宴會》），曹植《棄婦篇》：「慷慨有餘音，要妙悲且清」，等都應是指清商曲。這些，都應該是曹氏父子提倡清商樂之後的產物。

清商樂的開始時間，應該確定在曹魏三祖時期，是在南方「吳聲」「西曲」的基礎上，繼承了相和歌的傳統發展起來的。《南齊書》記載王僧虔的上表奏章：「今之清商，實由銅爵，三祖風流，遺音盈耳，京、洛相高，江左彌貴。」〔註12〕這是對清商樂始自於曹魏三祖的最為明確，也是最為準確的記載。魏徵等的《隋書》記載，關於清樂，乃是演唱曹魏三祖的舊曲古辭：「清商其始即清商三調是也，並漢來舊曲。樂器形制，並歌章古辭，與魏三祖所作者，皆被於史籍。」〔註13〕可知，從王僧虔到初唐時代，皆以為清商樂之於先工雅樂的替代，界分點在於曹魏三祖的建安時代。到王溥《唐會要》中，更是直接計算了清樂的來源，乃是「九代之遺聲」：「清樂，九代之遺聲，其始即清商三調是也，並漢氏以來舊曲。」〔註14〕所謂「九代之遺聲」，應是指漢、魏、晉、東晉、宋、齊、梁、陳、隋，由於一是文學史和音樂史上屬於新歷史時期的建安時代，在歷史上還屬於漢代；二是清商樂與兩漢樂府的相和歌辭中的清、平、瑟三調有著淵源關係，因此，清商樂的起始時間，杜佑上溯到了漢代，但從本質上來說，兩漢樂府的相和歌辭與銅雀臺之後的清商樂，並非一個系統中的音樂。正如以後隋唐之際發展起來的燕樂，被界說為隋唐時期宮廷俗樂的總和，清樂就其本質意義來說，可以視為兩漢之後、隋唐之前，也就是魏晉南北朝的宮廷俗樂。它的對立概念——如同燕樂的對立概念是雅樂一樣，清樂的對立概念也是雅樂。

〔註12〕〔南朝梁〕蕭子顯撰《南齊書・王僧虔》，中華書局 1982 年版，第594 頁。

〔註13〕〔唐〕魏徵等撰《隋書・音樂中》卷十四，中華書局 1982 年版，第377 頁。

〔註14〕〔宋〕王溥：《唐會要》，卷三十三，中華書局 2006 年版，第 712 頁。

　　清樂在這個時期與燕樂的關係是清樂主要是由相和歌清平三調
發展而來的本土俗樂，而燕樂，（指隋代初唐的燕樂）主要是外來民
族的音樂，清樂的發展線索主要是北方的曹魏政權，隨著東晉東渡來
到南方，清樂在南方與當地的吳聲西曲結合，成為新的江南清樂，北
魏時期高祖（孝文帝元宏）討淮、漢，世宗（元恪）定壽春，收其聲
伎，於是，把江左所傳中原舊曲及江南吳歌、荊楚西聲相融合，總謂
清商。同時，南方的清樂繼續發展，成就了梁、陳、隋的清樂曲子，
到隋代九部樂和初唐十部樂，清樂為其中的一種。於是，清樂併入到
燕樂的概念之中，成為燕樂體系的一個構成部分。

　　根據筆者的這個描述，也可以看出，清樂、燕樂原本有同源的一
面，它們原本都是與宮廷雅樂相對立的音樂品類，都是宮廷俗樂。清
商樂來自於漢樂府系統中相和歌辭的清、平、瑟三調，三調與清樂之
間具有共同的宮廷屬性，都是宮廷俗樂。《舊唐書・音樂志》說：「平
調、清調、瑟調，皆周《房中曲》之遺聲也。漢世謂之三調。」〔註15〕
同此，燕樂的最早說法，也是將房中曲稱之為燕樂，可知，清商樂與
燕樂，原本是同源同流的。宮廷俗樂是它們的共同屬性。

　　既然清商樂來自於漢樂府相和歌辭的三調，那麼，又為何說曹魏
三祖的清商樂，開始了中國音樂史的一個新階段呢？因為，任何一種
新生事物總是誕生在舊事物的機體之內，但這並不等於它仍然是舊事
物的延續。清商樂雖然與相和歌辭共同有三調的相同點，但清商樂卻
無疑是中國音樂史上的第一次大變革。

　　曹操何時開始創制清商樂？王僧虔認為是「實由銅爵」，這是虛
指還是實情，需要考索。《晉書・樂志》上記載：「漢自東京大亂，絕
無金石之樂，樂章亡缺，不可復知。及魏武平荊州，獲漢雅樂郎河南
杜夔，能識舊法，以為軍謀祭酒，使創定雅樂。時又有散騎侍郎鄧靜、
尹商善訓雅樂，歌師尹胡能歌宗廟郊祀之曲，舞師馮肅、服養曉知先

〔註15〕〔後晉〕劉昫等撰《舊唐書・音樂志》，中華書局 1982 年版，第 1063
　　　　頁。

代諸舞，夔悉總領之。遠詳經籍，近採故事，考會古樂，始設軒懸鐘磬。而黃初中柴玉、左延年之徒，復以新聲被寵，改其聲韻。」〔註16〕這段資料非常精要地記述了曹魏政權音樂建制的過程。魏武平荊州，乃是建安十三年，也就是說，自東京之亂，到建安十三年之前的這個時期，處於「絕無金石之樂，樂章亡缺，不可復知」的狀態，此時，曹操也還沒有精力，沒有能力來創制自己政權下的宮廷音樂，一直到建安十三年平荊州得到了精通雅樂的杜夔等人，這才開始了曹魏政權的音樂創制。杜夔等「能識舊法」，因此，他們首要的使命也必然是「創定雅樂」，但由於杜夔等人又「曉先代諸舞」，隨著曹操《求賢令》的頒布和通脫思想的解放，追求娛樂的清商樂開始漸次流行，也就在情理之中。隨後，柴玉、左延年之徒，「復以新聲被寵」，這「新聲」，就是新興的清商樂了。

　　清商樂府與相和歌辭的不同，概括來說：1.首先是音樂消費的形式不同。漢樂府也括相和歌，在進入宮廷樂府之後，都還屬於一種宮廷禮儀性質的音樂，它的音樂結構，不論是樂曲、舞蹈還是歌詩，都成為了一種僵死的存在，所以，兩漢樂府詩，我們可以看到，雖然經歷了四百餘年的時光，作品的數量卻不多，而曹魏政權雖然幾十年時光，卻有很多的樂府歌詩傳世。2.消費性質和創作的性質不同，主要體現在，兩漢樂府是樂府中的樂工負責採集和演奏，而曹魏政權的遊宴者，即二曹六子等人，卻不再僅僅是觀賞者，而是由觀賞者直接變成為了歌詞的創作者，甚至會參與到歌舞的演唱之中，這是由於曹操、曹丕、曹叡三代的通脫觀念，直接影響了宮廷音樂歌唱生活的觀念。3.清商樂由此出發，不僅僅是數量大增，而且，由於參與者都是文人、詩人，因此，歌詞的寫作質量也得到了空前的提高。順便說及，曹丕在成為魏文帝之後所作的《燕歌行》，已經是清商樂的音樂系統中的歌詞，以往論者由於各種原因，才混淆了相和歌辭和清商樂歌辭的性質。

[註16]　〔唐〕房玄齡等撰《晉書·樂志》，中華書局 1959 年版，第 679 頁。

　　清商樂的產生，首先是建安思想領域通脫解放的結果。建安十五年，發生了兩件對中國思想史、文學史、音樂史的演進具有重大意義的事件：其一，是曹操《求賢令》的頒布，《武帝本紀》載：建安「十五年春，下令曰：『今天下得無有被褐懷玉而釣於渭濱者乎？又得無盜嫂受金而未遇無知者乎？……名揚仄陋，唯才是舉。』」〔註 17〕這是對漢武之後儒家作為國家官方哲學的顛覆，為建安時代的思想解放和文學的自覺打開了大門，也為五言詩迥然不同於先秦兩漢的獨特思想內容和情調奠定了基礎。劉師培說：「迨及建安，漸尚通侻。侻則侈陳哀樂，通則漸藻玄思。」〔註 18〕這也標誌著曹操，成為了真正意義上的曹操，一個傳統的顛覆者，一個新時代的奠基人。其二，建安十五年，曹操在鄴建成銅雀臺，標誌著清商樂和文人樂府詩創作的走向高潮，為五言詩的成立準備了音樂條件和作者條件。《求賢令》的頒布，標誌一個政治上的曹操，完成了他政治人生轉型的歷史使命；銅雀臺的建立，則標誌一個文化藝術上的曹操，奠基了新的文學藝術時代。

　　通常所說曹操的易代革命，並非僅僅是指改朝換代的行為，更為重要的，是他在思想上對經學思想的解構和新的通脫思想的建構，清商樂的興起，正是這種新的文藝思想的產物。其次，清商樂是遊宴活動的結果。在建安十五年發生曹操發布《求賢令》和銅雀臺建成兩大事件之後，建安十六年，曹丕被任命為五官中郎將，徐幹、劉楨等被任命為文學侍從，由於文學侍從具有專職文學寫作的性質，於是，以曹丕為中心的遊宴活動在建安十六年興起。由於遊宴活動的需要，清商樂在遊宴活動中空前興盛，為新興清商樂填寫歌詞也就成為了新的文人時尚。

　　清商樂對先秦兩漢雅樂的革新，反映到詩歌領域中，就是五言詩的興起和建安文學的自覺。從漢魏之際五言詩作的實際情形來說，主

〔註 17〕〔晉〕陳壽撰〔宋〕裴松之注《三國志‧武帝紀》，中華書局 1982 年版，第 32 頁。
〔註 18〕劉師培著《中古文學論著三種》，遼寧教育出版社 1997 年版，第 5 頁。

要有兩大變化：一是數量之變，建安之前的文人五言詩，尚屬偶然零星之作，建安時期始出現大量文人五言詩；二是質量之變，或說是寫法之變，兩漢之作，囿於言志之詩學觀念，故多空泛議論之作，後來所漸次形成的眼前景、身邊事的情景交融式的寫法，實際上開始於建安詩壇。這一轉型，與曹氏父子倡導並參與的清商樂樂府歌詩寫作關係密切。蓋文人樂府詩雖然為文人所作，但畢竟是與通俗文藝的結合，其樂府的終極性質，制約著其歌詩要有感人的審美效果，而要感人，就不可以空泛議論，而要有具體的場景，語言要具有通俗性、演唱性。曹操的作品皆為樂府歌詩，曹丕和建安七子（孔融早死除外）的五言詩也多為清商樂歌詩，這些作品多為遊宴的產物，其中如干粲的前期詩作，多用生僻字、虛字，晦澀難懂，篇幅皆長，大段議論，似論說之散文，至建安中期之後的樂府詩，一變而為情景交融之作，生僻字也就極少使用了，正可以看出音樂消費變革，也就是清商樂對兩漢樂府詩的替代，帶來了五言詩的詩體革命。因此，也可以說，曹操所倡導的清商樂和大力寫作的文人樂府詩，正是抒情五言詩成立的搖籃。

第四節　曹操詩歌的轉型軌跡

曹操的詩作，可以視為漢音的收束者，同時也是「魏響」的第一個階段。

曹操可以說是中國詩歌史上，除屈原之外，有意寫詩的第一位大詩人（其詩作現存二十餘首，單就數量來說，也是屈原之後的第一人）。其詩歌成就雖然不能與屈原比肩，但其具體影響，卻不能小視。兩漢時期，才華橫溢的士人如此之多，卻鮮有寫詩者，說明華夏之詩歌時代尚未到來，也說明屈原現象的個案性、特殊性。曹操以相王之尊，雅愛詩章，傳導於曹丕、曹植兄弟，並將當時的文學俊傑劉楨、徐幹等任命為丕、植的文學侍從，文人寫詩，遂為風氣。至正始阮籍等，傳承建安風尚，以詩為酒，消解胸中鬱悶之塊壘，「嵇志清峻，阮旨遙深」，再至太康「張潘左陸，比肩詩衢」（《文心雕龍·明詩》語），於

是，陶淵明以田園入詩，謝靈運以山水入詩，從此，詩歌才成為了文人、士大夫不可或缺的文化載體，華夏民族從此才真正地走向了詩的國度。以此觀之，曹操之詩史地位，不僅標誌了漢音魏響的轉型，也標誌了華夏文化之由經學大賦時代向詩歌時代的轉型。

曹操的詩作，主要是以四言為基礎的雜言。五言詩約為全部作品的三分之一：「曹操今存詩歌，計得二十二首，包括作者有疑問的三首……其中四言、五言、雜言大約各占三分之一。」〔註19〕其中一個有趣的現象，是在同一曲調中分別使用四言和五言。如《善哉行》原有古詞，「來日大難，口燥脣乾」，說明原本是四言，但所收曹操、曹丕的《善哉行》，皆為四言、五言兼有，曹操四言如「古公亶甫，積德垂仁」，五言如「自惜身薄祜」；曹丕的《善哉行》四言為「上山采薇」，五言有「朝日樂相樂」。這一切，都顯示了中國詩歌之由四言向五言過渡的痕跡。由此看來，中國詩歌自《詩經》以來四言代表的偶言歷程，至此剛剛作結。以五言詩為起點的奇言歷程，雖然自以詩的起點《詩經》時代就有，但還僅僅是巧合的五字詩，真正實現了五言詩成立的詩人，是建安七子以及曹丕、曹植兄弟。

在曹操現存的幾首五言詩作之中，也顯示了由四言詩向五言詩寫作方式的轉型痕跡。曹操最早的五言樂府詩是《薤露行》：「惟漢二十世，所任誠不良。沐猴而冠帶，知小而謀強。猶豫不敢斷，因狩執君王。白虹為貫日，己亦先受殃。賊臣執國柄，殺主滅宇京。蕩覆帝基業，宗廟以燔喪。播越西遷移，號泣而且行。瞻彼洛城郭，微子為哀傷。」此詩所記錄的歷史事件主要是建安之前的中平六年（189）：「賊臣執國柄，殺主滅宇京」和初平元年（190）：「播越西遷移，號泣而且行」董卓強迫百姓遷徙入關並焚燒洛陽的歷史事件。故此詩應該是建安之前，至多是不超過建安二年的作品，與前文所析的趙壹、蔡文姬等人的五言詩寫法相似。此詩在形式上雖然是曹操第一首五言詩，但在內在表達方式上，仍然屬於四言言志詩的範疇，是使用四言詩的寫

〔註19〕 徐公持著《魏晉文學史》，人民文學出版社 1999 年版，第 31 頁。

作方式加上一個虛字來湊夠五言的，並且不是五言抒情詩，而是記載歷史的散文詩。這說明曹操在建安之前或者建安三年之前還不太適應五言詩的寫作，若把此詩的虛字或者可有可無的贅字去掉，則可成為：「漢二十世，所任不良。沐猴冠帶，知小謀強。猶豫不斷，狩執君王。白虹貫日，己先受殃。賊執國柄，殺主滅京。蕩覆帝業，宗廟燔喪。播越西遷，號泣且行。瞻洛城郭，微子哀傷」也完全可以成立。其中有的句式，甚至是一句使用兩個虛字，只有三個實字，如「號泣而且行」，充分說明曹操在建安元年前後，還沒有可借鑒的五言詩。曹操個人的文學才華是勿庸置疑的，之所以在寫作第一首五言詩的時候如此四言詩化，只能說明他沒有讀到過譬如十九首、蘇李詩、班婕妤《怨詩》等所謂的「古詩」，因此，他沒有可以借鑒的五言詩的音步節奏和五言詩的抒情寫法。

　　寫於建安三年的《蒿里行》〔註20〕，才是真正意義上的五言詩：「關東有義士，興兵討群凶。初期會盟津，乃心在咸陽。軍合力不齊，躊躇而雁行。勢利使人爭，嗣還自相戕。淮南弟稱號，刻璽於北方。鎧甲生蟣虱，萬姓以死亡。白骨露於野，千里無雞鳴。生民百遺一，念之斷人腸。」此詩特點：1.敘述到建安二年袁術在淮南稱帝號之事，比上首詩的歷史記錄晚，因此，《三曹年譜》標為建安三年是大體可信的，但也許會更晚一些，因為詩人的寫作不一定就記錄當時發生的事件，有時候是回憶而作，但此詩確實應該是曹操的第二首五言詩。2.此詩仍然有言志詩歷史實錄的痕跡，但由前首的空洞議論而轉向具體描述，譬如描寫初平元年盟軍討伐董卓的「軍合力不齊」的狀態是「躊躇而雁行」，描寫戰亂的災難是「鎧甲生蟣虱，萬姓以死亡，白骨露於野，千里無雞鳴」，具有了概括性場景的特徵，因此，成為了名句。在客觀記錄史實的同時，也傳達出了詩人自我情感的悲哀：「生民百遺一，念之斷人腸」。3.此首五言詩的駕馭能力，較之前首，也有了明顯的提高，虛字減少，五言音步在多數句子中得到實現。因此，

────────────

〔註20〕　張可禮編著《三曹年譜》，齊魯書社 1983 年版，第 71 頁。

　　我們可以將曹操的這首詩作為標誌，標誌建安五言詩寫作開始了它的第一個階段。

　　再看曹操的第三首五言詩作《苦寒行》：「北上太行山，艱哉何巍巍。羊腸坂詰屈，車輪為之摧。樹木何蕭瑟，北風聲正悲。熊羆對我蹲，虎豹夾路啼。谿谷少人民，雪落何霏霏。延頸長歎息，遠行多所懷。我心何怫鬱，思欲一東歸。水深橋樑絕，中路正徘徊。迷惑失故路，薄暮無宿栖。行行日已遠，人馬同時饑。擔囊行取薪，斧冰持作糜。悲彼東山詩，悠悠使我哀。」此詩特點：

　　1.詩中所記載的史實是建安十一年征討高干時所作，明顯的是寫作於前兩首詩作之後，而其駕馭五言詩的熟練程度，也明顯發生了飛躍；2.詩中明顯出現由前文的客觀記錄歷史。而轉向了主體抒情的新的視角，其中景色的摹寫，如「艱哉何巍巍」「樹木何蕭瑟」「雪落何霏霏」等，都有著明顯的由主體感受觸發來摹寫客觀景物的色彩，這種句式，成為了建安詩體最為流行的句式。其他如「我心何怫鬱，思欲一東歸。水深橋樑絕，中路正徘徊」等，更是主體視角的直接抒發；3.開始有意象式的景物描寫，奠基五言詩的「窮情寫物」的特點，如「熊羆對我蹲，虎豹夾路啼」，「水深橋樑絕，中路正徘徊」「擔囊行取薪，斧冰持作糜」等，對比前文所舉第一首的空洞議論，可以看到五言詩寫作技巧在曹操手中漸次成立的痕跡；4.五言詩的音步趨向成熟，不再依靠虛字作為襯字來維持，而是五個字各司其職，各有作用。

　　如果以這些詩作來比照曹操最早的詩，就能更清晰地看到曹操詩的演進歷程。《三曹年譜》記載曹操的第一首詩作，寫於中平元年（184）的《對酒》：「對酒歌，太平時，吏不呼門，王者賢且明，宰相股肱皆忠良，咸禮讓，民無所爭訟。……爵公侯伯子男，咸愛其民。……犯禮法，輕重隨其刑，路無拾遺之私，囹圄空虛，冬節不斷人，耄耋皆得以壽終，恩澤廣及草木昆蟲。」這不僅是完全的雜言詩，而且是言志詩的表達方式，五言詩「窮情寫物」特徵，在曹操這首詩中則既

沒有「情」，也沒有「物」，僅僅是抽象表達的「志」，因此，也就沒有五言詩的「滋味」。此詩的特點：

1. 全詩的主題是歌詠極為傳統的老子參雜孔孟式的政治理想。曹操在《讓縣自明本志令》中回憶自己年輕的時候「欲為一郡守，好作政教以建立名譽」《年譜》說曹操任濟南相時，「政教大行，一郡清平。」〔註21〕這與後來頒發「盜嫂受金」求賢令的曹操，簡直判若兩人。這不僅僅是曹操個人生命歷程的巨變，而且是一個時代的變化。正如曹操的詩作由散文體詩向抒情四言詩、五言詩的轉型一樣，都不是個人的行為，而是分別折射了歷史的和詩史的轉變。換句話說，在公元 184 年左右的時代，優秀的士人還奮鬥在「好作政教以建立名譽」的仕途上，沒有人能預見建安時代的那些「大逆不道」的話語和生活方式，譬如十九首中的「先據要路津」的政治功利，和「空床難獨守」的生理宣洩，都是建安之前士人可想（甚至想也不敢想）而不可說、可感而難以言的主題。曹操是時代的開風氣之先者，他尚且如此，他人如孔融，如劉備等，都是終生生活在正統名教的窠臼中。劉師培所說的「迨及建安，漸尚通脫」，想說什麼就說什麼了，思想從儒家的禁錮中大解放，十九首所表達出來的思想情調，顯然是在這個範圍之內。

2. 就藝術形式來說，全詩是雜言體，如同散文，沒有詩歌的韻律之美；全詩就表現形式來說，皆為政治說教，空洞乏味。那麼，是什麼原因使曹操寫出水準如此之低的詩作來呢？或許可以歸結為是由於曹操年輕，而且是第一次寫詩，這個理由是完全無理的。曹操寫作此詩時年齡為三十歲，曹丕兄弟等人，都是不足三十歲便有優秀詩作。那麼，是否是曹操缺乏寫詩的才質？從後來曹操的詩作來看，曹操是個了不起的大詩人，可以說是開了建安一代的詩風。那麼，又是什麼原因使詩人曹操大器晚成，而曹植等人則相反，是天才早熟呢？這不是個人的原因，而是中國的詩歌在建安中期漸次開始進入覺醒的時代

〔註21〕張可禮編著《三曹年譜》，齊魯書社 1983 年版，第 31 頁。

這一大背景所決定的。七子和曹氏兄弟，幾乎都是從這個時間開始大量寫作，於是，年齡小的顯示了早熟，如曹植比曹丕詩歌寫作年齡早五歲左右。這是時代的制約，是任何個人都無力抗拒的。因此，曹操在中平時代寫作的雜言散文詩，是十分正常的。它說明了兩漢詩歌整體的水平就是這樣質木無文的，並且仍在言志而非抒情，「辭達而已」，而非「緣情」「欲麗」的詩歌觀念中。

曹操五言詩雖然數量不多，但卻極為重要：1.曹操是最早的真正意義上的五言詩作者，是四言向五言過渡的代表人物。中國詩歌自《詩經》以來形成的以四言為代表的偶言歷程，至此剛剛作結。五言詩為起點的奇言歷程，雖然自其起點《詩經》時代就有，但還僅僅是巧合的五字詩，秦嘉時代的五言詩，即便是真實存在的話，也還僅僅是五言形成漫長歷程中的一個局部的突破，更何況其為偽作。曹操五言詩表現了五言詩走向成立的歷程。2.曹操五言詩顯示了由言志向抒情轉型的痕跡，並成為後來山水詩、意象寫法的先驅者。3.曹操五言詩的表達方式、句式方式，都對建安詩壇產生了極為重要的奠基作用。

第五節　曹操詩歌的影響

曹操其人其作，對五言詩的興起和成立，有著極為重要的影響。從上文所引沈德潛所論，曹操與曹丕、曹植之不同，在於「悲壯之習」與「便娟婉約」的不同，近似於詞體的「豪放」和「婉約」的不同。但沈德潛未能看到，曹操詩歌對悲哀之美的審美追求，正是曹丕及整個建安時代的審美特徵，只不過，曹丕七子之後，漸次揚棄了曹操的壯麗之美，而發揚光大曹操的悲越之美。從慷慨悲越的情調，到具體的句式寫法，曹氏兄弟和七子，以及創作時間不明（實際上產生於曹操之後）的古詩十九首、蘇李詩等，其實都在受著曹操詩作的影響。對曹操詩歌的模仿，處處可見。

如曹操《蒿里行》的名句：「白骨露於野，千里無雞鳴」，王粲則有「出門無所見，白骨蔽平原」（《七哀詩》），王粲的《七哀詩》描寫

的是建安之前的事情，寫作的時間卻是在建安之後，曹丕「喪亂悠悠過紀，白骨縱橫萬里」（《令詩》），曹植的「中野何蕭條，千里無人煙」（《送應氏二首》其一），傳為蘇李詩的「遠望正蕭條，百里無人聲」等，由此可以見出，曹操詩風之豪放壯麗的一面，在建安詩壇也是有所承傳的。

　　曹操的詩歌開始寫出那種悲越纏綿之美，只不過曹操的慷慨悲越，伴隨著真實歷史場景、歷史畫卷的摹寫，伴隨著某種言志的情，某種壯麗的氣勢。而曹氏兄弟和七子以及十九首等，將這種悲越纏綿的情感，附麗在游宴、女性及自我情懷的抒發等主題上。曹操詩如：「水深橋樑絕，中路正徘徊」「躊躇而雁行」（《苦寒行》），這一「徘徊」「躊躇」句式，就深受建安詩壇的寵愛，摹寫者不絕如縷，如王粲「徘徊不能去，佇立望爾形」（《雜詩》），曹丕「輾轉不能寐，披衣起彷徨。彷徨忽已久，白露沾我裳」（《雜詩二首》其一），繁欽「寒泉浸我根，淒風常徘徊」（《詠蕙詩》），曹植「車輪為徘徊，四馬躊躇鳴」（《聖皇篇》），蘇李詩：「黃鵠一遠別，千里顧徘徊」（《黃鵠一遠別》）。曹操的「慨當以慷」（《短歌行》），其中「慷慨」二字，曹氏兄弟及七子都模仿甚多，以致成為建安時代的特色，如劉楨「慷慨詠墳經」（《詩》），曹丕：「餘音赴迅節，慷慨時激揚」（《於譙作詩》），曹植：「慷慨有餘音，要妙悲且清」（《棄婦篇》）、「慷慨有悲心」（《贈徐幹》）、「秦箏何慷慨，齊瑟和且柔」（《箜篌引》）都是同樣句式，十九首《西北有高樓》「一彈再三歎，慷慨有餘哀」，蘇李詩「絲竹厲清聲，慷慨有餘哀」，也都是類似的句式。再如建安詩人喜愛使用的「一何」或者「何」這一句式，以加強情感的慷慨激越的抒情性，這也是首先從曹操處來的，曹操詩：「天地何長久，人道居之短」（《秋胡行》）、「北上太行山，艱哉何巍巍」「樹木何蕭瑟，北風聲正悲」（《苦寒行》），劉楨：「輕葉隨風轉，飛鳥何翻翻」（《贈徐幹詩》），曹丕：「釣竿何珊珊」（《釣竿行》），曹植：「四海一何局，九州安所如？」（《仙人篇》），十九首《西北有高樓》則有：「上有絃歌聲，音響一何悲」，蘇李詩也有：

「請為《游子吟》，泠泠一何悲」（《黃鵠一遠別》）等。在曹操悲壯之美的影響下，建安詩歌一時之間悲歌競發，悲哀詩句，絡繹奔會：曹丕：「悲弦激新聲，長笛吐清氣」（《善哉行》），「飛鳥翻翔舞，悲鳴集北林。樂極哀情來，寥亮摧肝心」（同前），「草蟲鳴何悲，孤雁獨南翔。鬱鬱多悲思，綿綿思故鄉。」（《雜詩二首》其二）於是，建安詩人開始大量採用悲哀淒清的意象入詩，王粲：「蟋蟀夾岸鳴，孤鳥翩翩飛。征夫心多懷，悽悽令吾悲」（《從軍詩五首》其三），「四望無煙火，但見林與丘。……日夕涼風發，翩翩漂吾舟。寒蟬在樹鳴，鶗鴃摩天遊」（《從軍詩五首》其五）不勝枚舉，真可以說是曹操一人唱來萬人隨。

建安詩歌自曹丕、七子之後，對曹操的詩歌句型進行模仿這一現象是非常普遍的。再如曹操的「行行日已遠，人馬同時饑」（《苦寒行》），到曹丕有：「行行遊且獵，且獵路南隅」（《詩》）「吹我東南行，行行至吳會」（《雜詩》其二），曹植也有：「行行將復行，去去適西秦。」（《門有萬里客》），十九首的《行行重行行》，首句「行行重行行」，與以上的句式相似。曹植才學極高，化用詩句出神入化，不著痕跡。而化用前人詩句這種寫作方法，首先是曹操開的風氣——曹操的《短歌行》，其中有大段的對《詩經》中詩句的化用，由於建安十六年之後，遊宴詩和女性題材興起，建安詩人具有群體作詩的集團性質，互相贈酬詩作往來才開始漸次形成風尚，從而促進了詩人們之間相互模仿、相互化用的風尚。

綜上所述，曹操詩歌中明顯地呈現出由四言詩向五言詩轉型的痕跡，在曹操早期五言詩中，明顯地依靠使用虛字來湊夠五言，是以四言詩的寫法來寫五言，也呈現出由言志而轉向抒情，特別是抒發悲情的痕跡，從而為建安詩歌的第二個階段奠定了基礎。同時，在曹丕之後才出現的女性題材，在曹操詩歌中一首沒有，所有這些，都說明，不是曹操不寫女性題材，也不是曹操偏愛四言詩和言志的寫法，而是在曹操這一時期，還沒有可資曹操借鑒的這種五言詩，說明曹操沒有

見到過十九首和蘇李詩以及班婕妤《怨詩》等五言詩作。順便提及，建安時代對建安之前的詩人和作品，無不被提及，唯獨十九首、蘇李詩等「古詩」未被任何人提及，特別是曹丕、曹植都是著名的批評家。不僅從五言詩的形成歷程中來看，十九首不是建安曹操之前的作品，而且，從其表現出的思想情調，藝術手法等也是建安時代的產物。關於這一點，筆者將在後文中進行進一步的探討。

第五章　王粲的五言詩寫作

第一節　略說七子的詩史地位

「七子」並稱，是一個值得思考玩味的問題。建安時期文人眾多，人才輩出，為何只有七子脫穎而出，成為這個時代五言詩寫作的佼佼者和開創者？明白了這個問題，才能真正明白七子在文學史上的開拓性地位，也才能明白五言詩的成立與七子之間的關係。

七子中孔融比曹操大兩歲，死於建安十二年，阮瑀死於建安十七年，其餘多在建安二十二年左右的大瘟疫中喪生，徐幹最後死去，在二十三年。六子作為曹丕兄弟的文學侍從，開始於建安十六年左右，曹丕被任命為五官中郎將，徐幹為五官將文學，十九年改為臨淄侯文學，劉楨為五官將文學，應瑒為平原侯庶子等，專職進行文學寫作。

建安七子，雖然並稱，其實其寫作時間並不完全相同，大抵可以分成三類：其一，孔融單為一類，因其死於建安十三年，並沒有參與到建安十六年之後的五言詩寫作，是故，孔融只會寫作空泛的言志詩，屬於「漢音」的範疇之內，尚不具備「魏響」的質素。其二，王粲為代表的第二類，建安十六年之前，王粲就有不少的詩歌作品問世，但基本上屬於四言詩作，在性質上屬於言志範疇之內。但王粲同時參與建安十六年之後的五言詩寫作，並且是其中的主將之一，屬於縱跨

「漢音」與「魏響」兩個詩歌時代的詩人，此為第二類。其三，七子中的另外五人，基本上在建安十六年之前只有文名而沒有詩作，他們基本上屬於建安十六年在擔任文學侍從之後的五言詩人。

與七子不同，三曹的詩歌寫作時間跨度較長，曹操從建安之前一直到建安中後期，都有詩作，但其主要寫作時間是從建安初期到中期；曹丕在建安十六年之前，偶有四言詩寫作，主要創作活動是建安十六年之後的五言詩寫作，與王粲略同，但其詩歌寫作的生命略晚於王粲結束；曹植的詩歌寫作大抵從建安十六年開始，一直到太和六年生命結束。

七子在五言詩的形成中具有重要的地位。如王粲存詩十九首，其中四言詩四首，五言詩十五首；陳琳存詩八首，皆為五言詩；劉楨存詩二十首，皆為五言詩；徐幹存詩九首，皆為五言詩；阮瑀存詩十二首，皆為五言詩；應瑒存詩六首，四言一首，五言五首；繁欽存詩六首，四言一首，五言五首；曹丕四十三首，其中四言九首，六言四首，雜言七首，七言二首，五言二十一首；〔註1〕曹植更是五言詩的集大成者，現存五言詩二十九首，五言樂府詩二十九首，共計五十餘首五言詩。〔註2〕當時出現了詩人眾多、作品繁盛，特別是五言詩數量比例躍居第一的局面。如同曹植《與楊德祖書》所說：「人人自謂握靈蛇之珠，家家自謂抱荊山之玉。」〔註3〕其中王粲的地位最高，官至曹操的侍中和丞相掾，王粲的文學地位也最高，被稱為「七子之冠冕」。

「七子」之稱，始見於曹丕《典論·論文》：「今之文人，魯國孔融文舉、廣陵陳琳孔璋、山陽王粲仲宣、北海徐幹偉長、陳留阮瑀元瑜、汝南應瑒德璉、東平劉楨公幹，斯七子者，於學無所遺，於辭無所假，咸以自騁驥騄於千里，仰齊足而並馳。」〔註4〕胡應麟說：「文

〔註1〕以上統計均以逯欽立輯校《先秦漢魏晉南北朝詩》中華書局版為準。
〔註2〕以上統計以黃節注《曹子建詩注》，人民文學出版社1957年版為準。
〔註3〕趙幼文校注《曹植集校注》，人民文學出版社1984年版，第153頁。
〔註4〕《魏晉南北朝文學史參考資料》，中華書局1962年版，第46頁。

舉自是漢臣，與王、劉年輩迥絕，列之鄴下，其義未安。」〔註5〕這
是正確的，七子之稱，實應為六子。曹丕將此七子置放一處，本無過
錯，因孔融在當時名氣也很大，但究竟其實，孔融與王粲、劉楨等人，
並非同一類群之詩人。不僅僅是由於孔融比曹操大兩歲，死於建安十
三年，更為重要的，是孔融並未能真正參加為七子帶來巨大聲譽的建
安詩歌的寫作活動。譬如七子中的另一位詩人阮瑀，死於建安十七年，
僅僅比孔融晚死四年，但阮瑀的詩歌，就是名副其實的七子之魏響，
而孔融早死四年，就還在漢音之內。同此，七子中的另外五位詩人，
也都死於建安二十二年左右的大瘟疫，比起孔融來說，也不過是晚死
不足十年的時間。一切都說明，時間發生在建安十六年，這是一個重
要的時間窗口，中國詩歌史和中國文學史，在這個時間點上，發生了
一次飛躍。可以借用當代的一句名言，建安十六年，二曹六子的一小
步，中國詩歌史的一大步，從這個時間點開始，五言詩開始走向成立，
中國詩歌史從真正意義上來說，才開始進入自覺的時代。

　　以上，我們是從時間上來看，再從空間的角度來思考，這個時間
點，或說是更為寬泛一些的時代意義來看，建安三曹六子，僅僅是曹
魏政權的一個孤明先發的詩人集團，也就是說，除了三曹六子之外，
其他的文人都沒有學會這樣的詩歌寫作方法。三曹六子的五言詩，就
其寫作題材而言，先後有山水詩、遊宴詩、女性題材詩等，就其寫作
方式而言，乃是鍾嶸所說的「窮情寫物」和王夫之所說的「一詩止於
一時一事」，是一種具體而抒情的五言詩。這種五言詩，在整個三國
時期，只有曹魏有三曹六子會寫，吳蜀兩國，均無人問津。

　　中國文化先在北方發展，是故南人時五言詩寫作，接受得非常晚。
此前，除了在先秦時代出現了屈原這樣的大詩人之外，兩漢、三國期
間，直到陸機才進入北方學習了建安五言詩的寫作方法，在此之前南
人似乎還沒有寫詩的傳統，或說是習慣。從逯欽立所編《先秦漢魏晉

〔註5〕〔明〕胡應麟撰《詩藪》外編卷一，上海古籍出版社 1958 年版，第
　　　 139 頁。

南北朝詩》來看，三國時期建安除了三曹七子之外，還有繁欽、吳質、邯鄲淳等許多人會寫詩。稍後一些，有曹彪、應璩、何晏，再往後則有竹林七賢，一直傳承到西晉。

逯欽立的《先秦漢魏晉南北朝詩》，為當時南方詩人做了附錄，〔註6〕主要有薛綜《嘲蜀使張豐》：「有犬為獨。無犬為蜀」，張純《賦席》：「席為冬設」，還有朱異的《賦弩》等，都是四言詩。一直到陸機由吳入晉的時代，才見到周處有《詩》一首「去去世事已」四句傳世，鄒湛《遊仙詩》四句，楚王曹彪的兒子曹嘉《贈石崇詩》一首，也都是北方文化氛圍內的產物。可以說，陸機是寫作文人抒情五言詩的第一個南人（如果不算王粲的話，王粲雖然有由南向北的人生歷程，但王粲本來就是北方人，由於董卓之亂而依劉表）。漢魏以來，政治文化一直以北方為中心，特別是東漢以來，一直以洛陽、鄴城為中心，全國能寫作新興抒情五言詩的人，也就如同晨星捧月一般，都集中在當時曹魏政權的核心地帶。故陸機作為太康之英，就有了一種南北詩人第一次融為一體來寫作新興的抒情五言詩的意義，而這種融合，是陸機作為南人代表來到北方學習的結果。

其實，不僅僅是南人不會寫作這種五言詩，就是同為曹魏政權內部，卻在三曹六子圈子之外的詩人，也大抵不會寫作這種五言詩。因為，建安十六年開始的遊宴詩寫作，其參與者局限於曹丕兄弟和他們的文學侍從，除此數人之外，曹魏政權的其他詩人，如吳質、邯鄲淳、繁欽等都沒有參加，他們雖然原本才華不下於七子，但由於較少參加曹丕、曹植兄弟遊宴詩寫作等活動，因此，都沒有學會這種新興的具有「窮情寫物」特色的五言詩寫作。以吳質為例，吳質與曹丕、曹植兄弟一開始的關係都很好，以後尤其為曹丕的死黨，按理說，應該參與到這種遊宴詩的寫作活動之中，但不巧的是，吳質偏巧在建安十六年左右調出京城，從而失去了參與這一詩歌社團活動的機會，因此，

〔註6〕逯欽立輯校《先秦漢魏南北朝詩》，中華書局 1983 年版，第 534～538 頁，附錄《吳》詩八人。

他也基本不會寫這種五言詩。《魏略》記載，吳質「以才學通搏，為五官將及諸侯所禮愛；質亦善處其兄弟之間……（五官將）為世子，質與劉楨等並在坐席。楨坐譴之際，質出為朝歌長，後遷元城令。」〔註7〕吳質與曹植的關係也曾很好，《文選》卷四十二載曹植《與吳季重書》：「前日雖因常調，得為密坐。雖燕飲彌日，其於別遠會稀，猶不盡其勞積也。若夫觴酌凌波於前，簫笳發音於後；足下鷹揚其體，鳳歎虎視，謂蕭曹不足儔，衛霍不足侔也。」〔註8〕《三曹年譜》：「《文選》卷四二引吳質《答東阿王書》曰：『墨子回車，而質四年』，知質為朝歌長始於建安十六年，至是歲正四年」，〔註9〕由此可知，吳質在建安十六年左右為朝歌長，四年後，為元城令。又，《詩藪》引沈曰；「偶讀裴松之所引《吳質傳》云：『文帝嘗召質歡飲，酒酣，命郭后出見，謂質曰：『卿仰諦視之。』」可知吳質與曹丕之間關係曾經相當密切，但文帝命吳質仰諦視之郭后，不一定在甄后之後，胡應麟「恒疑子桓不怨，而魏武收之」〔註10〕的說法是正確的。總之，吳質與建安六子遊宴作詩的活動，稍有參與，因此，直到在曹丕死後，才寫有一首《思慕詩》的五言詩：（文章敘錄曰：文帝崩。吳質思慕。作《詩》云：「愴愴懷殷憂。殷憂不可居。徙倚不能坐。出入步踟躕。念蒙聖主恩。榮爵與眾殊。自謂永終身。志氣甫當舒。何意中見棄。棄我就黃壚。熒熒靡所恃。淚下如連珠。隨沒無所益。身死名不書。慷慨自俛仰。庶幾烈丈夫。」〔註11〕這首詩比之兩漢五言詩作，當然有進步，帶有較為濃鬱的情感，不同於兩漢的空泛言志，但仍然不是窮情寫物詩作，而且是其一生中唯一的一首。

〔註7〕〔晉〕陳壽撰〔宋〕裴松之注《三國志‧吳質傳》中華書局 1982 年版，第 607 頁。

〔註8〕〔南朝梁〕蕭統編〔唐〕李善注《文選》，中華書局 1977 年版，第 594 頁。

〔註9〕參見張可禮編著《三曹年譜》，齊魯書社 1983 年版，第 137 頁。

〔註10〕〔明〕胡應麟撰《詩藪》外編卷一，上海古籍出版社 1958 年版，第 138 頁。

〔註11〕逯欽立輯校《先秦漢魏晉南北朝詩》，中華書局 1983 年版，第 412 頁。

　　《魏志》在王粲傳之下，記載其餘五子的事蹟，隨後說：「自潁川邯鄲淳、繁欽、陳留路粹、沛國丁儀、丁廙、弘農楊脩、河內荀緯等，亦有文采，而不在此七人之列。」〔註12〕可知，曹魏內部，人才濟濟，亦有文采，為何在新興的五言詩寫作中無動於衷呢？《魏志》所陳列的這些才子，也並不相同，其中邯鄲淳能寫四言詩，繁欽會寫五言詩，《玉臺新詠》一載有其《定情詩》，大概是受到三曹五子女性題材之作的影響，但也不是窮情寫物之作；其餘丁儀、楊脩等人，雖然與曹植關係非常密切，卻基本沒有詩歌作品傳世。這又是什麼原因呢？

　　《魏志》注引《典略》曰：「欽字休伯，以文才機辯，少得名於汝、潁。欽既長於書記，又善為詩賦……率皆巧麗。為丞相主簿。建安二十三年卒」，〔註13〕有學者認為繁欽水平並不在七子之下，而近人編著的文學史簡直不怎麼提到他，未免有遺珠之憾。確實，論個人才華，繁欽的文才機辯、巧麗詩賦，與六子不相上下，其卒年在建安二十三年，也與六子相若，為何現在的文學史地位相差甚遠呢？這是由於繁欽乃為丞相主簿，參與六子在建安十六年的遊宴詩酒的活動不多，這就使他失去了大量參與作詩的機會。

　　繁欽為丞相主簿，未能進入七子之列，邯鄲淳作為臨淄侯文學，為何也沒有參與七子的文學寫作呢？這要看邯鄲淳何時成為臨淄侯文學的。《魏志》注引《魏略》曰：「時五官將博延英儒，亦宿聞淳名，因啟淳欲使在文學官屬中。會臨淄侯植亦求淳，太祖遣淳詣植。」〔註14〕曹植建安十九年為臨淄侯，因此，邯鄲淳成為曹植的文學，最早要在十九年，而這個時期二曹六子的遊宴詩寫作、女性題材詩歌寫作的高

〔註12〕〔晉〕陳壽撰〔宋〕裴松之注《三國志·王衛二劉傳傳》中華書局年版，1982，第602頁。

〔註13〕〔晉〕陳壽撰〔宋〕裴松之注《三國志·王衛二劉傳傳》，中華書局1982年版，第603頁。

〔註14〕〔晉〕陳壽撰〔宋〕裴松之注《三國志·王衛二劉傳傳》，中華書局1982年版，第603頁。

潮已經過去，因此，邯鄲淳仍然停留在漢音的四言詩風格上，也就不足為奇了。

當然，擔任過曹丕、曹植文學侍從的人物不止這些，也並不是在這個時期所有擔任過文學的人都參與遊宴詩的寫作活動，還要看每個人的天分、氣質、修養、愛好等，譬如同為建安十六年被任命為平原侯文學侍從的司馬孚、母丘儉等，《晉書》卷三十七《安平獻王孚傳》：「魏陳思王有俊才，清選官屬，以孚為文學掾。植負才陵物，孚每切諫，初不合意，後乃謝之，遷太子中庶子。」128 可知，同為文學侍從應瑒、劉楨等與曹植情同意合，遂為七子，而司馬孚一本正經，教訓切諫曹植，只好改任它職，自然也就不會參與這些鬥雞走馬、為女性寫作之類不合正教的活動。

曹魏政權之外，沒有其他詩人受到影響創作五言詩（應該說，漢魏之際，除曹魏北方政權之外，並無嚴格意義上的五言詩人），這說明，經過曹操孤明先發的探索之後，這種真正意義上的「窮情寫物」有「滋味」的五言詩之出現群體性的寫作，是在建安遊宴詩的背景下發生的，在他們這一個文人集團創作之後，並沒有在真正意義上被廣泛地傳播和接納，五言詩寫作，仍然僅僅局限於曹丕兄弟及其文學侍從中的一部分人之中，這就是所謂的三曹六子。

三曹六子是五言詩成立的創制者，十九首正應該產生於這個群體之內，而不可能早於這個創制抒情五言詩的群體。

但以上所論，漏掉了一位重要的人物，那就是甄后。甄后有《塘上行》傳世，數量雖少，但質量卻高：「蒲生我池中，其葉何離離！傍能行仁義，莫若妾自知。眾口鑠黃金，使君生別離。念君去我時，獨愁常苦悲。想見君顏色，感結傷心脾。念君常苦悲，夜夜不能寐。莫以賢豪故，棄捐素所愛……」可以說，句句是血淚寫成，是生命決絕的最後哭泣。甄后之所以會寫這種五言詩，是由於曹丕和六子之間的這些遊宴作詩活動，甄后時常能參與其中，耳濡目染，「《世說新語·

言語篇》注引《典略》謂「楨平視甄氏事在建安十六年。」〔註15〕可知，在二曹六子剛剛開始的遊宴詩活動的時候，甄后就有機會以世子夫人的身份出面參與，兼之甄后自幼喜愛讀書和擺弄筆墨。以後，曹植與甄氏之間發生感情糾葛，而曹植是位五言詩大家，在兩者之間需要傳情達意的時候，以五言詩的形式來相互贈答，也就在情理之中。是故甄后雖然只有一首詩傳世，卻不能排除在現在流行的所謂失去作者的「古詩」之中也有甄后之作的可能性。

　　總結來說，整個兩漢建安時期，只有三曹六子加上甄后會寫作這種真正意義上的抒情五言詩，他們是創制五言詩抒情體制的詩人集團，其餘如孔融之前的五言詩人，都還是漢音寫法，而三曹內部，曹操早期之作，也在漢音之內，以此來理解三曹六子文學集團的五言詩地位，才能真正將五言詩發生史的歷程釐清，也才能真正認識到十九首不可能產生於七子之前。

　　王粲（177～217），粲，本意是精白米，引申為燦爛，字仲宣，山東高平（今山東鄒縣）人。他出生在詩禮之家，祖父王暢，為黨錮人物中的「八俊」之一，父親王謙，在大將軍何進府中為長史，從小就受到文學薰陶，曾被蔡邕稱譽為「有異才」。長安戰亂，十七歲的王粲與朋友士孫萌（其父士孫瑞，是王允誅殺董卓的幕後策劃者，後被李傕殺死）往荊州避難，依附劉表十五年，但未被重用。王粲聰明絕頂，但其貌不揚，劉表原先準備將女兒嫁給王粲，終因「形陋」而改變主意，轉而嫁給了王粲的族兄王凱，後歸曹操，為丞相掾軍謀祭酒，官至侍中。死於二十三年正月，四十一歲。代表作有《七哀詩》《登樓賦》等。古詩十九首「舊疑曹王所制」，但其實應該與王粲無關，或是由於曹、王並稱，連帶而來，或者可以解釋為曹王為一個專有名詞，蓋因曹植為陳王也。筆者認為十九首與王粲無關其主要的原因為：

〔註15〕 俞紹初輯校《建安七子集·七子年譜》，中華書局 1989 年版，第 424頁。

1. 十九首所表現出來的真摯深沉的情感，與王粲其人熱衷功利、性格「躁進」的為人品格不合，十九首和蘇李詩，必是遭遇大苦難者，才有可能寫出這樣一字千金、悲天憫人之以血書者。考察東漢末期直到阮籍之前，唯有曹植、曹彪兄弟和甄后，具有這樣的人生經歷，同時而又具有這樣的寫作才華。

2. 王粲死得較早，十九首、蘇李詩的絕大多數，都應該是黃初之後的作品，唯有「今日良宴會」可能會是曹植建安十七年之後的作品，故王粲與十九首之間，應該是沒有關係的，而王粲由四言寫作向五言詩寫作的轉型過程，應該是沒有十九首和蘇李詩等成熟的五言詩可資借鑒的。

3. 王粲現存的詩作，與十九首風格以及水平都無法相提並論，王粲五言詩尚處於詩歌史產生十九首之偉大佳作之前夜的狀態。

第二節 王粲的詩作

一、王粲的早期四言詩

建安元年（196），王粲二十歲寫《贈士孫文始》：「天降喪亂，靡國不夷。我暨我友，自彼京師。宗守蕩失，越用遁違。遷於荊楚，在漳之湄。在漳之湄，亦克晏處。和通筬埍，比德車輔。既度禮義，卒獲笑語。庶茲永日，無譽厥緒。雖曰無譽，時不我已。同心離事，乃有逝止。橫此大江，淹彼南氾。我思弗及，載坐載起。惟彼南氾，君子居之。悠悠我心，薄言慕之。人亦有言，靡日不思。矧伊嬝婉，胡不淒而。晨風夕逝，託與之期。瞻仰王室，慨其永慨。良人在外，誰佐天官。四國方阻，俾爾歸藩。作式下國：無曰蠻裔。不虔汝德。慎爾所主，率由嘉則。龍雖勿用，志亦靡忒。悠悠澹澧，郁彼唐林。雖則同域，邈其迥深。白駒遠志，古人所箴。允矣君子，不遏厥心。既往既來，無密爾音。」〔註16〕通過這首詩，不難看出，王粲早期四言

〔註16〕 俞紹初輯校《建安七子集》，中華書局 1989 年版，第 81 頁。

詩的特點：1.篇幅長，達到五十多句之多；2.生僻字多，如：「車輔」，牙床和頰腮；「無訾厥緒」，沒有什麼過錯；「矧伊」等等。3.虛詞多。如：「我思弗及，載坐載起。惟彼南汜，君子居之。悠悠我心，薄言慕之」，其中多有虛詞；4.模仿句多，多處模仿《詩經》的寫法，如「既度禮義，卒獲笑語」，來自《詩經·小雅·楚茨》：「禮儀卒度，笑語卒獲」；「率由嘉則」，來自《詩經·大雅·假樂》：「率由舊章」等。5.全詩基本上是《詩經》風格的延續，呈現了文學不自覺的狀態。

　　兩漢魏晉直到唐代詩歌，經歷了由短而長，再由長而短的過程。西漢初期，大都三言兩語，所謂聲色未開的時代，到王粲時代，學問日益豐富，故多延續《詩經》寫法，又多受漢賦影響，多用生僻字。到黃初之後，曹植等人的詩作漸次走向凝練，不再使用生僻語詞。由長而短、由生僻語言而到日常語言，顯示了中國文化對詩歌本質特徵的認識過程。劉勰的「風骨」理論，正是對這種認識的理論總結。由長而短，就是由兩漢洋洋大賦而走向劉勰所說的「沉吟鋪辭」，就是要求詩歌的精練表達。而要表達的並非歷史記錄，而是情感，生僻語詞對這種情感的表達與接受有所阻隔和妨礙，因此，由生僻語詞到日常語詞的嬗變，也就成為了一種必然。當然，這種變化還有許多其他的因素，譬如中國文化之由貴族文化日益向平民文化的遷徙。此兩個變遷，在建安時代，或說是在王粲的詩中，都有著較為典型的轉關表現。到了王粲寫作五言詩的時候，就明顯地篇幅變短一些，生僻字也較少了。

二、王粲的五言詩

　　王粲的五言詩開始寫於何時？據《建安七子年譜》，《七哀》詩的第一首應作於初平三年（192）王粲有《七哀詩》「西京亂無象」，此年王粲十七歲。〔註17〕這也是七子中最早的有關五言詩作的記載。若是

〔註17〕　參見俞紹初《建安七子集·建安七子年譜》，中華書局 2005 年版，第 388 頁。

　　根據《王粲年譜》，則王粲最早的詩作，是建安元年（196）王粲二十歲寫的《贈士孫文始》，建安十四年之前，還有四言詩《贈蔡子篤》《贈文書良》等，五言詩《雜詩》其四〔註18〕。其中前三首四言言志詩，風格一致，基本可信，其詩或如：「翼翼飛鸞，載飛載東。」（《贈蔡子篤》）或如「翩翩者鴻，率彼江濱。」（《贈文書良》）。與前兩首四言詩並無詩藝方面的進展；而《雜詩》其四和《七哀詩》的寫作時間都不可信。先來辨析王粲《雜詩》的寫作時間，先看《雜詩·其四》：「鷙鳥化為鳩，遠竄江漢邊。遭遇風雲會，託身鸞鳳間。天姿既否戾，受性又不閑。邂逅見逼迫，俛仰不得言。」王粲是建安十三年九月隨劉琮歸曹，隨後參與赤壁之役。《王粲年譜》之所以推測此詩是荊州之作，是由於此詩中涉及到「江漢」，以及涉及到詩中暗示的自己在劉表手下所受到的屈辱。其實，王粲在依劉期間，也同樣寫過對劉表奉承的文字，而不會直言說「遠竄」之類的話語。而且此詩的第三四句：「遭遇風雲會，託身鸞鳳間」，分明是與「鷙鳥化為鳩，遠竄江漢邊」相對而寫的，全詩大意是說：志向遠大的鷙鳥，也不得意的時候，曾化為了一隻柔弱的鳩鳥，遠竄到江漢邊委曲求生，一旦風雲際會，遭遇明主，託身於鸞鳳之間，但此鳥（王粲自比）生性乖戾，桀驁不遜，拙於世故，不能合群，俯仰之間，處處受到逼迫。王粲歸曹之後，辟為丞相掾，賜爵關內侯，有人生得意的一面，但也有患得患失、時有牢騷的另一面，以致曹植有詩安慰之（見下文）。

　　再看這組《雜詩》的其他三首所寫的內容，來加以驗證。其一：「吉日簡清時，從君出西園。方軌策良馬，並馳厲中原。北臨清漳水，西看柏楊山。迴翔遊廣囿，逍遙波渚間。」此詩明確出現的幾個地理名稱，都顯示此詩寫於歸附曹操並且回到中原之後，「西園」，即為鄴城銅雀臺內的園林建築，董乃斌先生在李商隱《題小松》「為謝西園車馬客」詩句下注：「西園：即曹魏鄴都的銅爵園。」〔註19〕銅雀臺

〔註18〕　參見吳雲、唐紹忠《王粲集注·王粲年譜》，中州書畫社1984年版。
〔註19〕　參見董乃斌《李商隱詩》，人民文學出版社2005年版，第237頁。

建安十五年冬建成，此組詩是春夏之間的景物，而曹丕與七子在建安十六年多有五言詩的寫作唱和，故此詩應是建安十六年春夏之際在鄴城西園所作，其中的「中原」「清漳水」等都可以為證。其次，此詩所顯示出的愉悅的、自由自在的心情，也正是王粲歸曹之後前兩年的一種心態。「從君」之「君」，應當指曹丕。是寫王粲與曹丕從西園聯騎而出，並驅於中原的方軌驛道上，去作「迴翔遊廣囿，逍遙波水間」的出遊。

再看《雜詩》其二：「列車息眾駕，相伴綠水湄。幽蘭吐芳烈，芙蓉發紅暉。百鳥何繽翻，振翼群相追。投網引潛鯉，強弩下高飛。白日已西邁，歡樂忽忘歸。」此詩進一步寫出了出遊的時令，正是「幽蘭吐芳烈，芙蓉發紅暉」的春夏之交。同時，這首詩出現了較好的寫景詩句，這也是王粲五言詩與四言言志詩的極大不同。這一點，有待下文一併討論。再看《雜詩》其三：「聯翩飛鸞鳥，獨遊無所因。毛羽照野草，哀鳴入青雲。我尚假羽翼，飛睹爾形身。願及春陽會，交頸遘殷勤。」讀到第三首，我們才能發現，原來這一組《雜詩》四首，是一貫而下的聯章體。其一寫駕車出遊的心境，其二是寫抵達了出遊之地的景況：「列車息眾駕，相伴綠水湄」，是說許多車輛息駕卸馬，相伴歇息在綠水河濱。其中「列車息眾駕」銜接《其一》的「方軌策良馬，並馳屬中原」的驅馳途中，「相伴綠水湄」，呼應《其一》的「逍遙波渚間」的快意想像。同時，《其二》出現有關鳥的新意象：「百鳥何繽翻，振翼群相追」。《其三》正是沿著這一新的意象書寫：「聯翩飛鸞鳥，獨遊無所因。毛羽照野草，哀鳴入青雲。我尚假羽翼，飛睹爾形身。願及春陽會，交頸遘殷勤。」《其三》全篇都是對鳥意象的想像而展開的，這樣，我們才能明白，《其四》何以開始就從鳥的描寫來開始：《其三》是由《其二》偶然寫到鳥而引發聯想，由於建安清商樂及審美風尚是以悲為美，所以，《其三》出現了「獨遊無所因」的孤獨和「哀鳴入青雲」的悲哀。雖然作者對這只獨遊悲鳴之鳥有所同情，要「我尚假羽翼，飛睹爾形身。願及春陽會，交頸遘殷勤」，但《其三》

篇中之鳥，作者與鳥，仍然是主客體分明的，而《其四》則進一步演化為客主一體，鳥我無間，鳥就是作者本人了。由此，才引發了王粲對當年「遠竄江漢邊」的回憶性描寫，以及抒發目前的一些牢騷。所以，這組《雜詩》，是相互勾連、一氣而下的聯章組詩。《其四》「遠竄江漢邊」是由鳥意象而引發的倒敘而寫成的，並不是如同有的學者所認為的《雜詩・其四》單是一篇，寫在王粲依劉期間。我們應該分清，詩中涉及的事件，僅僅是詩人描寫的材料而已，它們並不意味著就是當時寫作的時間和背景，許多時候，歷史事件經歷詩人心中長久的醞釀，遇到合適的時機回憶寫出，反而能取得成功。詩歌不是歷史，不一定即刻記載史實。

　　再看《七哀詩》，如前所述，按照較為權威的說法，《七哀詩》的第一首寫於初平三年（192），這也是七子中最早的有關五言詩作的記載。但此說並無明確的根據，只是根據此詩所寫的內容當是此年發生的事情而已。（陸侃如《中古文學繫年》則將王粲《七哀詩》的前兩首都置於建安十一年，理由是王粲的《登樓賦》作於此年，此二首「內容均與賦近，附繫於此。」[註20] 此說比之前者有所進步，但埋由仍然不充分。）以筆者所見，此詩應該至少是建安十四年之後所作。其根據如下：

　　1. 年譜置於初平三年，是由於《七哀詩》所記載的「西京亂無象」及「復棄中國去，遠身適荊蠻」的事件發生在是年──王粲與王凱、士孫萌等在是年「離長安往荊州襄陽避亂，依劉表」，但處在戰亂羈旅之中十六歲的王粲，是否有此詩情來寫作《七哀詩》，值得懷疑。退一步說，即便是王粲在戰亂中仍有此閒情逸致，初平時代的詩壇，尚未見有成熟的五言詩，王粲本人也未見有其他五言詩作，王粲以何為鑒，寫作這樣比較成熟的五言詩？

　　2. 建安十六年，二十歲的曹植，幾乎是與二十五歲的乃兄曹丕、五十五歲的陳琳、四十一歲的徐幹，三十七歲的劉楨同時開始五言詩

[註20] 陸侃如《中古文學繫年》，人民文學出版社 1985 年版，第 356 頁。

寫作的，從王粲現存的作品來看，除了這組《七哀詩》之外，只有一首五言詩《雜詩》其四被有些學者認為是王粲在建安十六年之前的作品（就是這一首，也是建安十六年之後的作品，如上所述，），其他全部是四言詩，並且是散文化的言志四言詩，說明王粲在建安十六年之前，還沒有學會五言詩寫作，這一點和其他的詩人一樣。也就是說，詩本體的發展水平，不僅僅制約著從趙壹到曹操的詩人，而且也不例外地制約著王粲。王粲在建安十四年之前，其寫作的風格和水平，尚在四言言志詩的窠臼之內。

　　3. 吳兢在《樂府古題要解》中說：「七哀起於漢末。」但「漢末」常常是個含混的說法，廣義而言，曹操死前的建安年間，仍然屬於漢末。而曾經寫過《七哀詩》的，除了王粲之外，只有曹植、阮瑀等人，此前，未聞有人寫過《七哀詩》。從曹植、阮瑀、王粲所寫的《七哀詩》來看，寫的都是悲哀的主題，而清商樂所提倡的格調，也正是慷慨悲越，「悲」，是清商樂，也是建安詩壇的特質。《七哀詩》也同樣如此。

　　不難看出，王粲的詩歌寫作，在依劉和歸曹這兩個時期有著何等的不同，應該說，不僅僅是四言詩向五言詩外形式的飛躍，而且是由言志的、記錄的、議論化的、散文化的寫作方式，向抒情的、寫景的、意象的、詩意化的方式的一種飛躍。這當然不是王粲個人的問題，而是帶有普遍性的、時代性的飛躍。也可以說，王粲個人詩歌寫作的飛躍，是建安時代詩體飛躍的一個縮影。這樣，我們再來審視《七哀詩》的寫作時間，就不難將其置於一個較為合理的時間區域了。先看看王粲的《七哀詩》三首：

　　　　西京亂無象，豺虎方遘患。復棄中國去，遠身適荊蠻。
　　　　親戚對我悲，朋友相追攀。出門無所見，白骨蔽平原。
　　　　路有饑婦人，抱子棄草間。顧聞泣號聲，揮涕獨不還。
　　　　「未知身死處，何能兩相完？」驅馬棄之去，不忍聽
　　此言。
　　　　南登霸陵岸，回首望長安。悟彼下泉人，喟然傷心肝！

荊蠻非我鄉，何為久滯淫。方舟泝大江，日暮愁我心。
山岡有餘映，岩阿增重陰。狐狸馳赴穴，飛鳥翔故林。
流波激清響，猴猿臨岸吟。迅風拂裳袂，白露沾衣襟。
獨夜不能寐，攝衣起撫琴。絲桐感人情，為我發悲音。
羈旅無終極，憂思壯難任。

邊城使心悲，昔吾親更之。冰雪截肌膚，風飄無止期。
百里不見人，草木誰當遲？登城望亭燧，翩翩飛戍旗。
行者不顧反，出門與家辭。子弟多俘虜，哭泣無已時。
天下盡樂土，何為久留茲？蓼蟲不知辛，去來勿與諮。

〔註21〕

　　我們不妨將王粲在建安十四年之前的作品與他的《七哀詩》比較一下。不難看出以下幾點不同：1.王粲此前，全部的作品都是四言詩，唯有這組《七哀詩》被認為是初平三年王粲十六歲所作；2.四言詩不僅僅是字數問題，而且更為本質的是寫作方式。王粲的四言詩，完全是押韻的散文，其中到處都依靠虛字來組成句型，景物描寫少，而多為言志的記錄，或者是空泛的議論；3.《七哀詩》不僅僅具有較為成熟的五言音步，而且使用著建安十四年之後的抒情筆法來寫作，虛字減少，景物描寫增多，意象悲哀，抒情氣息濃鬱。

　　《七哀詩》其一，寫的是初平年間董卓焚燒洛陽，自己「棄中國」而「適荊蠻」的經歷。同樣這一題材，同樣的歷史回顧，王粲在建安初期寫的《贈士孫文始》，則是另一種表達方式：「天降喪亂，靡國不夷」，這就是《七哀詩》中的「西京亂無象，豺虎方遘患」這一歷史史實的別樣寫法。同樣說戰亂，前者是使用指令性語言，或說是非文學性語言，只是記錄而已；而後者使用「豺虎」來指董卓，就有了形象生動的感覺。「我暨我友，自彼京師。宗守蕩失，越用遁違。遷於荊楚，在漳之湄」，這就是《七哀詩》所描寫的「復棄中國去，遠身適荊蠻」的個人史實。其不同之處也是顯而易見的。

〔註21〕　逯欽立輯校《先秦漢魏晉南北朝詩》，中華書局 1983 年版，第 365 頁。

　　《七哀詩》將這一家國兩痛的歷史，使用了一系列的細節加以描繪，使抽象的歷史成為了如在目前的畫卷：「親戚對我悲，朋友相追攀」，這是畫面之一；「出門無所見，白骨蔽平原」，這是寫意性的畫面之二，極富概括力，是從曹操處借鑒而來；「路有饑婦人，抱子棄草間」，這是畫面之三，由「白骨蔽平原」的虛指畫面而拉近鏡頭，形成特寫鏡頭，從而將哀情推向頂點。但作者還要進一步煽情：「顧聞泣號聲，揮涕獨不還。」形成畫面之四，這是帶有音響的畫面；「未知身死處，何能兩相完？」這是畫面之五，由聽到哭泣聲而轉向對話，細節描寫進一步細膩化；「驅馬棄之去，不忍聽此言」，這是畫面之六，寫作者不忍傾聽下去；「南登霸陵岸，回首望長安」，這是畫面之七，寫作者驅馬而去後的徘徊，形成了一幅千古不滅的剪影刻形般的畫面。七幅畫面構成蒙太奇，演繹了「七哀」層層漸進的悲情。如此高妙的五言詩手法，出自十六歲的王粲？你也可以解釋為王粲是天才少年。但如果說，十六歲寫作千古絕唱是可以成立的，那麼，既然有了如此嫻熟的五言詩技藝，他何以在以後十七年的時光裏，就又不會寫作五言詩，而去寫作枯燥乏味的四言長詩了呢？

　　《七哀詩》其二，寫王粲滯留荊蠻的悲哀，也是層層推進，使用一系列的悲哀意象抒發詩人的悲哀情懷：「荊蠻非我鄉，何為久滯淫」，非故鄉而久滯淫，一可哀也；何況日暮時刻，更讓我心悲愁呢？「日暮愁我心。山岡有餘映，岩阿增重陰」，二可哀也；「狐狸馳赴穴，飛鳥翔故林」，狐狸、飛鳥尚有自己的林穴可馳赴翔歸，而自己卻要在他鄉久滯淫，三可哀也；何況此地「流波激清響，猴猿臨岸吟」，使人想起屈原筆下的流放地溆浦，四可哀也；當這不是詩，而是現實，迅風就拂弄著我的衣袂，白露沾濕了我的衣襟：「迅風拂裳袂，白露沾衣襟」，觸摸著詩人的生理感官，五可哀也；更兼時候到了深夜，孤獨難眠，不禁攝衣撫琴：「獨夜不能寐，攝衣起撫琴。絲桐感人情，為我發悲音」，此誠六可哀、七可哀也。於是，用「羈旅無終極，憂思壯難任」，回應起首的句意。

　　《七哀詩》其三，王粲選擇了描寫邊城征戰的悲哀。「邊城使心悲，昔吾親更之」，點明本篇是寫親歷邊城的所見所感；「冰雪截肌膚，風飄無止期」，此寫北地邊城季候的嚴寒之可哀；「百里不見人，草木誰當遲」，此寫不見人煙之可哀；「登城望亭燧，翩翩飛戍旗」，此寫邊城軍旅場景的淒厲悲壯，暗示戰爭的嚴酷；「行者不顧反，出門與家辭」，此寫士兵將赴戰場與家人辭別的悲哀，可與其一的「親戚對我悲，朋友相追攀」對照閱讀；「子弟多俘虜，哭泣無已時」，此寫戰爭之後的慘烈場景，將戰爭的悲哀推向了極致；「天下盡樂土，何為久留茲？蓼蟲不知辛，去來勿與諮」，以議論收束全詩。

　　王粲《七哀詩》三首之間的關係來看，第一首寫「遠身適荊蠻」的經歷，第二首寫「荊蠻非我鄉，何為久滯淫」的徘徊，第三首寫歸曹之後所經歷的戰爭之悲壯可哀，是按照時間的自然順序來寫的三件親身經歷的事情。就寫法來說，都是歸曹之後的五言詩筆法，如不作空泛議論，情景關係極為融洽。換言之，三首之間題材連貫而下，寫法風格同一，應該是同一個時間一氣呵成寫下來的。綜上所述，王粲《七哀詩》三首，是王粲歸曹之後，也就是說，至少是建安十四年之後的作品。得出這個結論，本章的使命已經基本完成。但若需要進一步考察其具體的寫作時間，也不妨作一個猜測。

　　《七哀》起於何時？殊難結論。葛立方《韻語陽秋》卷四說：「《七哀詩》起曹子建，其次則王仲宣、張孟陽也。……皆以一哀而七者具也。」說曹植的《七哀詩》先於王粲的《七哀詩》，不知有何根據。以筆者的猜測，建安之前未見有《七哀》，銅雀臺在建安十五年冬季建成，清商樂漸次興起，建安十六年之後，建安十六年開始，以曹氏兄弟為中心，七子中的六子為主要參加者，形成了第一次的五言詩寫作高潮，《七哀詩》的寫作，應該從建安十六年起，才開始具有其寫作的可能性。同時，建安詩人喜歡相互唱和模仿，常常是同一個題目寫在同一個時期。現存建安《七哀詩》，另有阮瑀的《七哀詩》和曹植的《七哀詩》。《七哀詩》，不必拘泥於七種悲哀，可以理解為虛指的很

多的悲哀。曹植的《七哀詩》是寫男女情愛不能實現的悲哀；而阮瑀的《七哀詩》則寫死亡的悲哀，如「丁年難再遇，富貴不重來。良時忽一過，身體為土灰。冥冥九泉室，漫漫長夜臺。身盡氣力索，精魂靡所能。嘉肴設不禦，旨酒盈觴杯。出壙望故鄉，但見蒿與萊。」「臨川多悲風，秋日苦清涼。客子易為戚，感此用哀傷。攬衣久踟躕，上觀星與房。三星守故次，明月未收光。雞鳴當何時，朝晨尚未央。還坐長歎息，憂憂難可忘。」阮瑀死於建安十七年，大概是阮瑀死前不久對死亡的預感而寫。這樣來看，王粲和阮瑀的《七哀詩》，都可能作於建安十六年到十七年之間，具體寫作時間，余冠英《樂府詩選》說：「建安二十年（215）曹操西平金城（今甘肅蘭州西南），這詩所謂『邊城』或指此。」〔註22〕但以筆者所見，建安十六年王粲隨曹操西征馬超，抵達西北邊陲安定，十二月自安定還長安，詩中的邊城更像是指安定。阮瑀十七年死，當是王、阮在十六年至十七年之間寫作《七哀詩》。而曹植的《七哀詩》，則有兩種可能：一是此時與王、阮同作，二是曹丕稱帝之後所作。不論哪種可能，都是借鑒《七哀詩》的形式和建安十七年左右興起的女性題材而創作的。

從寫作水平來說，王粲歸曹之前的詩作，與《七哀詩》差距如此之大，王粲既然在十六歲時會寫成熟的、精彩的五言詩，何以以後（直到建安十四年）就又不會寫了呢？難道王粲失憶了嗎？古詩十九首也是如此，說十九首是西漢枚乘所作，蘇李詩是蘇武、李陵寫作，它們是怎麼產生的，是天上掉下來的？枚乘、蘇李之後，詩人們突然就又不會寫五言詩了，難道也是中國詩人群體失憶了嗎？以後，進步了一點，妥協到東漢中後期，其實，仍然是五十步笑百步，同樣的問題仍然沒有得到回答。假若十九首產生於公元160年，如同有的學者所論，那麼，公元160年是什麼樣的歷史條件、詩歌史條件能促成十九首產生？而以公元160年到建安十六年，即公元211年，這五十餘年的時光裏，趙壹只會寫五字詩，孔融不會寫五言詩，曹操剛剛學寫五言詩，

〔註22〕余冠英選注《樂府詩選》，人民文學出版社1957年版，第161頁。

王粲四言詩枯燥乏味，中國的詩人又群體失憶了嗎？唯一的合理解釋，就是十九首、蘇李詩以及班婕妤的《怨詩》等"古詩"，都是建安十六年之後的作品；而王粲的《七哀詩》三首，也都是建安十六年之後的作品。只有如此，五言詩的成熟歷程方才得到圓通的詮釋。同時，從上文的分析來看，王粲建安十六年之前的四言詩作，尚屬漢音，十六年之後的五言，則純乎魏響，從一個側面說明，大體上建安十六年是「漢音」「魏響」的分水嶺。

第六章 曹丕、劉楨五言詩的寫作時間

　　繆鉞先生說：「五言詩體發生雖在漢代，而其正式成立，則在建安、黃初之間」〔註1〕這一論斷，新穎精闢，意義重大。因為，如果真正能確認五言詩是在建安、黃初之間成立的，則《古詩十九首》作為「五言詩冠冕」，就不可能產生於五言詩成立的建安之前。可惜，繆先生並未有具體的論證，此論也未能得到學術界廣泛的關注。

　　筆者前文將東漢班固以來的五言詩作過考察，得出了以下幾點結論：1.從班固到孔融的時代，五言詩人屈指可數，真正可信的五言詩作不過十餘首，五言詩的正式成立在孔融之後。2.曹操早期尚只會寫作言志四言詩，具有明顯的從四言向五言轉型的軌跡，真正意義上的五言詩寫作嘗試，開始於曹操。3.王粲建安十三年歸曹之前，僅有言志的四言詩。

　　本篇論證：1.曹丕、劉楨的幾首五言詩，都不是建安十四年之作，也就是說，除了曹操的早期探索之外，直至建安十五年，仍然沒有開始真正意義上的五言詩寫作。2.五言詩成立於建安時代，其中建安十六年是個重要的時間界碑，此前僅僅是曹操個人的探索期，此後，才標誌了五言詩的開始成立。

〔註1〕繆鉞著《繆鉞全集・曹植與五言詩體》，河北教育出版社 2004 年版，第 27 頁。

第一節　曹丕

　　曹丕（187～226），丕的本意是「大」；字子桓，曹操次子，（劉
氏所生長子曹昂早死，死於建安二年征討張繡時），為卞氏所生的長
子。曹操有子二十五個，曹植、曹彰同為卞氏所生，曹沖為環夫人所
生，建安十三年病死，曹操曾對曹丕說：「此我之不幸，而汝曹之幸
也。」曹丕建安十六年為五官中郎將，二十二年被立為太子，二十五
年（220）正月曹操病死，十月曹丕代漢自立，為魏文帝，作了七年
皇帝（黃初）。《三國志·曹植傳》說：曹植「任性而行，不自雕勵，
飲酒不節。文帝御之以術，矯情自飾，宮人左右，並為之說，故遂定
為嗣」，可知兩人不同的性格。曹植黨羽主要有：丁儀、丁廙，丁儀
眇一目，曹操欲以愛女嫁之，曹丕說：「女人觀貌，而正禮目不便，
誠恐愛女未必悅也」，加以破壞；還有楊脩，為太尉楊彪子，袁紹的
外甥，還有邯鄲淳：《王粲傳》注引《魏略》：「於時世子未立，太祖
俄有意於植，而淳屢稱植材，由是五官頗不悅」。〔註2〕而曹丕黨羽
主要有：賈詡、吳質等，魏王出征，曹植稱述功德，發言有章，左右
屬目，王亦悅焉。吳質耳曰：「王當行，流涕可也」……王及左右咸
唏噓，於是皆以植辭多華，而誠心不及也。《世說新語》卷五《賢媛》：
「魏武帝崩，文帝悉取武帝宮人自侍。及帝病困，卞后出看疾。太后
入戶，見直侍並是昔日所幸者。」……「因不復前而歎曰：狗鼠不食
汝余，死故應爾！至山陵亦竟不臨。」〔註3〕曹丕詩作現存 43 首，
其中四言 9 首，六言 4 首，雜言 7 首，七言 2 首，五言 21 首；今存
賦作將近三十篇，絕大部分為鄴城時期所作。如《寡婦賦》《述征賦》
等。文學批評方面，有《與吳質書》《典論·論文》。與先秦兩漢的文
學批評相比較：

　　1.《典論·論文》堪稱是我國最早的一篇文學專論，這與先秦兩

〔註2〕〔晉〕陳壽撰〔宋〕裴松之注《三國志·王粲傳》，中華書局 1982 年
　　　　版，第 603 頁。
〔註3〕〔南朝宋〕劉義慶撰《世說新語》，中華書局 1984 年版，第 364 頁。

漢的隻言片語式的批評不同，標誌了有意識的，或說是自覺的文學批評的開始。

2. 明確指出「詩賦欲麗」，標誌了統治先秦兩漢漫長歷史時期的「詩言志」文藝觀的終結，指出了文學的在政治功利之外的審美屬性。曹丕的「詩賦欲麗」與漢賦的「侈麗閎衍」並非同一種「麗」。麗在不同的時代和不同的內容，有著不同的形態，「侈麗閎衍」的特點，是針對漢大賦而言，漢大賦作品以歌功頌德為政治服務為目的，以鋪排辭藻為表現手段，以規模宏大的大賦為表現載體，雖然有著表面的華美，卻並沒有真正地實現文學的審美性。建安時代的文學，不論是散文、賦，還是五言詩，都幾乎是不約而同地進行著文學體制方面的變革，由閎衍而精約，由追求辭藻而追求表達慷慨悲越的情感，是這一時代的共同思潮。曹丕的「詩賦欲麗」，正是對建安文學脫離經學羈絆，呈現文學審美屬性的總結。

3. 曹丕提出：「蓋文章，經國之大業，不朽之盛事」，將文學的地位提到一個新的高度。其文學的功用，並非「經國之大業」的表層意思，而是指文章可以「不假良史之辭，不託飛馳之勢，而聲名自傳於後」，也就是可以不依託於政治權勢，而「聲名自傳於後」，因此，其落腳點，或說是本質含義，是指文學寫作審美的不朽性，與傳統的建立在政治道德功業的「立功立德立言」並不是同一個範疇的立論，《典論·論文》所說的「年壽有時而盡，榮樂只乎其身，二者必至之常期，未若文章之無窮」，這正是李白所說「屈平辭賦懸日月，楚王臺榭空山丘」的意思。

4. 曹丕強調「氣」，遂使曹丕所說的「文章」成為獨立於政治功利的文學，是「文以氣為主，氣之清濁有體」的文學「氣」，正是建安時代激情寫作的結果。漢賦之作，激情泯滅於辭藻，而建安詩文，無不有一種「氣」貫徹其中，「氣」，也就可以視為激情的別樣說法，有情感，特別是激越的悲情，才能產生貫穿於全篇的「氣」和統帥各種寫作材料的「意」。因此，曹丕的文論，雖然未能如同後人那樣明確指

出「詩緣情而綺靡」的情感地位，但若能就其具體內容而作全面的理解的話，仍然與《詩大序》劃出了楚河漢界。

第二節　曹丕五言詩的開始寫作時間

　　五言詩成立於建安時代，其中建安十六年是個重要的時間界碑，此前僅僅是曹操個人創作的探索期，此後，才標誌了五言詩的開始成立。以《七子年譜》為準，七子中，孔融於建安元年有六言詩三首，建安十三年死前的《臨終詩》，尚是典型的散文體五字詩，還不會作五言詩。其他六子，最早的詩歌作品記錄是陳琳、劉楨等於建安十六年開始的《公宴》詩作。再以《三曹年譜》為準，看看曹氏兄弟的情況：曹丕的最早記錄，是建安八年的《黎陽作》詩四首（應為三首），逯欽立《先秦漢魏晉南北朝詩》載有曹丕《黎陽作詩三首》，前兩首為四言詩：

> 朝發鄴城，夕宿韓陵。霖雨載途，與人困窮。
> 載馳載驅，沐雨櫛風。舍我高殿，何為泥中。
> 在昔周武，爰暨公旦。載主而征，救民塗炭。
> 彼此一時，唯天所贊。我獨何人，能不靖亂。
>
> 殷殷其雷，濛濛其雨。我徒我車，涉此艱阻。
> 遵彼洹湄，言刈其楚。班之中路，塗潦是御。
> 騑騑大車，載低載昂。嗷嗷僕夫，載僕載僵。
> 蒙塗冒雨，沾衣濡裳。」

第三首為五言詩：

> 千騎隨風靡，萬騎正龍驤。金鼓震上下，干戚紛縱橫。
> 白旄若素霓，丹旗發朱光。追思太王德，胥宇識足臧。
> 經歷萬歲林，行行到黎陽。

　　此三首的前兩首與後一首是兩個時期的作品：

　　1. 前兩首的寫作時間基本可信，與王粲依劉期間的詩作相似，都是仿傚《詩經》的寫法，使用虛字構成四言語句。不過，比王粲的四言詩有所進化，更為接近曹操的四言詩方式。

2. 兩者之間的風格、氛圍、情調都相差甚遠。《武帝紀》記載：建安八年，曹軍「冬十月，到黎陽」〔註4〕，曹丕兩首四言詩所寫，應該是這一背景的景況。兩詩的共同點是都寫出了秋冬之際雨中行軍的艱阻：「舍我高殿，何為泥中」。而第三首恰恰相反，前面的雨雪艱阻全然不見，而是一片龍驤金鼓御駕親行的闊大華貴場景。「千騎」不足而加以次句的「萬騎」，「金鼓」「干戚」不足而加以「白旄」「丹旗」「素霓」「朱光」，構成色彩斑斕的華美畫卷。這正是開始走向緣情綺靡的「魏響」，而前兩首四言詩尚是言志四言的漢音。

3. 此外，兩者（指前兩首四言和第三首五言）都揭及對曹操的歌頌，前者的「在昔周武，爰暨公旦」數句，以周公讚美父親曹操，「我獨何人，能不靖亂」，也很適合曹丕當時的身份。而五言詩中「追思太王德，胥宇識足臧」的詩句，完全是以正統繼承者的身份來追思曹家的先輩。丁福林先生認為此詩是延康元年所作，認為此處的「太王」指的是曹嵩。〔註5〕曹操於建安二十五年正月死於洛陽，據《文帝紀》記載，曹丕時在鄴城，襲位魏王，三月改為延康元年，五月追贈曹嵩為太王，「六月辛亥治兵於東郊，庚午遂南征。秋七月，……甲午軍次於譙。」從鄴城南征，正好經過黎陽。史載延康元年六月，曹丕曾南征途經黎陽：「文帝即王位，（賈逵）從至黎陽」，〔註6〕故此詩應為此時所作。或說詩中的「丹旗」為紅色，漢為火德，崇尚紅色，此詩應該是此前所作。曹丕於三月改元延康，十月二十八日取代漢獻帝改元黃初，〔註7〕而曹丕此次經過黎陽，是在延康元年六月，故仍用丹旗。作為新繼位的魏王，沉醉於御駕行宮的場面，以及稱頌先王的美德，是十分自然而且是十分得體的。

〔註4〕《二十五史‧武帝紀》，上海古籍出版社1986年版，第1071頁。
〔註5〕丁福林《黎陽詩》三首鑒賞，《漢魏六朝詩鑒賞辭典》，上海辭書出版社1992年版，第243頁。
〔註6〕〔晉〕陳壽撰〔宋〕裴松之注《三國志‧賈逵本傳》，中華書局1982年版，第482頁。
〔註7〕參見陸侃如著《中古文學繫年》下，人民文學出版社1985年版，第430頁。

由此三點，基本上可以得出結論：曹丕的《黎陽作詩三首》，雖然同名為「黎陽作詩」，但卻並非同一時間所作，前兩首四言詩有可能為建安八年經過黎陽所作，而其中的一首五言詩，則確實應為曹丕登基為魏王的延康元年六月所作。

第三節　劉楨五言詩的開始寫作時間

《七子年譜》將劉楨的《贈五官中郎將》四首列在建安十四年：「十二月，軍由合肥還譙。曹丕夜宴眾賓，楨《贈五官中郎將》四首其一記其事。」〔註8〕這組詩的第四首描繪了曹丕與七子敘意濡染、賦詩連篇的盛況，假若真為十四年所作，則建安十四年出現了一個詩歌寫作的高潮，因此，對劉楨寫作此詩的時間和內容，需要認真的辨析。其詩如下：

> 昔我從元后，整駕至南鄉。過彼豐沛都，與君共翱翔。
> 四節相推斥，季冬風且涼。眾賓會廣坐，明燈熺炎光。
> 清歌制妙聲，萬舞在中堂。金罍含甘醴，羽觴行無方。
> 長夜忘歸來，聊且為太康。四牡向路馳，歡悅誠未央。

> 余嬰沈痼疾，竄身清漳濱。自夏涉玄冬，彌曠十餘旬。
> 常恐遊岱宗，不復見故人。所親一何篤，步趾慰我身。
> 清談同日夕，情眄敘憂勤。便復為別辭，遊車歸西鄰。
> 素葉隨風起，廣路揚埃塵。逝者如流水，哀此遂離分。
> 追問何時會，要我以陽春。望慕結不解，貽爾新詩文。
> 勉哉修令德，北面自寵珍。

> 秋日多悲懷，感慨以長歎。終夜不遑寐，敘意於濡翰。
> 明月曜閨中，清風淒已寒。白露塗前庭，應門重其關。
> 四節相推斥，歲月忽欲殫。壯士遠出征，戎事將獨難。
> 涕泣灑衣裳，能不懷所歡。

> 涼風吹沙礫，霜氣何皚皚。明月照緹幕，華燈散炎輝。

〔註8〕俞紹初輯校《建安七子集・七子年譜》，中華書局2005年版，第427頁。

賦詩連篇章，極夜不知歸。君侯多壯思，文雅縱橫飛。

小臣信頑魯，僶俛安可追。

《文選》卷二十三李善注：「元后謂曹操也；至南鄉謂征劉表也……豐沛漢高祖所居，以喻譙也；君謂五官也。」所以，第一首理解為是對建安十四年南征回譙的回憶，是大體不差的，具體寫作時間，應該是在建安十六年之後，理由如下：

從詩意來說，「昔我從元后」，是對往事的回憶。2.此詩題為《贈五官中郎將》，而曹丕於建安十六年「為五官中郎將，置官署，為丞相副。天下嚮慕，賓客如雲。」〔註9〕僅從這一點，已經可以證明此詩的寫作時間，是建安十六年之後。第二首開始，所寫之時間地點都變為鄴城：「余嬰沈痼疾，竄身清漳濱」，鄴城正在清河漳水之濱，故此詩的寫作地點，也應該是在鄴城；其內容是回憶自己的一件性命攸關的往事，以及表達對曹丕在自己患難之際的關愛的謝意。「余嬰沈痼疾，竄身清漳濱」，從字面來說，是說自己曾在鄴城身染重病，病了十餘句，但並沒有任何資料記載劉楨患病一百多天。「痼疾」有可能是指劉楨獲罪之事——此詩所涉及的各方面情況與當時的諸多歷史事件極為吻合：

建安十六年，劉楨因「失敬被刑」，〔註10〕這是當時建安詩壇的一個重大事件。大抵是由於七子與曹丕的關係非常親密，曹丕《與吳質書》說他和劉楨等人：「行則同輿，止則接席」「每至觴酌流行，絲竹並奏，酒酣耳熱，仰而賦詩」。劉楨有些忘形，在酒酣坐歡之際，平視曹丕夫人甄氏，「太祖聞之，乃收楨，減死輸作。」「《世說新語·言語篇》注引《典略》謂楨平視甄氏事在建安十六年。」〔註11〕劉楨獲罪是在夏季，這從劉楨剛剛獲罪時寫的詩作可知，劉楨《贈徐幹》詩

〔註9〕張可禮編著《三曹年譜》，齊魯書社1983年版，第114頁。

〔註10〕俞紹初輯校《建安七子集·七子年譜》，中華書局2005年版，第438頁。

〔註11〕俞紹初輯校《建安七子集·七子年譜》，中華書局2005年版，第438頁。

云:「誰謂相去遠,隔此西掖垣。拘限清切禁,中情無由宣。思子沉心曲,長歎不能言。起坐失次第,一日三四遷。步出北寺門,遙望西苑園。細柳夾道生,方塘含清源。輕葉隨風轉,飛鳥何翻翻。乖人易感動,涕下與衿連。仰視白日光,皦皦高且懸。……」從其所寫作的景物來看,「細柳」「方塘」「輕葉」等,正是盛夏景象。而劉楨《贈五官中郎將》四首中的其二則說:「自夏涉玄冬,彌曠十餘旬。常恐遊岱宗,不復見故人」,如果所謂「痼疾」,指的就是這次「失敬被刑」,則所經歷時間為「十餘旬」,季節是「自夏涉玄冬」,正好吻合。當時的情形非常危險,幾乎有性命之憂:「常恐遊岱宗,不復見故人。」劉楨是兗州人,正在泰山腳下,《世說新語・言語篇》注引典略:「劉楨,字公幹,東平寧陽人也。」《後漢書・郡國志》:「東平國寧陽縣屬兗州。」劉楨此句是說,自己當時擔心不能再回到故鄉岱宗泰山腳下,去會見親朋舊故了。

如果此詩的背景,所敘說的正是劉楨獲罪之事,則以下詩句之所寫,則是在自己獲罪時曹丕對自己的關心:「所親一何篤,步趾慰我身。清談同日夕,情眄敘憂勤。」說曹丕親自來探視,並同自己這個獲罪之人清談日夕,常常表達出對自己的憂慮:「情眄敘憂勤」。同年七月,曹操率軍西征馬超,曹植和王粲、阮瑀等七子好友從征,劉楨以下所寫,當是這個事情:「便復為別辭,遊車歸西鄰。素葉隨風起,廣路揚埃塵。逝者如流水,哀此遂離分。」說很快就有朋友之間的離別,朋友們要去「遊車歸西鄰」,此時正是秋季:「素葉隨風起,廣路揚埃塵」,「追問何時會,要我以陽春」,曹軍十二月自安定還,十七年正月返回鄴城,與「要我以陽春」的預期大抵吻合。以此來看,曹操在對劉楨治罪之後,不久即率軍西征,一直到「玄冬」返回之後,才赦免了劉楨,共計六個月左右的時光,正是「彌曠十餘旬」的時間。由此可知,劉楨此詩,最早的寫作時間,應是建安十七年正月。

　　第三首是寫自己在拘禁期間的情形，時間自然是秋天，說自己作為罪人，常常多有悲懷，多有人生的感歎，常常終夜不寐，無所事事，只能靠寫作來寄託情懷，安慰寂寞的靈魂：「秋日多悲懷，感慨以長歎。終夜不遑寐，敘意於濡翰。」以下數句：「明燈曜閨中，清風淒已寒。白露塗前庭，應門重其關。四節相推斥，歲月忽欲殫」，應該是推想閨中妻子的寂寞淒寒和對自己的思念，「壯士遠出征，戎事將獨難。涕泣灑衣裳，能不懷所歡」，則是再轉而寫自己對西征友人們的思念。

　　第四首，應該是寫曹操返回，自己在被赦免之後，參加酒宴，重新與曹氏父子和七子友人一同飲酒賦詩。曹操於建安十七年正月返回鄴城，時候正是玄冬（深冬）。「涼風吹沙礫，霜氣何皜皜。明月照緹幕，華燈散炎輝。賦詩連篇章，極夜不知歸。君侯多壯思，文雅縱橫飛。小臣信頑鹵，僶俛安可追。」

　　組詩四首，從建安十四年說起，到建安十七年正月為止，重點敘說自己獲罪之後的種種感受，結尾以讚頌曹丕的文采飛揚結束，呼應第一首的「昔我從元后」時，與曹丕兄弟及七子的「清歌制妙聲，萬舞在中堂」的歡樂。因此，此組詩應該移至十七年正月，是建安詩人群體在當時大規模寫作五言詩中的一首。

　　劉楨的這組五言詩，以五言詩的抒情詩體形式，來寫作個人的一段歷史，這是前所未有的。其中蔡文姬的《悲憤詩》與之有相似之處，但蔡文姬的《悲憤詩》，雖為五言詩，卻更為貼近四言詩的敘事方法，故劉楨此作，具有五言詩題材以及寫作方式的開拓意義，是後來杜甫的一些自傳性抒情詩的先聲。

　　因此，總體來看，劉楨的五言詩寫作，也是建安十六年之後才開始的。

第七章　曹操的山水詩及其詩歌史意義

　　以上六章，以時間為序，先後討論：1.以《陌上桑》為中心，討論兩漢樂府詩。2.以秦嘉五言詩為中心，討論兩漢文人五言詩。3.依次以曹操、曹丕、曹植和七子中的劉楨為中心探討五言詩在建安時代的興起歷程。以下以五言詩的題材為中心，依次討論建安詩歌中的山水題材、遊宴題材和女性題材的興起。

　　中國的山水詩從何時開始？傳統的解釋，是認為中國的山水詩開始於謝靈運，同時，也承認曹操的《觀滄海》是第一首完整意義上的山水詩。這裡，其實有著一些難以圓通的問題：1.曹操何以會在遠早於晉宋之際的山水審美思潮的二百多年之前，就寫作了第一首完整意義上的山水詩？曹操寫作山水詩的詩史根據、個人根據都是什麼？也就是說，曹操如何在兩漢空泛言志的荒漠上建樹了山水詩的綠洲？2.既然曹操是山水詩的第一個標誌，而中國的山水詩何以到謝靈運的時代方才真正開始？從曹操到謝靈運的數百年時光中，曹操對大海代表的山水的審美觀照，是否就是空谷足音，後無來者？也就是說，在山水題材與意象表達方面，從建安曹操之後到謝靈運之前，是否就沒有山水詩血脈的延續而仍然是漢音的言志詩體制？3.曹操對建安詩歌具有奠基的地位，何以曹操的山水詩未能得到建安詩人

的效法？4.按照傳統的解釋，《古詩十九首》（以下簡稱：十九首）是
東漢時代的作品，何以解釋十九首中的「青青河畔草」能夠在曹操的
山水詩之前出現？也就是說，十九首詩中的山水題材又是如何產生
的？這些看似紛繁的問題，在傳統的說法中都不能圓通，但若以一個
新的視角來重新闡釋詩史的歷程，這些矛盾的現象，就都基本可以理
順：將曹操及建安五言詩中的山水題材視為山水詩興起的第一個階
段；從曹操到謝靈運，山水詩的寫作並未中斷；十九首中的山水景物
描寫，是建安之後山水詩興起的一個組成部分。

第一節　山水詩之取代言志詩的歷程

　　首先，曹操之前並無山水詩，這一點，學術界並無異議，我們
只需略作清理：由於中國文化對天地自然的重視，又由於比興手法
在華夏詩歌藝術歷史中具有開山的地位，詩人在天地自然中得到使
主觀情感客觀化的途徑，於是，《詩經》中多有「鳥獸草木之名」，
然其中心，始終存在一個敘說的中心：「關關雎鳩」，並非具體場景
的描繪，而僅僅是某種抽象意念的具象物而已，「蒹葭蒼蒼」似乎是
具體的，但也僅僅是「所謂伊人」的幕景道具而已；在屈原楚辭中，
開始有具體的場景描寫，如《涉江》中的「山峻高以蔽日兮，下幽
晦以多雨」，這些都可以視為曹操山水詩產生的詩史源頭。然而，風
騷時代譬如生命的童年，雖然含納了詩體生命的全部基因，卻僅僅
是作為社會人之人生歷史的一個預演，並非真正意義上的作為獨立
的「人」之本身，所以，去除掉《詩經》、楚辭這華夏詩歌的童年時
代作品之外，從兩漢的詩中來看，曹操之前，並沒有真正意義上的
山水詩。兩漢詩人之所以不寫山水，主要是由於兩漢詩人囿於漢大
儒詩歌教化的正統觀念，其詩歌寫作多是一種政治類型化的表現，
重心在儒家「類」的普泛化表現，因此，而罕有具體場景、具體事
件的描寫，也就罕有具體的情感。這是兩漢詩歌缺乏個性、缺乏藝
術感染力的根本原因所在，換言之，華夏詩歌在經歷了天真爛漫、

童言無忌的比興時代之後，一時失去了前進的目標，也失去了前行的動力。

　　我們不妨再將五言詩的發展歷程作一個微縮性的回放，從東漢後期趙壹的：「河清不可俟，人命不可延」（《刺世疾邪詩》其一），到建安初期的孔融：「言多令事敗，器漏苦不密」（《臨終詩》），甚至直到曹操的早期詩作：「惟漢二十世，所任誠不良」（《薤露行》）都還不會寫山水詩。這些詩作的共同特點：1.都是言志詩，都是政治性的主題，仍然受著漢儒「在心為志，發言為詩」，以及以詩歌作為政治教化載體的拘限。2.志者，志也，他們都將詩歌視為一種押韻記錄的工貝，因此，都用空泛的議論和敘說的方式來寫詩，都還沒有尋求到以山水景物等物體形象來表達內心感受的藝術手法。也就是說，曹操寫作山水詩的詩史依據，僅僅有遠古時代的風騷傳統，他所直接面對的漢魏詩壇，是沒有任何可資借鑒的山水詩的荒漠，一切都需要曹操個人自身的探索，這也是曹操僅有的幾首五言詩均移少換形、與時俱進——以寫作時間為序，一首一個寫作手法，首首之間的水準都極為不同的原因。

　　曹操是第一首山水詩的創作者，也是山水詩寫作方式的奠基者。其產生的基礎，很少有詩史漸次形成的基礎，而更多的是個人寫作創新的嘗試。從建安三年《蒿里行》出現「鎧甲生蟣虱，萬姓以死亡，白骨露於野，千里無雞鳴」這樣的細節描寫。開始出現帶有情感色彩的外物刻畫，到建安十一年的第三首五言詩作《苦寒行》：「北上太行山，艱哉何巍巍。羊腸坂詰屈，車輪為之摧。樹木何蕭瑟，北風聲正悲。熊羆對我蹲，虎豹夾路啼。谿谷少人民，雪落何霏霏。」這既是軍旅戰爭題材，同時也是真正的山水景物的描寫，《苦寒行》雖然不能稱之為完整意義上的山水詩，但「羊腸坂詰屈，車輪為之摧」「熊羆對我蹲，虎豹夾路啼」等，卻可以稱之為完整意義上的山水詩句，這就為曹操《觀滄海》的誕生奠定了基礎——正由於曹操有一系列的詩作實現了由言志向抒情的轉型，才使他在面對滄海的時候，能夠借助

大海來抒情。一般認為《觀滄海》為曹操建安十二年北征烏桓得勝回師途中所作，正是由於有了前述的寫作經驗，曹操才體會到山水意象方式較之空洞言志的截然不同的審美效果，從而產生了這首以山水來言志抒情的名篇。

從《苦寒行》到《觀滄海》，曹操詩歌發生了某種飛躍，試比較兩詩之異同：

1. 兩詩的起首，前者為「北上太行山」，後者為「東臨碣石」，都是起首就將詩人置身於一個具體的場景之中，為王夫之所說的「一詩止於一時一事」〔註1〕奠定了基礎。兩詩隨後的文字，想不說具體場景都難，因為，詩人起首就將自己與讀者的目光凝聚於某個特定的場景之中，這種寫法，已經類似後來詩歌美學所說的意境、意象。所以，曹操山水詩寫作的嘗試，其意義不唯在題材方面，而兼及意象的寫作方式。試比較趙壹《刺世疾邪詩》起首的「河清不可俟」，孔融的《臨終詩》的開頭：「言多令事敗」，曹操本人早期《薤露行》開頭的言志議論：「惟漢二十世」，都可以說是以四言詩的方式寫作五言詩。而曹操後期的詩作，不僅這首《觀滄海》的「東臨碣石」，《短歌行》的起首「對酒當歌」，也是同樣將作者置身於一個具體的場景之中，以後即便是多有議論，也是這「對酒當歌」中具體的、鮮活的、生動的對酒中的曹操所發出的感慨，因此，也就擁有了具象感。因此，也可以說，五言詩「窮情寫物」的具有具體場景的美學特徵，是來自於曹操的探索，而曹操之所以能夠完成這一探索，與其「往往鞍馬間為詩」的寫作方式有著密切的關係，不論是五言還是四言，縱馬揚鞭於太行，就寫「北上太行山」，於碣石觀滄海，就可以以「東臨碣石」起首，景色既在其中，情感自然感發於景，情景交融的「窮情寫物」的寫作方式就此形成。

2. 在具體寫作方式上，前者多有「艱哉何巍巍」「樹木何蕭瑟」

[註1]〔清〕王夫之撰《薑齋詩話‧卷二‧八》，人民文學出版社 1961 年版，第 148 頁。

之類主觀的描述性語句，而後者除了結尾處的「幸甚至哉，歌以詠志」
的卒章顯志之外，其餘均為對「以觀滄海」的客觀性摹寫，在摹寫大
海的同時，顯示曹操自我之胸襟懷抱。曹操開拓的建安風骨並非不言
志，而是要將抽象之志，附麗在濃鬱的情感上，而情感又附麗在具體
的場景事件的形體之中。試看曹操的《觀滄海》：「東臨碣石，以觀滄
海。水何澹澹，山島竦峙。樹木叢生，百草豐茂。秋風蕭瑟，洪波涌
起。日月之行，若出其中；星漢燦爛，若出其裏。幸甚至哉，歌以詠
志。」真如明人鍾惺所評：「直寫其胸中眼中，一段籠蓋吞吐氣象。」
〔註2〕也就是說，曹操通過「胸中眼中」的大海景物，完美地展示了
他的「籠蓋吞吐」的政治胸懷，其中又包蘊著某種悲涼的人生體驗，
如王夫之評（《船山古詩評選》卷一）《碣石篇》：「不言所悲，而充塞
八極無非愁者。」〔註3〕一幅大海的畫圖，竟然包蘊了如此之多的內
涵，這正是後來意象、意境理論之濫觴。而其中的大海描寫，又通過
山木草風的細節鋪墊，使之更為細膩，如張玉穀《古詩賞析》卷八所
評：「鋪寫滄海正面，插入山木草風，便不枯寂。……寫滄海，正自寫
也。」〔註4〕曹操的觀滄海詩句，並沒有直接的比興指向，而是具有
某種朦朧的暗示，沒有明確的、清晰的、功利性的指向，反而擁有了
多層次的暗喻色彩：巨大的海濤將一輪夕日吞沒，又將一輪明月推向
天空的舞臺；燦爛的銀河星漢，圍繞著夜空的新主人，在海波的起伏
裏時隱時沒。場面如此闊大恢弘，氣勢如此超卓不群，有併吞八荒之
心，囊括四海之意。這裡的「日月之行」和「籠蓋吞吐」氣象，讓人
聯想漢魏之際的時代政治風雲、曹操易代革命的雄心和開創建安曹魏
一代新思想潮流的偉岸。

〔註2〕〔明〕鍾惺撰《古詩歸·卷七》，河北師範學院中文系古典文學教研
　　　組編《三曹資料彙編》，中華書局1980年版，第17頁。
〔註3〕〔清〕王夫之撰《船山古詩評選·卷一》，河北師範學院中文系古典
　　　文學教研組編《三曹資料彙編》，中華書局1980年版，第25頁。
〔註4〕〔清〕張玉穀撰《古詩賞析·卷八》，河北師範學院中文系古典文學
　　　教研組編《三曹資料彙編》，中華書局1980年版，第40頁。

3. 由兩漢言志詩到曹操《苦寒行》代表的山水詩句，再到《觀滄海》的獨立意義的山水詩，是中國詩歌在漢魏之際山水題材方面的演進軌跡。但曹操寫得早些的《苦寒行》是五言詩，寫得晚些的反而為四言詩，這似乎是某種意義上的倒退，其實，漸進式的、交錯漸進式的嬗變，正是中國詩歌演進的最為正常的狀態，也是最為基本的規律。題材方面飛躍了（由言志而產生寫作山水景物題材的詩句），而在詩體形式方面則退回到四言詩的外形，使用曹操最為嫻熟的、得心應手的詩體形式，這是十分自然的事情。進一步說，曹操是以五言詩的寫作方法來寫作四言詩，是以五言詩的內形式來改造四言詩的外形式。

故中國詩歌發展到曹操，實在是一大轉關，空泛、無味、冗長、沉悶的兩漢言志詩被新興的五言抒情詩所取代，詩人開始用審美的眼光看待整個世界和宇宙。於是，一山一水，一場一景，一人一事，都有了新的審美意義。同時，四言、五言也被打並為一體，曹操開始時是以四言詩的方式來寫作五言詩，後來，到寫作《觀滄海》《短歌行》的時候，則是以五言詩的體制寫作四言詩，於是，魏晉時代的四言詩，也有了新的面貌。可知，山水詩寫作，確實開創於曹操，而曹操的山水詩寫作，也是淵源有自的，有著時代氛圍之變化、詩史演進之變化以及個人寫作方式探索之變化等多方面的因素。

第二節　山水詩的本體意義

曹操的第一首山水詩，既不是偶然得之的特例，也不是隨後就消亡的現象，而是既有漸次形成的歷程，又有開一代詩風的詩史地位。換言之，中國山水詩始於建安時期的曹操，經歷曹丕兄弟和建安七子的承傳，建安山水詩題材，成為中國山水詩演進史中的第一個環節，隨之相伴而行的意象表達方式，也成為我國詩歌山水意象的第一個階段。

劉勰在《文心雕龍·明詩》中有著名論斷：「宋初文詠，體有因革，莊、老告退，而山水方滋」，對此，有學者提出異議，如新加坡學

者王力堅先生認為：「劉勰的論斷顯然與事實不符。事實是：玄風熾烈之時，山水已滋；而山水大盛之際，玄風尤存。」〔註5〕將「山水已滋」的時間上提到「玄風熾烈之時」的東晉。而筆者認為，山水詩發軔於曹操的建安時代，從曹操首創山水詩的寫作之後，到謝靈運的山水詩出現之前，可以視為中國山水詩的發軔期，其中又包含不同的具體階段：1.曹操之後的建安時期。這一時期由於正在經歷由兩漢言志詩向建安五言抒情詩的變革運動，故抒發慷慨悲越的情感為此時期的主旋律，其總體特點是山水景物與情感結合，具有情景交融的審美趨向，而情感不是一個抽象物，需要寄託在具體的寫作題材上。曹操之後的山水觀照，主要附麗於游宴、女性、送別、遊仙等題材之上。2.正始之後的山水，或附麗於哲思，或使山水成為綺靡流韻的載體，或使山水成為玄言的象徵物，這一過程流變如同羅宗強先生所說：「建安以情，正始以哲思，西晉文學思想發展的走向則在結藻清英、流韻綺靡。」〔註6〕也就是說，從曹操的山水詩，到謝靈運的山水詩，經歷了建安的情景山水，正始的哲思山水，太康時代的華美山水，東晉時代的玄言山水，最後，才推出了謝靈運的山水詩。

　　從寫作題材的嬗變來說，兩漢詩歌多為類型化寫作，難以區別出不同的題材，建安時代，詩歌易代革命，題材競出，遊宴題材、女性題材，連同本章所述的山水題材，可以說是建安詩歌的三大題材。此外，軍旅、送別、遊仙、詠史、述懷、贈答等題材也都時有出現。從建安時代文學的自覺，直到唐詩的鼎盛，除了中間被陶淵明開拓了的田園題材外，建安詩的諸多題材，可以說是後來唐人邊塞詩、山水詩、送別詩、遊仙詩，以及唐宋詞女性題材、宋詩日常生活等諸多題材的濫觴。

　　曹操之後，首先是二曹六子繼承了曹操的山水詩精神，以外物之形體來寄託或者渲染詩人的悲越之情。如王粲的：「北臨清漳水，西

〔註5〕王力堅著《由山水到宮體》，臺灣商務印書館1997年版，第31頁。
〔註6〕羅宗強著《魏晉南北朝文學思想史》，中華書局1996年版，第6頁。

看柏楊山。迴翔遊廣囿，逍遙波水間。」「幽蘭吐芳烈，芙蓉發紅暉」（《雜詩》四首），「曲池揚素波，列樹敷丹榮」（《雜詩》）等，都體現了情景之間的交融；陳琳的《宴會詩》：「凱風飄陰雲，白日揚素暉。良友招我遊，高會宴中闈。玄鶴浮清泉，綺樹煥青葱。」《遊覽詩》二首：「投觴罷歡坐，逍遙步長林。蕭蕭山谷風，黯黯天路陰。」（其一）劉楨《公讌詩》：「月出照園中，珍木鬱蒼蒼。清川過石渠，流波為魚防。芙蓉散其華，菡萏溢金塘。靈鳥宿水裔，仁獸遊飛梁。華館寄流波，豁達來風涼。」曹植《公讌詩》：「明月澄清景，列宿正參差。秋蘭被長坂，朱華冒綠池。潛魚躍清波，好鳥鳴高枝。神飆接丹轂，輕輦隨風移。」曹丕的《芙蓉池作詩》：「雙渠相溉灌，嘉木繞通川。卑枝拂羽蓋，修條摩蒼天。驚風扶輪轂，飛鳥翔我前。丹霞夾明月，華星出雲間。上天垂光彩，五色一何鮮」等等，都是將山水景物移入遊宴題材之中；徐幹的「涼風動秋草，蟋蟀鳴相隨。列列寒蟬吟，蟬吟抱枯枝」（《於清河見挽船士新婚與妻別詩》）），曹丕「鬱鬱河邊樹，青青野田草」（《見挽船士兄弟辭別詩》），曹植的「閒房何寂寞，綠草被階庭。空穴自生風，百鳥翔南征」（《閨情》（兩首其一）等，則是將景物描寫附麗在女性題材之中。

　　不難看出，這些詩作雖然不是單純的山水詩，而是附麗在遊宴和女性題材之下的詩作，但當我們將這些山水詩句摘錄下來的時候，已經能清晰地看到山水景物在建安五言詩作中不容忽視的地位。同時，建安詩歌對意象方式的開啟，具有著極為重要的意義，它標誌了中國詩歌從原先的言志詩體制、賦比興的表達方法，向著具有古典意義的山水詩及意象方式的轉型，標誌了由以儒家政治為人生價值中心向以山水自然的審美人生的轉型。當然，這種轉型只是一種宏觀意義上的分野，劉勰在《文心雕龍·比興》中說：「至於揚班之倫，曹劉以下，圖狀山川，影寫雲物，莫不〔纖〕織綜比義，以敷其華，驚聽回視，資此效績。又安仁螢賦云『流金在沙』，季鷹雜詩云『青條若總翠』，

皆其義者也。」〔註7〕不但指出賦體自揚班，詩體自曹劉以下，開始了「圖狀山川」的歷程，也指出這種「圖狀山川」之於華美的關係：「以敷其華」，同時，還指出：在由比興向意象式寫作的轉型之中，比興的方式也仍然存在著，潘岳、張翰的兩例「皆其義者也」。但無論如何，建安以來五言詩中的山水景物的大量出現，確實具有劃時代的意義，它標誌著中國詩歌開始了由比興為表達重心的言志時代，向以客體自然為表達中心的緣情體物時代的轉型。吳喬《答萬季野詩問》中也說：「《十九首》言情者十之八，敘景者十之二。建安之詩，敘景已多，日甚一日。」〔註8〕這個論述無疑是精彩的，指出了建安之詩「敘景已多」的里程碑地位。更有學者進一步指出了這種山水寫景與先秦兩漢的比興方式的本質不同：「在魏晉以前，通過文學所看到的人與自然的關係，是詩六義中『比』與『興』的關係。……自然向人生所發生的比興的作用，是片斷的、偶然的關係。在此種關係中，人的主體性佔有明顯的地位，所以，也只賦予自然以人格化，很少將自己加以自然化。」〔註9〕在比興系統中，自然不過是詩言志下人倫教化的客觀化途徑而已，並不具有獨立的審美意義，建安之後，華夏文化才開始了真正崇拜山水自然的歷程。

第三節　五言詩山水題材的本體意義

就純粹的山水詩而言，建安時期的山水詩似乎並沒有得到曹操的真傳，曹丕兄弟和七子都沒有再寫出一篇像樣的歌詠大海，或者歌詠其他自然景物的專門的篇章，他們詩中的山水只是成為混合在遊宴、送別、女性等其他主題之中的意象，但這正是早期山水詩的本質意義

〔註7〕周振甫注，劉勰撰《文心雕龍注釋》，人民文學出版社1981年版，第395頁。

〔註8〕吳喬撰《答萬季野詩問》，二十四，〔清〕王夫之等撰《清詩話》，上海古籍出版社1978年版，第33頁。

〔註9〕徐復觀著《中國藝術精神》，春風文藝出版社1987年版，第197頁。

所在，它對五言詩體制的構成具有重要的內在意義。建安詩歌以抒情五言詩取代兩漢言志詩，但所謂抒情五言詩，並非空泛的抒情，而是要「指事造形，窮情寫物」，也就說，抽象的情感要附麗於令人可感的「事」「物」上，這也就是後來所說的意象。這種意象式的寫作方式，與曹操開始嘗試的山水詩關係密切。

我們試著來思考和分析一下，曹氏兄弟和七子（實為六子）為何不仿傚曹操，寫作《觀滄海》一類的純粹山水詩呢？1.曹操的《觀滄海》，作為華夏詩史山水詩的開篇之作，帶有某些曹操個人方面的因素，因此，繼承者尚未能形成寫作山水的詩歌習尚。2.時代尚未形成以山水為審美客體的思潮。3.二曹六子都不具備曹操的胸襟氣魄。4.曹操以所觀之「海」作為一個整體的「象」，來象徵其囊括四海、併吞八荒之「意」，而二曹六子則將這種「象」分散地融入日常的各種題材之中，並以此來抒發他們種種人生遭際的悲喜之情。這其實是當時詩歌走向的必然抉擇。所以，與其說曹操的《觀滄海》的意義是山水詩的開篇，毋寧說是對華夏意象詩的發軔，它從更為廣泛的意義上開啟了後來者。

山水詩以及詩中景物的描寫，對五言詩體制產生的最為重要的影響，就是使詩歌寫作限定在一個具體的時間和空間中，從而達到具體、生動、形象、精練的審美效果。

山水景物的描寫，使詩人發現，可以使用較少的外物達到表達豐富的情感的審美效果，從而使詩歌日益走向了精練的路途。到唐代近體詩形成，更是將這種精練的審美要求格律化、定型化、程式化的表現。

建安山水詩的出現，顯示了詩人對詩歌由記錄功能而向抒情功能的轉型，建安時期五言詩體實現了由「言志」到「抒情」的轉關。若拋棄十九首為兩漢作品的先入為主的見解，則會發現，這種轉型確實是在建安曹魏時代真正實現的。鍾嶸《詩品》說：「五言居文詞之要，是眾作之有滋味者也」，其特質是「指事造形，窮情寫物，最

為詳切」〔註10〕，正指出了五言詩實現了詩歌由志（記錄）功能向抒情功能的飛躍。五言詩不僅僅是要傳達出所要表達的意思，而且實現了「有滋味」的審美效果，可以視為唐人「滋味說」的先聲，而五言詩也成為唐詩的先行者；既追求「滋味」，又不脫離「滋味」所附麗的「事」「物」，達到「事」「物」（物象）與「滋味」的完美結合。所以，鍾嶸隨後論述了「比興」與「賦」之間的關係。這是後來「意象」理論的早期形態的表述。劉勰的《文心雕龍·明詩》，則論述了從《詩經》以來的這種轉型歷程，其論《詩經》則引「詩言志」，「舒文載實，其在茲乎？」，論《楚辭》則曰：「逮楚國諷怨，則《離騷》為刺。」直到「古詩佳麗」，才實現了「婉轉附物，怊悵切情」的抒情轉型。山水詩正是五言詩實現轉型的題材條件。

〔註10〕〔南朝梁〕鍾嶸撰《詩品》卷上，見陳延傑注《詩品注》，人民文學出版社 1961 年版，第 2 頁。